GITTE LINDAHL

Die Ausgeschlossene

ROMAN

DIANA

Sollte diese Publikation Links auf Webseiten Dritter enthalten, so übernehmen wir für deren Inhalte keine Haftung, da wir uns diese nicht zu eigen machen, sondern lediglich auf deren Stand zum Zeitpunkt der Erstveröffentlichung verweisen.

MIX
Papier aus verantwortungsvollen Quellen
FSC® C014496

Verlagsgruppe Random House FSC® N001967

Originalausgabe 11/2018

in der Verlagsgruppe Random House GmbH,
Neumarkter Straße 28, 81673 München
Redaktion: Anne Tente
Umschlaggestaltung: t. mutzenbach design, München,
unter Verwendung von Motiven © Tim Daniels/Arcangel;
Husjak/Shuttersock; Cepera/Shutterstock
Satz: Leingärtner, Nabburg
Druck und Bindung: GGP Media GmbH, Pößneck

Printed in Germany
ISBN 978-3-453-35931-4

www.diana-verlag.de
Besuchen Sie uns auch auf www.herzenszeilen.de
Dieses Buch ist auch als E-Book lieferbar.

Für Dirk Janßen aus dem Norden,
dem ich viel zu verdanken habe

WILLIAM

1

Wie der Schmerz, den William als Kind beim Griff in eine Steckdose erlitten hatte, durchfuhr ihn das plötzliche Tosen und Brennen, die Ungläubigkeit, aber auch die Unentrinnbarkeit eines verloren geglaubten Gefühls. Elektrisiert im wahrsten Sinn des Wortes betrat er das Restaurant *Filetstuck*.

Beim Eingang hingen Rippenstücke, Hinterschinken mit Knochen, eine ganze Schweinehälfte in jener gläsernen Kühlvitrine, die wie eine provozierende Kunstinstallation anmutete. Wer ins *Filetstuck* ging, wusste, er würde es mit Fleisch zu tun kriegen. Obwohl Williams Geschäftszentrale kaum hundert Meter entfernt lag, kam er selten hierher und nur dann, wenn ihn ein karnivorischer Heißhunger überfiel.

Beim Eintreten stellte sich ihm der Restaurantbesitzer in den Weg und präsentierte einen Korb mit prächtig roten Erdbeeren. »Hallo, Will. Die sind gerade frisch eingetroffen. Wie wär's damit zum Dessert?«

Will versuchte, den Grund seiner plötzlichen Aufregung nicht aus den Augen zu verlieren. »Die sehen toll aus. Leider habe ich eine Erdbeerallergie.« Am Geschäftsführer vorbei lief er weiter ins Lokal hinein.

William, der Braungebrannte, der Beliebte mit dem elastischen Gang, von dem er hoffte, er möge ihm trotz beginnender

Hüftarthrose noch lange erhalten bleiben, grüßte nach rechts und links. Von ihm wurde behauptet, dass er ein Mann sei, der mit dem Alter immer besser würde. Er fand diese Bemerkung lächerlich: Vierundfünfzig war doch kein Alter.

Bevor er entschied, ob er gegenüber der Frau mit dem Aperol Spritz Platz nehmen sollte oder lieber so, dass er sie durch den Spiegel beobachten konnte, fiel sein Blick auf das meterhohe Satellitenfoto an der Wand. Es zeigte eine Aufnahme des Stockholmer Stadtteils Kungsholmen, in dem sich auch das *Filetstuck* befand. Kungsholmen, die *Königsinsel,* war, obwohl im Zentrum gelegen, nicht Stockholms schönstes Viertel. Es gab hier vorwiegend Verwaltungsgebäude, Verkehrsknotenpunkte und Unternehmenssitze; auch William hatte sich hier angesiedelt. Nur im Westen, um den Sankt Göranspark, wo sein Wohnhaus lag, besaß der Bezirk Charme. Nach seiner Heirat vor elf Jahren war William in die Marienbergsgatan Nr. 16 gezogen. Für seine Frau Kristen stellte die Zahl Sechzehn ein gutes Omen dar, weil sie ihren Mann an einem sechzehnten Juni um Mitternacht zum ersten Mal geküsst hatte. Es war taghell gewesen. In einer jener weißen Nächte hatte sich Kristen in William verliebt.

Er beschloss, sich mit dem Rücken zu der jungen Frau zu setzen. Der Spiegel bot ihm die Möglichkeit, sie ausgiebiger zu betrachten, als wenn er verstohlen zu ihr hätte hinüberlinsen müssen.

Es gab keine zwei gleichen Menschen auf der Welt. Ähnlichkeiten existierten natürlich, gleiche Haartracht, ähnliche Zahnstellung, die Augenfarbe, ein bestimmtes Lächeln, eine besondere Art, sich zu bewegen, all das gab es. Aber so etwas nicht, so etwas auf keinen Fall.

Nachdem er Platz genommen hatte, versuchte William sich

damit zu beruhigen, dass die Ähnlichkeit nur im Auge des Betrachters, also in seinem Auge lag. Dass William sich diese scheinbare Auferstehung so sehr gewünscht hatte, dass er nun auf sein eigenes Wunschbild hereinfiel. Nachdem er ein stilles Wasser und Salat mit Lammstreifen bestellt hatte, widmete er sich dem Anblick der Frau im Spiegel mit schwindender Aufregung und mehr Distanz.

Sie war nicht Madelaine, natürlich nicht, dafür war sie viel zu jung. Und doch hätte sie Madelaines jüngere Schwester sein können. Ihr Alter war schwer einzuschätzen, da sie sich erstaunlich konservativ kleidete. Das Muster ihres figurbetonten Stretchkleides hatte einen Hauch von Versace, vielleicht Max Azria, ruhige Brauntöne, Ethno Bohemia, dachte William. Sie war auffallend schlank, hatte einen katzenhaft runden Kopf und langes welliges Haar, das man bei der spärlichen Beleuchtung für schwarz halten konnte, doch William entdeckte darin einen Stich ins Kastanienbraune. Sie trank in kleinen Schlucken, im Übrigen tat sie nichts. Sie schien auf niemanden zu warten, hatte auch nichts zu essen bestellt, da kein Gedeck vor ihr lag. Sie las nicht, sie beschäftigte sich nicht mit ihrem Smartphone; das Einzige, was sie sich für den Besuch im *Filetstuck* vorgenommen zu haben schien, war es, das Glas Aperol zu leeren. Bei jedem Schluck klirrten die Eiswürfel leise.

Wenn William eine bestimmte Geste Madelaines als unverwechselbar in Erinnerung hatte, war es das Zwirbeln ihres Haares. In nachdenklichen, selbstvergessenen Momenten hatte sie träge den linken Arm gehoben – Madelaine war Linkshänderin –, hatte die Hand in ihrer Haarpracht vergraben und begonnen, einen Kringel um den Mittelfinger zu drehen. Sie hatte mit diesem Kringel gespielt, ihn nach vorn gezogen und schließlich wieder zerfallen lassen. Die junge

Frau im Spiegel tat nicht nur das Gleiche wie Madelaine, sie tat es vielmehr auf die exakt gleiche Art, mit der linken Hand. Sie tat es, als ob der Geist Madelaines in sie geschlüpft wäre und ihr, die dem Original so unglaublich ähnelte, aufzwang, sich auch zu bewegen wie Madelaine.

Als ob er ihr Spiegelbild dadurch deutlicher lesen könnte, beugte William sich vor. Der Schwung ihrer dichten Brauen, der helle Teint der Wangen, die vollen ungeschminkten Lippen, alles war so unfassbar ähnlich! William war verwirrt, verloren in diesem Anblick: Spielte das Schicksal gerade einen Film ab, in dem Madelaine die Hauptrolle verkörperte? Die Frau im Spiegel war schön wie Madelaine, leibhaftig wie Madelaine, verführerisch wie Madelaine. Durfte Will die Fügung, die ihn heute im *Filetstuck* hatte einkehren lassen, ungenutzt verstreichen lassen? Musste er nicht erfahren, wer sie war, ob sie in einem Verwandtschaftsverhältnis zu Madelaine stand, oder ob diese Ähnlichkeit tatsächlich bloß eine Spielerei der Natur sein sollte?

William überlegte, wie er ein Gespräch mit ihr anfangen könnte, ohne dass sie es als Belästigung empfinden würde. Die Bemerkung: »Entschuldigung, aber Sie sehen jemandem zum Verwechseln ähnlich«, wäre natürlich zu plump.

Geräuschvoll öffnete er die Stoffserviette und versuchte, den Blick der Unbekannten auf sich zu ziehen. Sonderbar konzentriert hielt sie die Augen weiter auf ihr Glas gesenkt. Sollte er sie um den Salzstreuer bitten? Was für ein dummes Spiel, dachte er, er wollte ja nichts von dieser Frau, außer vielleicht Auskunft zu bekommen. Die einzig seriöse Möglichkeit lag darin, sich ihr vorzustellen und zu erklären, weshalb er nicht aufhören konnte, sie anzustarren. William legte die Serviette beiseite und schob den Tisch von sich.

»Hallo, Will. Du hast noch nicht gegessen, sehe ich«, sagte eine Stimme links hinter ihm.

Fast zu jeder Gelegenheit hätte er sich gefreut, seiner Bekannten Diana Mattsson zu begegnen, doch in diesem Moment kam ihm die TV-Moderatorin ungelegen. Sie durchkreuzte seine Hoffnung auf eine leichte, spontane Bekanntschaft mit der Unbekannten.

»Diana, wie nett«, sagte er überrumpelt.

»Ich leiste dir Gesellschaft.« Als von ihm keine Einladung kam, setzte sie sich unaufgefordert dorthin, wo sie William den Blick auf den Spiegel verstellte.

»Du nimmst deine Mittagspause heute ziemlich früh.« Er wollte sich seine Irritation nicht anmerken lassen und beugte sich nur unauffällig nach links. Die junge Frau öffnete gerade ihre Handtasche. Brach sie etwa auf?

»Im Sender geht es gerade drunter und drüber«, antwortete die Moderatorin. »Lauter Verrückte, alles Verrückte, sage ich dir. Da habe ich mich einfach aus dem Staub gemacht.«

Diana Mattsson war das Gesicht der Tagesnachrichten, ein bekanntes Gesicht in Schweden, und William brauchte bekannte Gesichter in seinem Business.

William Falk hatte das Juweliergeschäft seines Vaters geerbt, *Falk-Juwelen* hatten in Skandinavien einen erstklassigen Namen. Nach dem Ausscheiden seines Vaters hatte William als gelernter Schmuckdesigner dem Unternehmen seinen eigenen Stempel aufgeprägt. Der Durchbruch war ihm erst gelungen, als er den Namen Falk um die Geschäftsidee *FOREVER NEW* erweitert und trendige Designs online gestellt hatte. An der Traditionsadresse im Herzen Stockholms verkaufte William zwar immer noch Schmuck für

Gutbetuchte, zugleich präsentierte sein Online-Unternehmen jedoch exquisite Kollektionen als Modeschmuck, den sich praktisch jeder leisten konnte. Das Ergebnis war ein beispielloser Erfolg. Um die Auftragsflut zu bewältigen, hatte William ein Loftgebäude in Kungsholmen gekauft, wo das Marketing und der Versand der Schmuckstücke vonstattengingen. Die Herstellung hatte er nach Estland und Polen ausgelagert, von wo täglich ein Flugzeug in Stockholm eintraf, das den Nachschub lieferte.

Williams Werbestrategie war es, Konzepte aus Kunst und Mode auf Schmuck zu übertragen. Sich ständig wandelnde, von High-Street-Fashion inspirierte Kollektionen schufen Begehrlichkeiten bei einer weltweiten Käuferschaft. William tanzte zwischen Beständigkeit und Wandel, er stillte den Wunsch der Menschen nach Abwechslung mithilfe erschwinglicher Kollektionen. Sein Markenzeichen wurde das Crossover zwischen Stil und Innovation.

Um sein Konzept besser an die Menschen heranzubringen, hatte er schon bald die Nähe von Celebrities gesucht, die sich bereitwillig mit seinem Schmuck behängen ließen, wenn sie zu Events, Preisverleihungen oder Filmbällen gingen. So eine bekannte Person war Diana Mattsson.

Da sich die Moderatorin nicht vorstellen konnte, dass William während seiner Lunchpause an irgendetwas mehr interessiert war als an ihr, plauderte sie munter auf ihn ein, kam von Neuigkeiten aus dem Sender auf den Filmball im kommenden Monat zu sprechen und folgerichtig auf den Schmuck, den William für sie ausgesucht hatte.

Währenddessen hoffte er inständig, dass die Frau am Nebentisch noch etwas zu essen bestellen würde. Doch seine Befürchtung bewahrheitete sich, der Kellner brachte ihr die Rechnung. Madelaines Ebenbild machte Anstalten, das *Filetstuck* zu verlassen, ohne William einen einzigen Blick geschenkt zu haben.

Während er sie im Spiegel aufstehen und näher kommen sah, irrlichterten Ideen durch seinen Kopf, wie er im letzten Moment noch Kontakt mit ihr aufnehmen könnte. Schon sah er das Muster ihres Stretchkleides neben sich auftauchen. Bevor sie mit langen Beinen zum Ausgang lief, erreichte William der schwache Anflug ihres Parfüms. Sie, mit der er nicht hatte sprechen können, mit der er keinen Blick getauscht hatte, sie, die unbekannt an ihm vorüberging und von der er überzeugt war, dass er sie nie wiedersehen würde, sie schenkte ihm ihren Duft.

William schnupperte. Das war – ja, wenn er sich nicht täuschte, war das *Chloé*. Das kräftige Parfüm sagte ihm nicht besonders zu, weil es zu bitter war, zu viele Anteile Moschus waren darin, und doch würde William seine Erinnerung an diese Frau ab jetzt an den Geruch von *Chloé* binden. Aus dem Augenwinkel sah er ihr nach. Beim Ausgang arrangierte der Restaurantbesitzer gerade die Kühlvitrine. William hoffte auf einen Gruß, eine hingeworfene Bemerkung, die ihm zeigen würde, dass die beiden einander kannten. Doch ohne innezuhalten, öffnete die Frau die Tür und trat ins Freie.

Während Diana Mattsson weiter auf William einredete, verdüsterte sich seine Laune mit jeder Sekunde. Er hatte sie gehen lassen. Warum in Gottes Namen hatte er sie nur gehen lassen?

KRISTEN

2 Versonnen stand Will hinter der Glaswand, die den Kreativbereich vom Logistikbereich trennte. Dahinter schlossen sich die Aufenthaltsräume an, die Catering Lounge, der Fitnessraum und dort, wo das Loft an die Bahngleise grenzte, befand sich das Lager.

Bevor er durch die Glastür trat, genoss er den Moment, unbeobachtet zu beobachten. Kristen war eine energische Erscheinung, dabei feminin und zugleich verletzlich. Wenn es im Betrieb drunter und drüber ging, behielt Williams Frau stets die Ruhe. Sie konnte anpacken wie drei Männer. Bei Partys verwandelte sie sich in eine verführerische Gastgeberin; zu solchen Anlässen bevorzugte sie rückenfreie Kleider, die ihre sportlich trainierten Schultern zur Geltung brachten. Es gab aber auch Momente, in denen Kristen alles zu viel wurde, die nie endende Arbeit, die niemals abreißende Informationsflut, die sie mit drei Smartphones parallel zu bewältigen versuchte, und die Dinge, die sie organisieren und auf den Weg bringen musste: Aufträge, Events, Versteigerungen, Präsenz in den sozialen Netzwerken und Medienauftritte. Obwohl Will es nicht von ihr verlangt hatte, brachte sich Kristen in einem Maß in die Firma ein, dass sie unersetzbar geworden war.

Ihr anpackendes Wesen und ihr Perfektionismus hatten

jedoch eine Kehrseite: Wenn die Wellen der Überbeschäftigung über ihr zusammenschlugen, wurde Kristen mutlos wie ein Kind, wurde aber auch ungerecht und launisch. Das tat ihr nicht gut, war aber auch gegenüber den Mitarbeiterinnen und Mitarbeitern problematisch. Dann brachte William sie in einen Raum, der einen Blick aufs Wasser hatte. Sie setzte sich ans Fenster, und er servierte ihr ein Glas Alsterwasser. Deshalb hatte er Zitronenlimonade und Bier immer im Kühlschrank vorrätig. Das Getränk aus ihrer Jugend, die Erinnerung an die Heimatstadt Lübeck halfen ihr meistens. Und der Anblick des Wassers, der Wellen schien ihr zu sagen, dass sie jederzeit wieder nach Hause fahren konnte, über die Ostsee nach Travemünde und von dort ins Herz der alten Hansestadt. Kristen hatte ihre Heimat verlassen und war Will nach Schweden gefolgt. Auch wenn man nach elf Jahren nicht mehr von Heimweh sprechen konnte, tat ihr der Gedanke an den Ort ihrer Kindheit in herausfordernden Situationen besonders gut.

Im Augenblick war Kristen keine Spur überfordert. In sich ruhend und bestimmt, ohne autoritär zu sein, lief sie vom Chefprogrammierer zu den Webdesignern, beugte sich über Bildschirme, diskutierte, gab Anweisungen und erhielt respektvolle Antworten. Je nach Bedarf setzte sie ihre schmale Stahlbrille auf oder ab. Als sie William hinter der Glaswand entdeckte, verschwand die Brille. Ein Lächeln erschien in Kristens Gesicht, das auch nach elf Jahren ebenso frisch und liebevoll war.

Er hob die Hand zum Gruß. Sie betrachteten einander mehrere Sekunden lang. Es war Liebe. Nach all der Zeit liebte Kristen ihren William noch von ganzem Herzen, und ihm ging es genauso.

Als er das Büro betrat, drängte die Arbeit von allen Seiten

auf ihn ein. Unterwegs zum Schreibtisch beantwortete William die Fragen seiner Mitarbeiter. Kam es ihm nur so vor, oder stellte sich Kristen jedes Mal, wenn die Frequenz der zu treffenden Entscheidungen zu hoch wurde, wie ein Leibwächter vor ihn? Wenn er bei *FOREVER NEW* der König war, stellte Kristen seinen treuesten Ritter dar.

»Das Preisausschreiben für das Armband *Alohé* ist bestens gelaufen. Die Klickrate ist sehr gut«, sagte sie zur Eventmanagerin. »Leider kann man das von der restlichen Kollektion nicht behaupten. Da musst du noch mal ran. Vor Feierabend zeigst du mir dann das Ergebnis.«

Zusammen gingen sie in Kristens Büro. Ihr schwarzer Cockerspaniel Jasper hob auf seiner Schlafdecke den Kopf, wackelte mit dem Stummelschwanz und ließ sich wieder auf die Seite fallen.

Kristen und Will besprachen die Tagesgeschäfte, unter anderem das Problem, dass Kunden auf Facebook die mangelhafte Verpackung der Ware beanstandet hatten.

»In der Auslieferung wird schlampig gearbeitet.« Kristen setzte sich auf das Fensterbrett, während er gewohnheitsmäßig an ihrem Schreibtisch Platz nahm. »Ich fürchte, dass die Praktikanten dafür verantwortlich sind.«

»Die Neuen sind erst ein paar Tage hier«, beschwichtigte er.

»Dann hätten sie besser eingeschult werden müssen. Ich übernehme das.«

»Du hast doch ohnehin schon zu viel zu tun. Du willst auch noch die Leute persönlich einschulen?«

»Warum nicht?«

»Aber nur, bis wir eine andere Lösung gefunden haben. Und sei behutsam mit ihnen.« Er wusste, dass er ein heikles Thema ansprach.

»Nur weil sie Ausländer sind?«

»Die meisten von ihnen sind Moslems.«

»Und wenn ein Moslem ein Schmuckstück nicht genauso sorgfältig verpackt wie ein Schwede, darf ich das dem Moslem nicht sagen?« Der Vorwurf war verschwunden. Ihre Miene verriet, dass sie verstand, woher sein Einwand kam. Jenes wunderschöne Leuchten trat in Kristens Augen, das Will als Erstes an ihr aufgefallen war. Ihre Energie und ihr Humor schossen in solchen Momenten in die Pupillen.

»Ich bitte dich nur um ein bisschen Fingerspitzengefühl«, erwiderte er lächelnd.

Kristen stand vom Fensterbrett auf. »Ich staune immer wieder, wie feinfühlig du ein Business handhabst, das du selbst kreiert hast.« Sie wollte sich auf seinen Schoß setzen.

William beugte sich nach rechts und tat, als ob er den zweiten Computermonitor einschalten wollte. Sie verstand seine Abwehr sofort und ließ sich auf die Tischkante sinken. William und Kristen schliefen kaum noch miteinander. Ihrem Sex fehlte die Zärtlichkeit, das Hingebungsvolle, jenes Gefühl, das sich ausschließlich auf den anderen bezog.

Warum hatte ihn ihre harmlose Zärtlichkeit so erschreckt? Die Begegnung von vorhin fiel ihm ein. Jenes mysteriöse Doppelbild Madelaines hatte ihn wohl so durcheinandergebracht. Sofort bedauerte er seine Reaktion Kristen gegenüber, doch nun war es nicht mehr zu ändern. Vielleicht hatte sie sein Zögern auch gar nicht bemerkt.

Nach einer halben Stunde, sie hatten das Wichtigste besprochen und Kristen wollte gerade mit dem Hund rausgehen, läutete das Telefon. Will erkannte die Vorwahl von Mölna, dem Dorf, wo sie ihr Wochenendhaus hatten. Wahrscheinlich war es der Ortsvorsteher, der die Falks zum alljährlichen Midsommarfest einladen wollte, was mit einer ansehnlichen Spende verbunden sein würde. William nahm an Kristens Apparat ab.

»William Falk hier.«

Der Anruf kam von der Polizei.

Auf die Frage des Beamten antwortete Will verblüfft: »Wann ich zuletzt …? Vergangenes Wochenende war ich draußen.« Er bedeutete Kristen, die bereits die Hundeleine in der Hand hatte, zu bleiben. »Nicht dass ich wüsste.« Er überlegte. »Moment. Meine Frau hat unserer Freundin Bonnie erlaubt, das Haus unter der Woche zu benutzen. Was ist passiert?«

Während der Hund Kristen wedelnd umtanzte und sie Will mit neugierigem Blick musterte, erhielt Will die Antwort.

»Bonnie?«, fragte er und schaltete gleichzeitig den Lautsprecher ein. Er hatte ein flaues Gefühl im Magen.

»Bonnie Håkansson wurde in Ihrem Haus gefunden«, sagte die Frauenstimme.

»Was meinen Sie mit *gefunden*?« Will wusste, dass er keine angenehme Antwort bekommen würde.

»Wie schnell könnten Sie in Mölna sein, Herr Falk?«

»Sagen Sie mir zuerst, was mit Bonnie passiert ist.« Wills Augen wanderten zu Kristen. Sorge und Beunruhigung vertieften die Falte an ihrer Nasenwurzel.

»Wir haben zwei Beamte zu Ihrer Stockholmer Adresse geschickt«, lautete die ausweichende Antwort. »Sie müssten jeden Moment eintreffen.«

Will hob den Kopf.

Als ob sie nur auf ihr Stichwort gewartet hätten, tauchten zwei Uniformierte am anderen Ende des Lofts auf. Das Blau ihrer Mützen mit dem Emblem der drei Kronen gab ihrem Auftritt etwas Bedeutsames. Nebeneinander durchschritten die beiden das Großraumbüro und wurden von Williams Angestellten neugierig gemustert.

»Ja, sie sind da«, sagte er ins Telefon.

Die Beamten, ein Mann und eine Frau, klopften an Wills und Kristens Bürotür, traten ein und positionierten sich unauffällig so, dass niemand ohne ihre Genehmigung das Büro hätte verlassen können. Jasper verstand, dass sich die Sache mit dem Spaziergang noch verzögern würde, und machte enttäuscht auf seiner Schlafdecke Platz.

Wenn Gräuelnachrichten, Naturkatastrophen, Terroranschläge in den News auftauchten, zweifelte William meistens nicht an deren Glaubwürdigkeit. Dass in seinem Haus eine tote Frau liegen sollte, die ihm und Kristen eine liebe Freundin gewesen war, wollte keinen Eingang in sein Bewusstsein finden.

Garpegården, das wunderbare hundert Jahre alte Haus, war ihr Refugium. Auch wenn William es allein erworben hatte, war es Kristen gewesen, die es entdeckt hatte, kurz nachdem die alte Frau, die sechzig Jahre darin gelebt hatte, gestorben war. Kristen hatte Garpegården mithilfe ortsansässiger Handwerker renoviert und es praktisch allein eingerichtet. Der Garten war Williams Domäne. Er hatte Liguster, Feuerdorn und Kirschlorbeer gepflanzt, die wild wuchernden Bäume beschnitten und einen Beerengarten angelegt, der ihnen nun von Mai bis Oktober Früchte bescherte. Kristen und William fanden, dass Garpegården das hübscheste Haus in ganz Mölna war. Mit seinem ochsenblutroten Anstrich, dem unverwüstlichen Giebeldach, der anheimelnden Veranda war es, nur wenige Meter über dem Meer gelegen, ein Zufluchtsort, den beide von Herzen liebten. Ein Sandweg führte zum Landungssteg, wo in der warmen Jahreszeit

Williams Jolle vor Anker lag, die er zärtlich *Kristen* getauft hatte.

Das Ehepaar musste erklären, wo es den vergangenen Abend und die Nacht verbracht hatte. Eine Standardprozedur, erklärte die Beamtin, die sie ihnen aber nicht ersparen könne. William gab an, im Kino gewesen zu sein und zwar in der Spätvorstellung. Er hasste es, mit vielen Menschen im Saal zu sitzen, und nahm die späte Anfangszeit in Kauf, um sich einen Film ungestört anzusehen. Gegen halb zwei sei er nach Hause gekommen. Kristen sagte, dass sie lange gearbeitet hätte, mit dem Hund spazieren gewesen und schließlich schlafen gegangen sei.

Darauf wurden die Falks im Polizeiwagen nach Mölna gebracht. Auf die Frage, weshalb sie nicht mit den eigenen Autos fahren dürften, versicherte man ihnen, dass die Polizei sie nach der Vernehmung wieder nach Stockholm zurückbringen werde.

Nach fünfundzwanzig Minuten erreichten sie Mölna, das malerische Dorf am Meer. Normalerweise freute sich William bei der Ortseinfahrt über die unregelmäßige Anordnung der Kiefern und Birken, zwischen denen sich die Häuser duckten, über die felsigen Hügel und Steinplatten, die, vom Wasser seit Jahrmillionen glatt poliert, zum Ufer führten. In einem Zustand nebelhafter Dumpfheit schaute er aus dem Seitenfenster und begegnete den neugierigen Blicken der Dorfbewohner, die das Wesentliche offenbar schon erfahren hatten und an ihren Gartenzäunen die Neuigkeiten diskutierten. Will grüßte die bekannten Gesichter mit einem ernsten Nicken. Neben ihm ließ der Hund sich den Fahrtwind um die Schnauze streichen. Kristen trug eine Sonnenbrille.

Starr und unergründlich wie eine Sphinx saß sie da. Fast die ganze Strecke über hatte William ihre Hand gehalten.

Äußerlich war in Garpegården alles beim Alten. Am Eingang bogen sich die Zweige des Pfirsichbaumes unter der Last der Früchte. Die Bougainvillea umwucherte das schmiedeeiserne Tor. Die Polizei hatte beide Torflügel aufgestoßen, weshalb einige Triebe abgerissen waren. Wie eh und je war das Gras von Moos durchwachsen, auf der Wiese berührten die Birkenzweige den Boden. Das Winterbrennholz trocknete in der Sommersonne. Die Stare saßen im Kirschbaum und labten sich an den knallroten Früchten. Meistens hatten sie schon ganze Arbeit geleistet, bevor William dazu kam, auf den Baum zu steigen und die Kirschen zu pflücken. Alles wäre wie immer gewesen, hätten nicht zwei Autos mit kreisendem Blaulicht vor dem Haus gestanden – und ein weiteres Fahrzeug, das als Leichenwagen zu erkennen war.

William blieb im Auto, bis ihm die Beamtin die hintere Tür öffnete. Danach half er Kristen beim Aussteigen. Jasper schoss an ihnen vorbei und tollte über das Grundstück. Während Will und Kristen Hand in Hand auf das Haus zugingen, wurden Wills Knie plötzlich weich. Er hatte den Eindruck, als ob sich der moosige Boden unter ihm senkte und er in die Tiefe zu stürzen drohte.

»Hoppla, Vorsicht«, sagte eine sonore Frauenstimme, die nach zu viel Alkohol oder Zigaretten klang.

Die Person, die ihnen entgegentrat, strahlte jedoch robuste Gesundheit aus. Sie mochte Anfang vierzig sein, trug einen dunkelgrauen Hosenanzug und feste Schuhe. Sie hatte ihr mittelblondes Haar zu einem Pferdeschwanz gebunden. Die Frau streckte Will die Hand entgegen, vielleicht um ihn vor dem Sturz zu bewahren, vielleicht nur, um ihn zu begrüßen.

»Ich bin Dagny Larsson, Mordkommission Stockholm.«

Einen Moment überlegte er, ob die Insel Lidingö, auf der Mölna lag, zum Zuständigkeitsbereich des Stockholmer Dezernats gehörte. Er schüttelte die feste und trotz der warmen Witterung trockene Hand. »William Falk. Das ist meine Frau.«

»Frau Falk. Es tut mir leid, dass ich Sie unter diesen Umständen hierherholen muss.«

»Dürfen wir endlich erfahren, was mit Bonnie passiert ist?«

Statt zu antworten, wandte sich die Kommissarin um. »Bitte nehmen Sie Ihren Hund an die Leine.«

»Warum?«

»Weil wir uns an einem Tatort befinden. Bevor die Spurensicherung fertig ist, darf nichts verändert werden.«

Ohne eine weitere Frage oder Bemerkung pfiff Kristen Jasper zu sich und nahm ihn an die kurze Leine. William und sie steuerten auf den Eingang zu.

Die Kommissarin trat ihnen in den Weg. »Wir gehen besser auf die Veranda.« Mit einer Geste bat sie die beiden zum seitlichen Treppenaufgang. Auf Kristens fragenden Blick sagte sie: »Ich möchte Ihnen den Anblick lieber ersparen.«

»Wunderschön haben Sie es hier«, sagte Dagny Larsson, als sie auf der Terrasse standen, von der man einen reizenden Blick über das stahlblaue Wasser und die angrenzende Bucht hatte. Dann setzte sie den beiden in nüchternen, respektvollen Worten auseinander, dass ihre Freundin Bonnie Håkansson vergangene Nacht im Haus erschossen worden sei. Tragischerweise sei auch der Nachbar der Falks, Herr Walter Dahlberg, gewaltsam ums Leben gekommen. Frau Håkansson und Herr Dahlberg seien mit derselben Waffe getötet worden, die man am Tatort sichergestellt hatte.

»O nein, bitte nicht«, murmelte Kristen. »Nicht Walter, der Wächter …«

»Der *Wächter?*« Die Ermittlerin fasste Kristen ins Auge.

»So haben wir ihn genannt. Zuverlässiger als jede Alarmanlage war Walter unsere Absicherung, dass im Haus alles in Ordnung war. Ob ein Ast aufs Dach gefallen oder ein Reh in den Garten eingebrochen war, Walter informierte uns über alles.« Kristen hatte die Sonnenbrille abgesetzt, doch da sie nun mit den Tränen kämpfte, setzte sie sie wieder auf.

»Hat Herr Dahlberg Sie gestern über etwas Ungewöhnliches informiert?«, fragte die Kommissarin. »Hat er bei Ihnen angerufen?«

William antwortete zuerst. »Ich war im Kino, da mache ich mein Telefon aus. Es war keine Nachricht auf meiner Mailbox.«

»Bei mir hat sich Walter auch nicht gemeldet.« Kristen zog zwei ihrer Smartphones hervor. »Ich will aber zur Sicherheit nachschauen …«

»Sie haben zwei Mobiltelefone?«

»Genau genommen sind es drei. In meinem Job …« Kristen hob die Schultern. »Nein«, sagte sie, während sie durch die Displays scrollte. »Keine Nachricht von Walter. Was ist Ihre Vermutung, Frau Larsson?«

»Frau Håkansson muss von jemandem aufgesucht worden sein. Wir wissen noch nicht, ob es ein Einbrecher war oder jemand, den sie kannte. Dahlberg muss dazugekommen sein, vielleicht weil er bereits einen Schuss gehört hatte. Möglicherweise ist er als unliebsamer Zeuge vom gleichen Täter erschossen worden.«

Die Kommissarin hatte noch nicht zu Ende gesprochen, als sich die Haustür öffnete. Zwei Männer in Uniform trugen eine längliche Blechbox aus dem Haus. Jasper wollte daran schnuppern, Kristen hielt ihn fest.

»Ist das …?«

»Walter Dahlberg«, nickte Frau Larsson. »Die sterblichen Überreste von Bonnie Håkansson wurden bereits in die Gerichtsmedizin gebracht.«

»Ich möchte Bonnie noch einmal sehen.«

Erstaunt wandte sich William zu seiner Frau. »Du willst sie sehen?«

»Davon rate ich ab«, sagte die Kommissarin. »Der Schuss, der Ihre Freundin getötet hat …« Sie räusperte sich. »Es handelt sich bei der Tatwaffe um eine Schrotflinte.«

»Eine Schrot…?« William sah Kristen an.

»Walter hatte eine Schrotflinte«, sagte sie.

»Walter war hier berüchtigt für seine Schrotflinte«, setzte William nach. »Jeder kannte ihn, wenn er im Herbst auf Entenjagd ging. Kann ich das Gewehr einmal sehen?«

»Natürlich.« Die Kommissarin ging den beiden voraus.

Vor Kristen und William öffnete sich die Tür in ihr gemeinsames Haus, das über Nacht zum Tatort geworden war.

WILLIAM UND KRISTEN

3

Kristen lag nackt im Bett, die Träger ihrer Unterwäsche hatten Abdrücke an den Schultern hinterlassen. Die Jalousien waren geschlossen, in Streifen drang das Licht durch die Lamellen. Will drehte sich auf die andere Seite.

Sie hatten miteinander geschlafen. Das schreckliche Ereignis, die Leere danach, die unfassbare Endgültigkeit hatten sie in einen seltsamen Zustand versetzt, in dem sie verzweifelt eine Bestätigung suchten, dass sie am Leben waren. Kaum hatten sie ihr Haus in der Marienbergsgatan betreten, war Kristen am unteren Treppenabsatz gestolpert. Will hatte sie aufgefangen. Merkwürdig leblos lag sie danach in seinen Armen, ohne sich zu bewegen, ohne ihm zu sagen, wohin er sie bringen sollte. Ihre Schlaffheit, die Entschlusslosigkeit der sonst so energiegeladenen Frau hatten ihn geradezu gezwungen, so fühlte es sich zumindest an, sie in den ersten Stock zu tragen und sie auszuziehen. Er hatte ihre nackte Haut berührt, ein mittlerweile ungewohntes Gefühl. Kristen hatte sich alles gefallen lassen. Williams Handgriffe waren fordernder geworden, und er hatte seine eigenen Kleider abgestreift. Ihr Sex war gedankenlos, spontan und wild gewesen, in blinder Lust waren sie übereinander hergefallen, nur zu Anfang fühlten sie sich kurz schuldig, in dieser Situation an Sex zu denken. Sie hatten sich in ihrer Trauer ineinander verkrallt und waren fast gleichzeitig gekommen. Nun lagen sie aneinandergeschmiegt nebeneinander.

»Ich weiß nicht, ob ich je wieder in Garpegården übernachten kann«, flüsterte Kristen.

»Ich weiß. Die Blutspritzer, die Einschüsse …«

»Ich will Bonnie doch lieber nicht mehr sehen.«

Er streichelte ihre Schulter. »Das sollst du auch nicht.«

»Gott, die Arme, die arme, arme Bonnie. Ich kann es einfach nicht fassen.«

»Weißt du, was merkwürdig ist. Bonnie und Walter waren so unterschiedlich, aber beide standen allein im Leben. Beide hinterlassen niemanden, der über ihren Tod trauern wird.«

»Walter hatte doch Kinder, oder?«

»Sein Sohn ist vor vielen Jahren gestorben. Das hat Walters Frau das Herz gebrochen, hat er mir erzählt. Sie starb kurz darauf.« Will schüttelte den Kopf. »Wahrscheinlich ist der Gastwirt in der Mölna-Bar der Einzige, der Walter vermissen wird.«

»Und Bonnie? Wer wird Bonnie vermissen?« Kristen richtete sich ein wenig auf.

»Bonnie war ihr Leben lang allein.«

»Seit ich sie kenne, hat sie mir die Ohren vorgeheult, wie einsam sie ist.«

»Sie war der typische Single: Viel zu wählerisch, wenn es um Männer ging, unfähig, Kompromisse einzugehen, und dadurch ein Leben lang unzufrieden.« William betrachtete Kristens aufgelöste Frisur, den Leberfleck auf ihrem Schlüsselbein.

»Ist das alles, was uns zu den beiden einfällt?«, fragte sie plötzlich erschrocken. »Dass es besser ist, wenn Bonnie und Walter nicht mehr leben?«

»Um Gottes willen, nein«, flüsterte William. »Niemand hat so ein Ende verdient.«

»Das Blut an der Wand …« Sie bedeckte ihr Gesicht mit den Händen.

»Nicht, komm, stell dir das nicht dauernd vor.« Als sie zu weinen anfing, schüttelte er sie sanft an der Schulter. »Lass gut sein, Liebling.«

»Wer hat das bloß getan?«

»Ein Einbrecher wahrscheinlich.«

»Glaubst du?«

»Die Polizei scheint es zu glauben.«

»Wie gut, dass du Walters Schrotflinte wiedererkannt hast.«

»Die Polizei hätte Walters Gewehr auch ohne meine Hilfe identifiziert.«

»Wenn es ein Einbrecher war, muss Bonnie ihn überrascht haben.«

»Wir sollten nicht weiter darüber sprechen. Es regt dich zu sehr auf.«

»Vielleicht hat Bonnie schon geschlafen und ist gar nicht mehr erwacht, bevor sie erschossen wurde«, setzte Kristen gegen seinen Rat fort.

»Man hat Bonnies Leiche im Wohnzimmer gefunden, sie trug einen Bademantel. Also muss sie wach gewesen sein.«

»Dann hat sie mit dem Einbrecher also gesprochen. Dann ist Walter dazugekommen und hatte wie immer seine Flinte dabei.« Kristen legte ihre Hand auf Williams Oberschenkel. »Der Einbrecher muss Walter die Flinte entrissen haben. Bloß warum hat der Einbrecher geschossen?«

»Wie meinst du – *warum*?«

»Ein Einbruch ist ein unbedeutendes Vergehen. Jedes Jahr passieren Hunderte Einbrüche in den Schären. Deshalb begeht man nicht gleich einen Doppelmord.« Kristens Lippen begannen zu zittern. »Ich werde heute Nacht davon träumen. Ich möchte das Licht brennen lassen, wenn es dir recht ist.«

Er küsste sie. William nahm Kristen in den Arm und hielt sie fest.

Als er erwachte, war sein Arm taub. Kristens Kopf hatte ihm die Blutzirkulation abgepresst. Behutsam löste er sich und machte eine kreisende Bewegung, bis seine Finger zu prickeln begannen. Er betrachtete die Schlafende, stand auf und schlüpfte aus dem Zimmer.

In der Küche erwartete Japser schwanzwedelnd sein Frauchen. Selbst nach Jahren war er enttäuscht, dass nur William die Treppe herunterkam. Das merkte er daran, dass sein Wedeln deutlich langsamer wurde, wenn er statt Kristen auftauchte. Er gab ihm zu fressen. Während Jasper sein Dosenfutter verschlang, schenkte Will sich einen Whisky ein. Wie sollten er und Kristen den heutigen Abend hinter sich bringen?, überlegte er. Auf keinen Fall durften sie nur über die Katastrophe diskutieren. Sie mussten etwas unternehmen, das sie ablenkte. Kochen zum Beispiel. Sie könnten zusammen einen Fisch zubereiten. Dafür musste man seine fünf Sinne zusammennehmen.

William wollte die Idee sofort in die Tat umsetzen. Es war schon spät, doch der Supermarkt hatte bis Mitternacht offen. Will machte eine Liste, was er an Zutaten brauchte. Danach saß er jedoch ein paar Minuten nur da und starrte in den halbdunklen Raum. Bonnie und Walter waren tot. Um Walter tat es ihm leid. Nach einem Leben voller Schicksalsschläge hatte er sich in der schönen Landschaft auf einen ruhigen Lebensabend gefreut. Nun hatte sich sein Abgang wie ein tragischer Paukenschlag vollzogen. Warum hatte er auch mit der Schrotflinte ins Nachbarhaus laufen müssen? Seine Wachsamkeit, die nur seiner Neugier entsprang, war ihm zum Verhängnis geworden.

Für Bonnie fand Will keinen pietätvollen Gedanken. Sie war ein verdammtes Ekel gewesen, eine verwöhnte, ewig nörgelige Ziege, die ihre mangelnde Attraktivität durch zu viel Kosmetik verschleiern wollte. Bonnie nannte sich *Autorin*, obwohl sie kaum je etwas geschrieben hatte. Hin und wieder eine Filmkritik oder die Synopsis für einen Roman, nichts Eigenständiges, immer nur parasitäres Zeug. Bonnie war ein Parasit gewesen. Sie hatte sich überall, wo es ihr nützlich schien, eingenistet. Unglaublich, aber wahr: Die sonst so sensible Kristen hatte Bonnie für ihre beste Freundin gehalten. Dabei hatte Bonnie Kristen ausgesaugt, sich ihrer bedient und sie mehrfach um Geld angeschnorrt. Ständig war Bonnie bei ihnen in Garpegården aufgetaucht, bis Will Kristen gebeten hatte, das abzustellen. Diplomatisch hatte sie ihrer Freundin daraufhin angeboten, sie könne das Haus unter der Woche nutzen, wenn sie beide nicht draußen seien. Doch statt den Wink mit dem Zaunpfahl zu verstehen, hatte Bonnie diese Möglichkeit weidlich ausgenutzt.

William schnaubte auf der Bank wütend durch. Bonnie hatte sich mehrmals an ihn rangemacht. Er hatte ihre Annäherungsversuche als schamlos und peinlich empfunden. »Erinnerst du dich nicht an den Spaß, den wir zusammen hatten?«, war ihre Replik gewesen, wenn sie eine neuerliche Abfuhr einstecken musste. Weshalb hatte Will das Kristen all die Jahre verschwiegen? Er wusste, warum. Er war nicht stolz darauf. Es war ein dunkler Fleck auf seiner Seele.

Er brachte das leere Glas in die Spülmaschine und ging

nach oben, um sich anzuziehen. Kristen schlief mit regelmäßigen Atemzügen.

»Komm, Jasper, Spaziergang.« Er lockte den Hund mit der Leine.

Gelangweilt hob der Spaniel den Kopf und ließ ihn wieder sinken. Bis auf seltene Ausnahmen wollte Jasper nur von Kristen ausgeführt werden.

»Aber pinkle bloß nicht wieder auf die Küchenfliesen.«

Will hängte die Leine weg und verließ das Haus. Da es zum Supermarkt nur ein paar Blocks waren, ließ er den Wagen in der Garage und nahm das Fahrrad. Als er vor dem Shoppingcenter ankam, fiel ihm auf, dass er die Einkaufsliste vergessen hatte. Und wenn schon. Ihm würden die nötigen Zutaten aus dem Gedächtnis einfallen.

ICH BIN ALICE

4 Alice fühlte sich, als ob sie in diesem Moment erst geboren worden wäre. Langsam hob sie die linke Hand, führte sie über den Kopf und ließ den Mittelfinger in ihrem Haar verschwinden. Das wilde Gewölk aus dunkelbraunen, rotbraunen, in allen möglichen Brauntönen changierenden Locken war das reinste Chaos. Ihr Finger erreichte den Scheitelpunkt und begann sich gegen den Uhrzeigersinn zu drehen. Nichts half Alice beim Nachdenken so zuverlässig wie das Kringeln ihres Haares. Nichts tat so wohl, als wenn die eingesponnenen Wirbel zu ziehen begannen, wenn der kreisende Mittelfinger losließ und ein Gefühl der Entspannung über die Kopfhaut zog. Es war ähnlich, wie wenn man nach einem langen Tag auf Skiern die Bretter abschnallte und die Skischuhe auszog.

Noch bevor der Spannungshöhepunkt erreicht war, ließ Alice den rotbraunen Kringel los, denn dort kam er. Dort trat er ein.

Sie hatte lange gezögert, etwas zu unternehmen, um in seine Nähe zu gelangen. Der Grund dafür war ihre Angst. Alice war ein Mensch, der sich vorwiegend über Angst definierte. Dabei wünschte sie sich nichts sehnlicher, als die Angst abzulegen, Freude zu empfinden und anderen Menschen Empathie entgegenzubringen. In diesem Augenblick saß sie mit gesenktem Kopf vor ihrem Drink. Sie hatte sich das Getränk nicht selbst ausgesucht, der Kellner des gespenstischen Lokals hatte es ihr empfohlen. Gespenstisch war dieser Ort, weil in seiner Auslage Leichenteile hingen, abgehackte, ausgeblutete Teile von Tieren. Obwohl Alice sich davor ekelte, war sie ins *Filetstuck* gekommen, da sie wusste, dass der Mann, der ihre Ängste bändigen konnte, heute hier sein würde.

William Falk kam durch den Mittelgang. Wie gut er aussah, seit Jahren hatte er sich kaum verändert. Alice besaß drei Fotos von ihm, drei abgegriffene, tausendmal angestarrte Bilder. Sie gaben ihr in ihren düstersten Momenten Halt und Hoffnung. William grüßte nach links und rechts, er war beliebt, geachtet. Mehr als alles auf der Welt wollte Alice mit ihm sprechen und sich ihm offenbaren. Vielleicht würde es heute so weit sein.

Alice hoffte, er würde sich an den Tisch gegenüber setzen, so könnten sie ein paar vorsichtige Blicke tauschen und schließlich ein Gespräch beginnen. Die Ähnlichkeit würde ihm bestimmt auffallen. Doch William setzte sich mit dem Rücken zu ihr, das verstand sie nicht, es verwirrte und kränkte sie. Sie hatte ihr neues Kleid angezogen, das dunkelbraun gemusterte, sich zart geschminkt und ihr Haar gewaschen. Nur für ihn hatte sie sich schön gemacht, er aber setzte sich an eine Stelle, wo er nichts davon wahrnehmen konnte.

Der Kellner trat an Williams Tisch und nahm die Bestellung auf. Sollte sie sich jetzt umdrehen und William ansprechen? Sie konnte nicht, sie war zu sehr gefangen in ihrer Welt des Scheiterns. Während sie überlegte, welche Möglichkeit noch blieb, um auf sich aufmerksam zu machen, trat eine schöne, selbstbewusste Frau an Williams Tisch. Alice kannte sie, jedermann in Schweden kannte die Nachrichtensprecherin

Diana Mattsson. Von ihr erfuhren die Schweden täglich, was in der Welt geschah. Sie war die Stimme Schwedens, und mit dieser Stimme begann sie auf William einzureden. Die Mattsson setzte sich sogar zu ihm und bestellte etwas zu essen. Sie würde also noch eine Weile bleiben. Alice dagegen konnte nicht bleiben, sie musste zurück an ihre unerfreuliche, schäbige Arbeit. Jemand, der so sehr von Angst durchdrungen war wie sie, fand nichts Besseres.

Sie gab den Plan auf, William heute kennenzulernen. Alice bemäntelte ihre Enttäuschung damit, dass sich vielleicht bald eine andere Gelegenheit ergeben würde. Beim nächsten Versuch würde sie ihm offener, furchtloser entgegentreten. Mit dem Gefühl, dass heute noch nicht aller Tage Abend sei, öffnete Alice ihre Tasche, winkte dem Kellner, bezahlte das bernsteinfarbene Getränk und verließ das Lokal mit dem unerträglichen Geruch nach verbranntem Fleisch. Traurig lief sie hinaus, verzagt wie ein Vogel, der sein hübsches Gefieder umsonst gespreizt hatte und nun wieder den Kopf unter die Flügel steckte.

5

Innerhalb von drei Tagen befand sich Will auf dem zweiten Trip zum Supermarkt. Sein erster Einkauf, in der Nacht, nachdem er und Kristen mit dem Verbrechen konfrontiert worden waren, und der anschließende Abend hatten sich in ein Fiasko verwandelt.

Gedankenverloren, bewegt von den Ereignissen, hatte er seinen Wagen an den Regalen entlanggefahren. Die Bilder des Tages hatten sich nicht verscheuchen lassen. Die Wände seines Wochenendhauses voller Blut, das Blaulicht der Einsatzfahrzeuge, das sein friedliches Grundstück in eine zuckende, beängstigende Welt verwandelt hatte, der alte Walter, der in einer Blechbox an Will vorbeigetragen worden war – aufgewühlt von den Erinnerungen, hatte Will kaum Aufmerksamkeit auf seinen Einkauf gewendet und beim Bezahlen festgestellt, dass er die Hälfte vergessen hatte. Bekümmert war er nach Hause gefahren und hatte dort einen Vulkanausbruch erlebt.

Heulend und zitternd war ihm Kristen entgegengetreten und hatte ihn angeschrien, wieso er sie so lange allein gelassen hätte. Sie an einem solchen Abend sich selbst zu überlassen, ohne Nachricht, unerreichbar, das sei der Gipfel an Herzlosigkeit. Obwohl William beteuerte, wie leid es ihm tue, Kristens Tränen wollten nicht versiegen. Jasper, der Konflikten stets aus dem Weg ging, verschwand unter dem Küchentisch. Will sagte, er habe sein Smartphone liegen lassen, deshalb hätte Kristen ihn nicht erreicht. Seine Erklärung, er habe ein Dinner vorbereiten wollen, steigerte Kristens Wut sogar. Wie er auf die Idee käme, dass sie auch nur einen Bissen hinunterkriegen würde, hatte sie geschrien und ihm Lieblosigkeit vorgeworfen, bis ihm schließlich auch die Hutschnur gerissen war. Er nannte sie hysterisch, ihr Streit steigerte sich ins Aberwitzige, bis William seine Bettwäsche schnappte und im Arbeitszimmer schlief. Am kommenden Morgen hatten sich beide für das Vorgefallene geschämt. Kristen hatte Williams Idee zu kochen süß gefunden und vorgeschlagen, die Sache zu wiederholen. Die Wahl war auf Freitag gefallen, und so war William, diesmal mit dem Auto, zum Einkaufen losgezogen.

Will suchte gerade eine Münze, um den Einkaufswagen loszuketten, als eine freundliche Weißhaarige ihm ihren Plastikchip überließ. Er bedankte sich, machte den Wagen los und rollte in die Halle.

Zuerst sah er sie nur von hinten und erkannte sie nicht. Als er den Wagen an ihr vorbeischob, erfasste ihn ein ganz bestimmter Geruch. Es war *Chloé*. William erkannte sie an ihrem Duft. Er blieb stehen.

»Hallo«, sagte er. Will sagte Hallo zu einer Frau, mit der er noch kein einziges Wort gewechselt hatte. »Wir kennen uns nicht. Entschuldigen Sie meine Direktheit, aber wir haben uns schon einmal gesehen. Das heißt, ich habe Sie gesehen, das war vor drei Tagen.«

Da die junge Frau nichts erwiderte, setzte Will seinen haspelnden Vortrag fort. »Es war im *Filetstuck*, wissen Sie noch? Sie haben Aperol getrunken, ich habe Lammfleisch gegessen.

Es war Dienstag, erinnern Sie sich? Entschuldigen Sie, aber ich finde es unglaublich, Ihnen hier wiederzubegegnen.«

Ihr Gesicht, das auch im kalten Licht der Deckenfluter dem Gesicht Madelaines erstaunlich ähnelte, war während seiner Suada unbewegt geblieben. Kurz sah es so aus, als ob sie etwas erwidern wollte, doch kein Wort kam über ihre Lippen. Erst als er mit seinem Monolog ins Stocken geriet, öffnete sie den Mund.

»Ich bin Ihnen gefolgt.«

Ich bin Ihnen gefolgt. Ein Satz, der auf mehrere Arten auszulegen war, als Geheimnis, als Teil eines Planes, als Ausdruck einer Belästigung. Nur als eines konnte der Satz unmöglich gedeutet werden: als Zufall. Bis jetzt hatte William an einen Zufall geglaubt, der ihm die junge Frau zum zweiten Mal über den Weg führte, doch ihre Worte bedeuteten das Gegenteil. Überrascht stützte er sich auf den Einkaufswagen, in dem sich nichts befand als eine Packung Maismehl. »Gefolgt sind Sie mir?«

Sie trug an diesem Abend nicht das Stretchkleid, sondern einen ausgebeulten Jogginganzug und Laufschuhe. Ihr Haar war nicht gelockt, sondern fiel gerade über die Schultern. Sie war ungeschminkt, William bemerkte ihren ungewöhnlich hellen Teint. Mit einer Haut wie dieser konnte sie sich bestimmt nur kurz der Sonne aussetzen. Es war das erste Merkmal, das nicht mit Madelaine übereinstimmte. Madelaine liebte die Sonne, sie hatte oft stundenlang am Strand zugebracht.

»Ich bin William Falk. Weshalb sind Sie mir gefolgt, wenn ich fragen darf?«

»Das kann ich Ihnen hier nicht sagen.« Sie sprach leise, als ob sie fürchtete, von anderen Kunden belauscht zu werden.

»Ist es denn so beunruhigend?« Er lächelte. »Sind Sie ein Profikiller, die auf mich angesetzt wurde?« Er wusste aus Erfahrung, dass sein Humor nicht von jedem verstanden wurde.

»Ich bin kein Profikiller«, antwortete sie todernst. »Ich bin Alice.«

»Hallo, Alice.« Arglos schüttelte er ihre erstaunlich kalte Hand. Madelaines Hände waren stets warm gewesen, durchdrungen von Leben.

»Wollen wir hinausgehen?«

»Sie sind noch beim Einkaufen.« Alice zeigte auf seinen Wagen.

»Das ist unwichtig«, beschwichtigte er, obwohl er wusste, dass Kristen auf die Lebensmittel wartete. Er ließ den Wagen stehen und trat zu Alice. In ihrem Korb entdeckte er Marshmallows, amerikanische Cookies, Reiswaffeln und eine Flasche Rotwein.

»Das ist nicht besonders ausgewogen, was Sie da kaufen.«

»Der reinste Mist«, bestätigte Alice. »Ich ernähre mich ungesund.« Auch sie ließ ihren Einkauf stehen. »Gehen wir.«

»Warum bringen Sie die Sachen nicht zur Kasse?«

»Gehen wir, William«, wiederholte sie drängend. »Sonst kann ich das nicht mehr.« Sie lief, nein, rannte zur Kasse, hob beide Arme, um zu zeigen, dass sie nichts gekauft hatte, schlüpfte neben den Wartenden in der Schlange durch und erreichte den Korridor zum Ausgang. Als William auf dem gleichen Weg durchschlüpfen wollte, erntete er einen misstrauischen Blick der Kassiererin. Sie behielt ihn im Auge, bis er die Elektroniksperre ohne Piepsen passiert hatte.

Draußen holte er Alice ein. »Und jetzt? Ich fürchte, hier gibt es nirgends in der Nähe ein Café, wo man reden könnte.«

»Wollen wir ans Wasser gehen?«

Eine unbekannte junge Frau, die gestanden hatte, dass sie William gefolgt sei, schlug ihm vor, nachts an den schwach beleuchteten Pier von Kungsholmen zu laufen. Entweder Alice war von einer unergründlichen Naivität, oder sie führte etwas im Schilde.

»Entschuldigen Sie, das kommt mir ein wenig ... abwegig vor. Sagen Sie mir lieber gleich, was Sie zu sagen haben. Ich kenne noch nicht einmal Ihren vollen Namen.«

»Alice Viklund.«

Er brauchte mehr als einen Moment, um zu begreifen. Viklund gehörte zu den geläufigsten Namen Schwedens. Es bedeutete nichts Besonderes, Viklund zu heißen. Doch im Fall von Alice bedeutete es alles, bedeutete es das Ganze, was William seit jenem Zusammentreffen im *Filetstuck* geahnt hatte. Madelaine, die Frau, der Alice zum Verwechseln ähnlich sah, hatte Madelaine Ingegard Viklund geheißen.

»Madelaine«, flüsterte William. »Madelaine.«

Madelaine war die Frau, die sein Leben unumkehrbar verändert hatte. Madelaine war vor über einem Jahr, am achtundzwanzigsten April, morgens, um sieben Uhr dreißig gestorben. William war bei Madelaines Tod dabei gewesen. Er hatte an ihrem Sterbebett gesessen, so wie er während der Wochen ihres qualvollen Dahinscheidens nicht von ihrer Seite gewichen war. Er hatte jede Rücksicht seiner Frau und seiner Firma gegenüber fahren lassen, er wollte nur noch bei Madelaine sein. Jede kostbare Minute ihres schwindenden Lebens hatte er mit ihr verbracht. Madelaine war bei ihrem Tod erst einundfünfzig Jahre alt gewesen.

Nachdem Madelaine die vernichtende Diagnose mitgeteilt worden war, hatte William Kristen gegenüber die Lüge nicht länger aufrechterhalten, dass diese Frau bloß eine verwehte Figur aus seiner Vergangenheit sei. Er hatte Madelaine immer geliebt, immerfort hatte es Madelaine für ihn gegeben. Er hatte sie sogar während der schönen Monate geliebt, in denen er mit Kristen zusammengekommen war. All das hatte er Kristen vor einem Jahr gestanden. Am Tag, als er zu Madelaine ins Krankenhaus gezogen und dort geblieben war, bis man das Laken über ihr erstarrtes Gesicht zog, an diesem Tag hatte er Kristen bekannt, was er tun werde und was die Gründe dafür seien.

Madelaine war eine Getriebene gewesen. Im Grunde ihres Herzens hatte sie zu niemandem gehört, zumindest nicht für lange Zeit. Madelaine war Künstlerin, eine schillernde Frau, die sich als Sängerin und Fotografin einen Namen gemacht hatte. Da Will wusste, dass eine dauerhafte Verbindung zwischen ihnen nicht funktionieren würde, hatte er sich auf den schmalen Grat einer lockeren Beziehung eingelassen. Jeder Mann, der versucht hatte, Madelaine ganz an sich zu binden, war gescheitert. Jeder, der der schönen Frau hinterhergewinselt hatte, war verächtlich zur Seite getreten worden. Nur William nicht, er niemals. Er und sie hatten einen unsichtbaren Kreis um sich gezogen, der von niemandem durchbrochen werden konnte.

Als Madelaine starb, war ihm so elend zumute gewesen, dass er am liebsten mit ihr zusammen nach drüben gegangen wäre. Madelaine hatte es ihm verboten. Aus ihrem wunderschönen, kaum noch wiederzuerkennenden Gesicht hatte sie ihm zugelächelt und ihm befohlen, sie nicht zu vergessen. Wie schrecklich, zugleich wie schön, so etwas zu sagen. Konnte ein Mensch seine Seele vergessen, konnte ein Mensch zu atmen vergessen? Denn das war sie für ihn gewesen, seine Seele und sein Atem. Einen solchen Schmerz hatte sich William nicht vorstellen können. Weder der Tod seiner Eltern noch der Tod von Kristens ungeborenem Kind waren imstande gewesen, diesen Schmerz in ihm zu entfesseln. Mit Madelaines Tod war ein Teil von William zerstört, abgeschnitten, fortgeworfen worden, den er nie mehr zurückgewinnen würde.

Hätte Kristen ihn damals nicht mit ihrem übergroßen Herzen aufgefangen, hätte sie ihm nicht die Freude am Leben als erstrebenswertes Gut aufgezeigt, wäre es fraglich gewesen, ob Will sich jemals gefangen hätte. In dem Jahr nach Madelaines Tod waren ihm Kristens Langmut, ihre innere Größe und unverbrüchliche Liebe in vollem Ausmaß klar geworden. Seine Frau, seine Kristen, war Wills Rettung gewesen. Obwohl sie erkennen musste, dass er während ihrer elfjährigen Ehe Madelaine nie aus den Augen verloren hatte, war Kristen an ihm nicht irre geworden. Vielleicht war ihre Großmut Ausdruck ihrer Erleichterung gewesen, dass Madelaine nun für immer verschwunden war, trotzdem hatte Will Kristens Fähigkeit zu verzeihen tief beeindruckt.

In diesem Moment stand er einer Frau gegenüber, die Madelaine so sehr ähnelte, dass Wills Herz bei ihrem Anblick schneller schlug. Sie trug den Namen Alice Viklund, Madelaines Namen. Es gab für William nur eine Schlussfolgerung.

»Sind Sie … Bist du Madelaines Tochter?«

Sie nickte, zugleich drängten Tränen in ihre Augen. »Ja, ich bin ihre Tochter.«

»O Gott«, stammelte er. Bevor Will wusste, was er tat, rannte er auf sie zu und schloss Alice auf dem hässlichen Supermarktparkplatz in seine Arme. Sie presste ihren schmalen Körper an ihn. Erst nach einer Weile lösten sie sich voneinander. William wischte sich über die Augen.

»Ich kannte deine Mutter«, begann er vorsichtig.

»Mama hat oft von dir gesprochen.«

»Von mir? Aber wann, wann denn nur?«, entgegnete er verwirrt. »Natürlich, Madelaine und ich haben uns manchmal für Jahre aus den Augen verloren, aber sie hat mir nie etwas von dir erzählt, von deiner Existenz, von …« William musste endlich die Frage stellen, die ihn aufs Tiefste bedrängte. »Wer ist dein Vater?«

Madelaine hatte mit vielen Männern geschlafen, es mussten Dutzende gewesen sein. Sie fand Sex die schönste Ausdrucksform der Lebensfreude.

»Ich bin nicht sicher«, antwortete Alice.

»Hast du deinen Vater denn nie kennengelernt? Hat er nicht bei euch gelebt?«

»Nein.«

»Warum nicht?«

William hätte sich die Frage selbst beantworten können. Weil Madelaine unfähig war, mit einem anderen Menschen zusammenzuleben. Es war in ihrem Lebensplan nicht vorgesehen. Ihre Fähigkeit zur Gemeinsamkeit war auf wenige Stunden des Tages begrenzt.

»Madelaine hat dir nicht gesagt, wer dein Vater ist?«

»Sie hat es mir bis zu ihrem Tod verschwiegen. Aber sie hat mir geschrieben.«

»Wann?«

»In einem Brief, den ich erst vor Kurzem erhalten habe.«

»Vor Kurzem? Madelaine ist seit über einem Jahr tot.«

»Es gab ein Missverständnis, eine Verwechslung, weshalb mich der Brief so spät erreicht hat.«

»Aber hast du dir davor nie die Frage gestellt, wer dein Vater ist?«

»Ich habe einige Jahre in einem Dorf in Nordschweden gelebt, weit entfernt von Mama.«

»Was hast du dort gemacht?«

»Nichts *gemacht*«, antwortete sie mit plötzlicher Schwermut. »Ich war in einer Einrichtung. Einem Heim für schwer erziehbare Mädchen.«

»Wieso?«

»Weil ich ein schwer zu erziehendes Mädchen bin.« Sie versuchte zu lächeln.

»Wie kommt das?«

»Ich bin Madelaines Tochter. Leider ohne eine Spur ihrer Begabung.«

»Du bist Madelaines Tochter«, wiederholte William, wie um es endgültig zu beglaubigen. »Aber mittlerweile weißt du, wer dein Vater ist?«

»Es wäre möglich.«

»Willst es mir sagen?«

Alice, die junge Frau im Jogginganzug, sah ihn lange verwundert an. Dann sagte sie es ihm.

6 Alice hatte das Heim gehasst. Sie hatte diejenigen gehasst, die verantwortlich dafür waren, dass sie in Nästansjö gelandet war. Sie hatte Madelaine gehasst, weil sie nicht verhindert hatte, dass man Alice dorthin brachte. Nästansjö war ein Nest in Nordschweden mit einhundertsiebenundzwanzig Einwohnern, die »Insassinnen« des Erziehungsheimes nicht mitgerechnet. Das halbe Jahr über blieb es dunkel, das andere halbe Jahr regnete und schneite es. Manchmal schneite es noch im August. Statistisch kamen in dieser Gegend Lapplands einundsechzig Einwohner auf einen Quadratkilometer. Die Verantwortlichen des Heimes meinten, für Mädchen, die sich schwer in die Gesellschaft eingliedern könnten, sei Nästansjö ein idealer Ort der Einkehr und Besinnung. In Wirklichkeit wurde man in Nästansjö konsequent aus der Gesellschaft ausgegliedert.

Bei Alice hätte jede normale Erziehungseinrichtung versagt, so die offizielle Begründung, die man Alices Mutter mitteilte, weshalb Madelaine mit der Einweisung ihrer Tochter einverstanden war. So hatte sie es auch Alice erklärt. Aber ihre Mutter musste gewusst haben, dass Alices unberechenbarer Charakter nur eine Variation ihres eigenen unberechenbaren Charakters war. Madelaine war ein Mensch, der ständig Angst davor hatte, arriviert zu werden und dadurch als konservativ zu erscheinen. Dabei hatte sie vergessen, dass kleine Kinder die konservativsten Wesen der Welt waren. Ständig hatte Alice mit ihrer Mutter umziehen müssen, von Skandinavien nach Frankreich, später in den Süden Griechenlands, für ein paar Monate nach Moskau und dann wieder ein ganzes Jahr in einen abgeschiedenen Weiler nahe Helsingør. Manchmal waren sie zu zweit gewesen, doch meistens hatte Alice neben dem wechselnden Zuhause auch mit wechselnden Männern ihrer Mutter zu tun gehabt.

Allmählich erst begriff das kleine Mädchen, dass seine Mutter berühmt war. Wenn sich kein Babysitter finden ließ, musste Alice während Madelaines Konzerten in der Garderobe auf sie warten. Sie erlebte, wie ihre Mutter mit Blumen überschüttet, von Applaus verwöhnt, durch die Blitzlichter der Fotografen der Normalität entrissen wurde. Manchmal bestaunte Alice ihr eigenes Konterfei, wenn bei Vernissagen von Madelaines Fotozyklen auch Bilder der kleinen Alice in den Galerien hingen. Ihre Mutter wurde dafür bewundert, dass sie neben ihrem freien Künstlerleben mit der Erziehung eines Kindes fertigwurde.

Die Wahrheit war: Es hatte keine Erziehung für Alice gegeben. Madelaine setzte ihrer Tochter niemals Grenzen, sagte ihr nie, was sie zu tun hätte. »Mach deine eigenen Erfahrungen«, war ihr Lieblingssatz. Als das Kind sich schließlich zu einem attraktiven Teenager entwickelt hatte, verschwanden die Fotografien von Alice aus Madelaines Ausstellungen. Ihre heranwachsende Tochter, die mit jedem Jahr schöner wurde, entwickelte sich für Madelaine zum Symbol ihres eigenen Alterns. Mutter und Tochter entfremdeten sich voneinander, ihre häufigste Kommunikationsform wurde der

Streit, gehässig und böswillig, denn neben dem Aussehen hatte Alice das scharfe Mundwerk ihrer Mutter geerbt. Als es ihr nicht mehr gelang, Madelaine damit hinreichend aus der Reserve zu locken, setzte sie härtere Maßnahmen ein. Sie wollte ihre von allen vergötterte Mutter verletzen.

Mit vierzehn ließ Alice sich bereits mit Männern ein, mit den falschen Männern, mit zu alten Männern, die Alice die finanzielle Unabhängigkeit von Madelaine ermöglichten. Durch diese Männer gelangte sie zu den Drogen. Als die Männer verschwanden, musste Alice andere Wege finden, an die Drogen zu kommen. Sie begann zu klauen, wurde erwischt und aktenkundig. Die erste Jugendstrafe folgte, die erste nutzlose Therapie. Der erste Selbstmordversuch, wie stümperhaft auch ausgeführt, brachte sie in eine Nervenklinik. Nach ihrer Entlassung hielt das Jugendamt die Überstellung nach Nästansjö für die einzig richtige Maßnahme.

Monatelang bemühte sich Alice um Unterordnung, doch ihr Unterbewusstsein machte ihr einen Strich durch die Rechnung. Alice fing an zu glauben, dass die Nahrung in Nästansjö vergiftet sei und die Mädchen mit heimlich verabreichten Psychopharmaka fügsam gemacht werden sollten. Alice entschied sich zu einer subtilen Form der Magersucht. Ohne dass die anderen es merkten, verweigerte sie die Nahrungsaufnahme. Sie erfand fantasievolle Methoden, das Anstaltsessen in Blumentöpfen oder Plastiktüten verschwinden zu lassen. Sie arrangierte die Speisen auf ihrem Teller so geschickt um, dass man bei flüchtigem Hinsehen annehmen konnte, sie hätte davon gegessen. Währenddessen ernährte sich Alice ausschließlich von Obst. Nach und nach wurde sie immer weniger.

Die Erzieherinnen vermuteten hinter Alices Gewichtsabnahme den Spleen, schlank wie ein Model zu sein. Als sie sehr spät die Wahrhheit entdeckten, wog Alice nur noch sechsunddreißig Kilo. Sie wurde in eine Klinik eingewiesen, in der man sie zwangsernährte. So entkam Alice dem Heim für schwer erziehbare Mädchen.

All das erzählte sie William offenherzig und ohne Scheu, sie wollte ihm ihre dunkle Vergangenheit nicht verschweigen. Sie waren Alices Vorschlag nun doch gefolgt und ans Wasser gegangen. An dem nüchternen Kai mit seiner armseligen Begrünung erfuhr er die ganze tragische, aber auch abenteuerliche Geschichte. Tragisch für Alice, tragisch aber auch für Madelaine und nicht zuletzt für Will, der um all die Jahre mit seiner Tochter gebracht worden war, der erst einmal verstehen musste, dass er tatsächlich Vater war, dass seine Tochter vor ihm stand.

Alice verriet William, wie es Madelaine gelungen war, zu verheimlichen, dass sie ein Kind erwartete. Noch bevor man der Schwangeren die körperliche Veränderung ansah, hatte sie sich vor Will zurückgezogen und war ins Ausland gegangen. In Frankreich hatte sie Alice zur Welt gebracht, war nach einigen Stationen schließlich nach Skandinavien zurückgekehrt und hatte mit dem Baby nahe Helsingør gelebt. Während Alice aufwuchs, hatte Madelaine Will mehrere Male getroffen, ohne ihm etwas von der Existenz des Kindes zu sagen.

»Warum hat sie das getan?«, fragte er. »Mehr als alles andere hätte ich mich über ein Kind mit Madelaine gefreut.«

»Du warst damals schon verheiratet.« Alice zog den Reißverschluss ihres Trainingsanzugs hoch. »Mama wollte dich nicht in Schwierigkeiten bringen.«

Er schüttelte den Kopf. »Uneheliche Kinder oder Kinder

eines Vaters, der nicht ständig bei der Familie ist, sind bei uns nichts Ungewöhnliches.«

»Mama hat mir noch etwas anvertraut. Das war Jahre vor ihrem Tod.«

»Was hat sie dir gesagt?«

»Dass eure Liebe, so groß sie auch war, niemals eine lebbare Liebe gewesen wäre. Mama hat wohl gespürt, dass du dir mehr von eurer Beziehung erwartet hast.«

»Es gab Zeiten, in denen ich Madelaine gern zu meiner Frau gemacht hätte.« Will blieb stehen. Er sah Madelaines Doppelgängerin an. »Und das hat sie dir, ihrer halbwüchsigen Tochter, einfach so erzählt?«

»Ich habe später, als ich schon nicht mehr bei ihr wohnte, viel über euch nachgedacht.«

»Nachgedacht, bevor du wusstest, dass ich möglicherweise dein Vater bin? Wieso?« Er manövrierte Alice in den Lichtkegel einer Straßenlaterne und sah ihr in die Augen.

»Weil ich in dieser Zeit niemanden hatte, keinen Partner, keine Freundin und keinen Vater.«

»Wieso hattest du keinen Menschen?«

»Weil ein Mädchen, das kaum vierzig Kilo wiegt, bei anderen wenig Verständnis findet. Weil ein magersüchtiges Mädchen ständig lügen muss, um ihren Zustand zu verschleiern. Ich hatte nie einen Vater, Will. Da dachte ich gern über einen Mann nach, von dem mir meine Mutter viel erzählt hat, den Mann ihres Lebens, mit dem sie nie zusammenleben konnte.«

»Trotzdem ist es merkwürdig.« Er ließ Alice nicht aus dem Blick.

Ihre Augen waren weit und freundlich, in völliger Offenheit erwiderte sie: »Ist es nicht natürlich, wenn man sich wünscht, dass derjenige, dem das Herz meiner Mutter gehört hat, auch mir nahe sein soll?«

»Aber du hast Madelaines Brief erst viel später erhalten.«

»Ja, etliche Jahre später.« Sie zwinkerte. »Und bloß damit du nicht eingebildet wirst: Jahrelang habe ich überhaupt nicht an dich gedacht. Ich habe mit einer Ausbildung begonnen.«

»Was hast du studiert?«

»Ich habe nichts *studiert*. Ich habe die Hotelfachschule in Malmö besucht. Ich wollte Köchin werden.«

»Köchin? Du warst magersüchtig.«

»Niemand denkt mehr und intensiver über Essen nach als eine Magersüchtige. Essen ist das einzige Thema, das Bedeutung hat. Als ich wieder *normal* geworden war, wollte ich alles über die Zubereitung von Essen erfahren. Also ging ich nach Malmö.«

»Bist du Köchin geworden?«

Sie zuckte die Schultern. »Ich kann immerhin sagen, ich arbeite in der Hotelbranche. Seit ich wieder in Stockholm bin, arbeite ich im Fridhelmsplan.«

»Das Hotel Fridhelmsplan? Das liegt hier um die Ecke.«

»Was glaubst du, weshalb ich ausgerechnet in diesem Supermarkt einkaufe? Ich wohne im Angestelltentrakt des Fridhelmsplan.«

»Was arbeitest du?«

»Zimmerservice.«

»Du bist Kellnerin?«

»Ich mache die Zimmer sauber.«

»Aber das ist … das ist …« Seine Enttäuschung war nicht zu überhören. »Alice, du bist inzwischen …« Er rechnete nach.

»Ich werde sechsundzwanzig.«

»Mit sechsundzwanzig Jahren arbeitest du als Zimmermädchen?«

»Man muss leben, William.«

»Warum wurde nichts aus deinem Plan, Köchin zu werden?«

»Du willst wohl alles gleich am ersten Abend wissen?« Lächelnd hakte sie sich unter, als wenn die Unterhaltung nicht über verlorene Jahre, Schmerz und tief greifende Fragen gegangen wäre. »Lass uns zurückgehen, mir wird kalt.«

Überrumpelt von ihrem Stimmungsumschwung, folgte er ihr. Einsam hörten sich ihre Schritte auf dem ausgewaschenen Beton an.

»Kann ich Madelaines Brief vielleicht einmal lesen?«, fragte er, als der Supermarkt wieder in Sicht kam.

»Natürlich.«

»Wie hat sich das angefühlt, als du ihn zum ersten Mal gelesen hast, als du erfahren hast ...«

»Dass du mein Vater bist?«

Unweit von seinem Auto blieben sie stehen.

»Für mich hat sich eine geheime Hoffnung erfüllt«, sagte Alice dezidiert, als ob dieser Satz nie wieder gelöscht werden, als ob er für immer Bestand haben sollte.

»Das ist sehr schön«, antwortete William. Gern hätte er sie noch einmal in die Arme geschlossen. »Ich kann dich heimfahren, wenn du willst.«

»Das Fridhelmsplan ist nicht weit.«

»Sehen wir uns wieder?« Will wollte sie wiedersehen, natürlich. Er wollte, dass sie ein Teil seines Lebens wurde.

»Darf ich dich anrufen, oder ist es dir lieber, wenn du mich anrufen kannst?«

»Wieso sollte mir das lieber sein?«

»Wegen deiner Frau natürlich.«

»Wegen meiner Frau«, murmelte er, als ob es ihm in diesem Moment erst einfallen würde. »Wegen meiner Frau. Natürlich.«

7

William lief durch die Straßen von Kungsholmen, vorbei an grauen Verwaltungsgebäuden, entlang der Bahngleise, die in die Ferne führten, irgendwohin hinaus, während er nach Hause zurückkehren, seiner Frau entgegentreten und ihr würde erklären müssen, warum er auch diesmal ohne Lebensmittel heimkam. Nachdem er sich passende Worte zurechtgelegt hatte und auf Kristens Verständnis hoffend sein Haus betrat, fand er dort die Kommissarin Dagny Larsson vor. Sie befragte Kristen zum Mordfall in Garpegården.

»Vermieten Sie Ihr Haus in Mölna öfter an Bekannte?«

»Wir vermieten nicht«, antwortete Kristen. »Wir geben unseren Freunden die Gelegenheit, das Haus zu nutzen, wenn wir nicht draußen sind.«

Als Will zur Tür hereinkam, bewegte Kristen stumm die Lippen und fragte lautlos: »Wo warst du so lange?«

»Können Sie mir sagen, ob Sie da draußen in den Schären Feinde haben? Oder haben Sie vielleicht Feinde in Stockholm, Menschen, die Ihnen übel wollen?«

William setzte sich zu Kristen auf das Sofa. Er war noch so gefangen von der unglaublichen Neuigkeit, dass es ihm schwerfiel, sich wieder in das albtraumartige Szenario des Doppelmords einzufinden. Von der Seite betrachtete er Kristen. Seine Gedanken schweiften ab.

Zehn Jahre lang, zwischen ihrem fünfunddreißigsten und fünfundvierzigsten Geburtstag hatte sie darunter gelitten, dass sie keine Kinder bekamen. Geduldig hatten sie fast alles ausprobiert, was Medizin und Spiritismus in diesem Fall anboten. William hatte oft in einen kleinen Becher onanieren müssen, woraus der Keim gefiltert worden war, den man Kristen eingepflanzt hatte. Zweimal war sie schwanger geworden, beide Male hatte sie den Embryo vor der zwölften Woche verloren. Sie hatten Reisen zu Naturvölkern unternommen, in skurrilen Hütten gesessen und heiligen Männern und weisen Frauen zugehört. Sie hatten über Adoption gesprochen, diesen Weg aber letztlich für sich ausgeschlossen. Kristen und Will waren keine Eltern geworden. Sie hatten sich in all den Jahren bemüht, die Schuld dafür nicht beim anderen zu suchen. Seit ihrem sechsundvierzigsten Geburtstag schien Kristen die Hoffnung endgültig aufgegeben zu haben. Als unausgesprochenes Zeichen ihrer Resignation hatte sie eines Tages ein pechschwarzes Knäuel mit nach Hause gebracht und es Jasper genannt. Will und Kristen waren nun ein wohlsituiertes Paar in den besten Jahren, das seine Freiheit ungehindert genoss. So lautete wohl die offizielle Bezeichnung für eine Konstellation wie ihre.

Heute war Will aus dem Haus gegangen, um Steaks und grünen Spargel zu kaufen, und war mit einer sechsundzwanzigjährigen Tochter zurückgekehrt. Ein Kind, das ihm Madelaine, die größte Liebe seines Lebens, gleichsam als spätes Vermächtnis zugeschickt hatte. Für William fühlte es sich wie ein Posaunenstoß in seinem Leben an, unabsehbar in den Folgen sprengte es jedes bisherige Erlebnis. Er hoffte, den Posaunenklang etwas abdämpfen zu können, wenn er Kristen davon berichten würde. Denn berichten musste er es, da gab es keinen Ausweg. Unterwegs hatte er kurz erwogen, ihr die Neuigkeit zu verschweigen, nicht aus Feigheit, sondern um ihr den Schmerz zu ersparen. Während Madelaines Krankheit war Kristen zwangsläufig dahintergekommen, wie viel William immer noch für diese Frau empfand. Ihre Rivalität war also erst durch die Krankheit und schließlich den Tod zutage getreten. Mit dem heutigen Tag hatte Madelaine aber endgültig den Sieg davongetragen. Sie hatte ein Erbe hinterlassen, dem Kristen nie etwas würde entgegensetzen können.

Sollte er es ihr nicht besser verschweigen? Musste er sie nicht davor bewahren, ein Jahr nach Madelaines Tod erneut gedemütigt zu werden? Was aber, wenn Kristen zufällig dahinterkam, dass William eine Sechsundzwanzigjährige traf, die Madelaine wie aus dem Gesicht geschnitten war? Musste Kristen dann nicht annehmen, dass er ein Verhältnis mit einer jüngeren Madelaine hatte und somit Kristen sozusagen zum zweiten Mal mit der gleichen Frau betrog?

»Haben Sie Feinde in Mölna, Herr Falk?«, wiederholte die Kommissarin.

Kristen, die spürte, dass Will nicht bei der Sache war, kam ihm zu Hilfe. »Wollen Sie damit andeuten, dass jemand in unser Haus gekommen sein könnte und Bonnie vorsätzlich erschossen hat?«

»Ich versuche herauszukriegen, ob Frau Håkansson möglicherweise gar nicht das Ziel des Anschlags war, sondern Sie beide.«

»Die Tat könnte uns gegolten haben?«, entgegnete Kristen alarmiert.

»Ist Ihnen die Idee noch nicht gekommen?«

»Und was ist mit Ihrer Vermutung, dass der Täter ein Einbrecher war, der von Bonnie überrascht wurde?«

»So kann es sich nicht abgespielt haben«, antwortete Frau Larsson. »Täter und Opfer müssen sich unterhalten haben. Es standen zwei Whiskygläser auf dem Tisch, es wurde Kaffee gekocht und Kuchen aufgeschnitten. Frau Håkansson muss den Täter oder die Täterin ins Haus gelassen haben.«

»Nicht unbedingt. Wir sperren Garpegården niemals ab, damit sich potenzielle Diebe selbst überzeugen können, dass es dort nichts zu holen gibt«, entgegnete Kristen. »Bonnie könnte mit Walter etwas getrunken haben, der Täter drang ein, es kam zum Streit und dann zum Doppelmord.«

Jasper trottete vor das Sofa und schaute Kristen fragend an. Da von ihr kein Widerspruch kam, sprang er hoch und legte den Kopf in ihren Schoß.

Frau Larsson tippte etwas in ihr Tablet und klappte den Lederschutz darüber. »Das wäre dann alles für heute.«

»Für heute?«, fragte Will irritiert. »Ich wüsste nicht, was wir Ihnen sonst noch sagen sollten. Wann werden Sie unser Haus freigeben, damit wir die Schäden reparieren können?«

»Damit werden Sie noch warten müssen. Ich kann den Tatort noch nicht freigeben.«

»Am besten, wir verkaufen das Haus«, sagte Kristen, nachdem sie Frau Larsson zur Tür gebracht hatten.

»Verkaufen?« Vor dem alten Kachelofen, den sie selten benutzten, blieb William stehen.

»Ich kann dort keine einzige Nacht mehr verbringen.« Sie setzte sich an den Walnusstisch und schaute zu ihm hoch. »Könntest du das?«

»Aber gleich verkaufen?« Er rutschte neben sie auf das jagdgrüne Kissen. »Wir werden das Haus von Grund auf renovieren.«

»Verstehst du nicht: Der unselige Geist von Bonnie lebt dort fort und auch der von Walter. Der Fluch eines Mordes liegt auf unserem Haus. Ich könnte dort nichts mehr essen oder den Garten gießen oder vor dem Fernseher sitzen. Ich könnte es einfach nicht.«

»Ein Haus wie dieses, nur fünfundzwanzig Minuten von Stockholm entfernt, finden wir nie wieder. Garpegården ist ein Juwel.«

»Ein besudeltes Juwel, das von nun an Unglück bringt.«

»Ach, Kristen«, sagte er.

Was Will sonst noch sagen wollte, behielt er lieber für sich. Er fand die spirituelle Seite seiner Frau manchmal reizend, vielleicht sogar rührend, nahm sie aber nicht ernst. In ihrem Zimmer hatte sie mehrere Bibliotheksmeter esoterische Literatur aufgereiht, manchmal sah er sie darin schmökern. Will war vor Jahrzehnten aus der Kirche ausgetreten. Seine Spiritualität beschränkte sich darauf, während mancher Sonnenuntergänge schwermütig zu werden, beim Roulette auf Schwarz zu setzen und zu hoffen, dass es nach dem Tod noch irgendetwas geben möge. Was Will nicht akzeptierte, war, dass Kristen sein geliebtes Garpegården verkaufen wollte, bloß weil sie böse Geister darin vermutete.

»Darüber sprechen wir noch«, sagte er in der Hoffnung, dass ihre Aufwallung sich in ein paar Tagen legen würde.

»Ich habe Hunger. Was hast du eingekauft?« Kristen klopfte auf den Tisch, als ob das Essen wie von Zauberhand dort auftauchen müsste.

»Ich bin auch hungrig«, erwiderte Will geschickt. »Mit dem Kochen würde es allerdings zu lange dauern. Lass uns essen gehen. Das bringt uns auf andere Gedanken.«

Zu seiner Erleichterung sagte Kristen sofort zu und ging

sich umziehen. Will genehmigte sich währenddessen einen Grappa, den sie aus Neapel mitgebracht hatten. Er ließ das samtweiche Getränk durch seine Kehle rinnen und dachte an Alice. Wie wunderbar war doch das Leben, weil es sich stetig und unerwartet erneuerte.

»Wollen wir ins *Filetstuck* gehen?«, rief er nach drüben. Als Kristen nicht antwortete, machte er ein paar Schritte zum Badezimmer. »Die kochen dort mit Biofleisch. Diese Steaks waren einmal glückliche Kühe.«

Das Haus hatte die Eigenheit, dass die Küche und das Esszimmer, Bad, Wohnzimmer und Flur gewissermaßen im Kreis angeordnet waren. Man konnte dort also eine Runde drehen. Während Will ins Badezimmer hineinrief, tauchte Kristen lautlos in seinem Rücken auf.

»Gute Idee«, sagte sie so unvermittelt, dass er zusammenfuhr.

»Warum erschreckst du mich so?«

»Ich habe mir nur das rote Kleid geholt.« In schwarzer Unterwäsche stand sie vor ihm und hielt sich das figurbetonte Kleid vor die Brust.

»Süß sieht das aus.« Er half ihr, den Reißverschluss am Rücken zu schließen. Insgeheim dachte er, dass sich im *Filetstuck* eine passende Gelegenheit ergeben würde, die große Neuigkeit anzusprechen. Falls er den Mut dazu fand.

»Brav sein, Jasper.« Kristen lief Will in den Flur voraus.

Seufzend begrub der Hund die Schnauze unter seinen Pfoten. Ein weiterer einsamer Abend ohne Frauchen stand ihm bevor.

Will musterte Kristen von hinten. Das Kleid stand ihr ausgezeichnet. Vielleicht würde er nach dem Essen mit ihr schlafen. Er nahm es sich ernsthaft vor.

DAS LEBEN MIT MEINER MUTTER

8 Das Fridhelmsplan war ein Massenabfertigungshotel mit hundert identischen Zimmern: Einchecken, Minibar, Internet gratis, Pornokanal gegen Gebühr, mittelmäßiges Frühstücksbüffet, Auschecken, Putzen, Handtücher wechseln, Begrüßungsschokolade auf die Kopfkissen – so sah der tägliche Kreislauf aus, mit dem im Hotel das Geld verdient wurde. Mitunter kam es vor, dass ein Handelsreisender, ein einsamer Stockholm-Tourist oder ein abenteuerlustiger Familienvater auf die Idee kam, Alice, das hübsche Zimmermädchen, könnte im Preis inbegriffen sein. Trotz ihrer Lebensangst wusste Alice die richtigen Register zu ziehen, wenn sie einen aufdringlichen Mann in seine Schranken weisen musste. Versuchte es ein Gast, richtete sie sich zu ihrer vollen Größe von ein Meter achtundsiebzig auf und bedachte ihn mit einem Blick, der sagte: »Traust du dir das wirklich zu?« Fast jedem sank die Eroberungslust dann in die Hose. Nur wenige waren weiter gegangen. »Soll ich den Manager rufen?«, hatte Alice dann gefragt. Die Angst vor Unannehmlichkeiten war größer gewesen als die Hoffnung, bei Alice zu landen. Wegen dieser Erfahrungen ihres ungeliebten Berufes, auch wegen Alices Unfähigkeit, das Freundliche und Liebenswerte in anderen Menschen zu sehen, hatte sie die Aufdringlichkeit zur schlimmsten aller

Untugenden erhoben, zu ihrer persönlichen Todsünde Nummer eins.

Doch seit sie William kannte, war es damit vorbei: Alice hatte beschlossen, ihren Bannfluch gegen die Aufdringlichkeit aufzuheben. Sie wollte den Kontakt zu ihm nach nur vierundzwanzig Stunden fortsetzen. Nach einem routinemäßigen Arbeitstag meldete sie sich vom Dienst ab und lief auf ihr Zimmer im Angestelltentrakt. Es war heiß und stickig, Alice zog den Arbeitskittel aus und warf sich in Unterwäsche auf das Bett. Sie wollte William so schreiben, wie die Menschen das früher getan hatten, als Mitteilungen noch nicht in sekundenhafter Vergänglichkeit durch den Äther geschwirrt waren. Alice griff zum Kugelschreiber und setzte die Spitze auf das Briefpapier. – *Lieber William* –

Sie erschrak über ihre Handschrift. Das Gekrakel war ein Spiegel ihrer Seele: unsicher ausufernd, sinnlos verschnörkelt durch die Gehemmtheit, etwas Eindeutiges zu sagen. Mit einer solchen Klaue würde sie William abschrecken. Alice öffnete ihren Laptop. Eine Weile saß sie vor dem weißen Bildschirm.

Lieber William,

ich bin noch ganz benommen von dem gestrigen Erlebnis. Ich hatte mir unsere erste Begegnung schöner vorgestellt. Ausgerechnet in einem Supermarkt mussten wir uns kennenlernen. Wenn ich dich nun mit Vater anreden würde, käme es dir bestimmt zu unvermittelt vor, daher will ich fürs Erste William zu dir sagen. Ich habe dir so viel zu erzählen, mehr noch aber wünsche ich mir, dass du über dein Leben berichtest. Was für ein aufregendes Leben du geführt haben musst. Wenn es dir nicht zu schwerfällt, würde ich gern erfahren, wie deine Zeit mit meiner Mutter gewesen ist. Ich kannte sie leider nur als die Person, die mich von sich gestoßen hat. Nicht in einem brutalen Sinn, das sollst du nicht denken: Die seltenen Male, wenn wir zusammen Zeit verbrachten, war sie lustig und verspielt und hat sich um mich bemüht. Doch das hielt nie lange an, und es wurde von Jahr zu Jahr seltener. Wann immer sie konnte, gab sie mich in die Obhut von Leuten, die ich mit der Zeit besser kennenlernte als Madelaine. Ich habe es ihr nie übel genommen, weil ich sie bewunderte. Sie war großartig und wegen ihrer Großartigkeit unerreichbar. Meine Mutter wurde angehimmelt und umschwärmt. Was sollte sie mit einem kleinen unnützen Wesen wie mir? Ich habe früh begriffen, wie wenig ich wert war, weil ich mich immerzu in Bezug zu meiner schillernden Mutter setzte. Ich empfand mich als Last für sie, darum wollte ich eine möglichst leichte Last sein. Ich habe nie geweint, wenn meine Mutter schon nach kurzer Zeit wieder Abschied nahm. Geweint habe ich hinterher, manchmal einen halben Tag lang.

Wenn das Weinen nichts nützte, wenn meine Tränen mich kraftlos und leer gemacht hatten, kam die Phase, in der ich versteinert war. Dann war ich einfach nicht mehr da. Wer immer sich dann gerade um mich kümmerte, sah mich zwar in meinem Zimmer sitzen, aber ich war nicht erreichbar. Das war die schlimmste Phase von allen.

Ich überwand sie, indem ich zu stehlen begann. Obwohl Madelaine mir meine Wünsche meistens erfüllt hat, wollte ich damals immer häufiger nichtssagende, sinnlose Dinge haben – eine Dose Thunfisch, einen Rasierpinsel, Süßigkeiten, die mir gar nicht schmeckten. Ich stahl diese Dinge. Sobald ich sie hatte, interessierten sie mich nicht mehr. Ich warf sie aber nicht fort, sondern legte ein kleines Lager an. Mein »Lager der Nutzlosigkeiten« befand sich in einer Ecke unseres Dachbodens, wo niemand es aufspürte. Dort fühlte ich mich geborgen. Ich selbst war nutzlos, und die Dinge, die ich geklaut hatte, waren genauso nutzlos: Es war eine perfekte Welt.

Später sagte man mir, dass ich mit meiner Kleptomanie nur die Aufmerksamkeit der anderen hatte erregen wollen. Wie du weißt, ist mir das auch gelungen: Ich wurde erwischt, verhaftet und angeklagt. Die Polizisten waren aufmerksam zu mir, auch der Jugendrichter schenkte mir seine Aufmerksamkeit. Es kam zur ersten Verurteilung, zur ersten Jugendstrafe, und so ging es weiter. Ohne dass ich es merkte, drehte sich der Kreisel meines nutzlosen Lebens immer schneller auf den Abgrund zu. Nästansjö war der Ort, an dem es dann nicht mehr weiterging. Nästansjö war der Tiefpunkt.

Alice hielt inne. Was schrieb sie da zusammen? Sollte diese armselige Lebensbeichte etwa den Beginn einer Beziehung zu William einleiten? Las sich das nicht eher wie die Beichte von jemandem, der unbedingt Mitleid erregen wollte oder wie das altkluge Gekritzel eines Psychologiestudenten im ersten Semester?

Alice ließ den Blick sinken. Sie starrte in die Vertiefung zwischen ihren Brüsten in dem schwarzen BH. Schweiß hatte sich dort gesammelt. Sie beschloss zu duschen und ihren Brief danach zu überarbeiten. Es war wichtig, dass William sie mochte, dass er einen beschädigten Menschen wie sie lieb haben konnte. Vielleicht war es im Moment das Wichtigste überhaupt.

ICH GEH VIELLEICHT NOCH MAL RAUS

9 Den Vormittag über habe ich überlegt, ob ich dir schreiben soll, nun nimmst du mir die Entscheidung ab. Ich bin froh, so rasch von dir zu hören. Unsere zufällige Begegnung gestern im Supermarkt war das Beste, was uns passieren konnte. Kein bemühtes erstes Kennenlernen, bei dem man krampfhaft versucht, seine Schokoladenseite zu zeigen. Du im Jogginganzug, ich müde und ausgelaugt nach einem langen Arbeitstag, so sind wir einander begegnet. Ich fand das wunderbar, und ich glaube ...

»Was machst du da drüben, Will?«, rief Kristen.

Seine Finger hielten über der Tastatur inne. Warum unterbrach sie ihn ausgerechnet jetzt?

»Ich beantworte Mails«, antwortete er bemüht freundlich.

»Hast du Hunger?« Kristen näherte sich dem Arbeitszimmer.

Schnell schob er ein anderes Programm über die Mail an Alice. Im Büro hatte er nichts als Mandeln gegessen und seit dem Nachhausekommen nur eine Mango. Er hatte rasenden Hunger.

»Nein, kein Appetit«, antwortete er. »Willst du schon ohne mich essen, Liebling?« Er lauschte, ob sie eintreten würde, doch Kristen ging in den Salon und öffnete die Terrassentür. Wahrscheinlich ließ sie Jasper nach draußen.

Willst du ohne mich essen bedeutete, dass Will heute Abend lieber allein sein wollte. Solche Abende hatte es in letzter Zeit öfter gegeben. Er konnte Kristen einfach nicht ständig um sich haben. Im Büro, in der Öffentlichkeit, zu Hause, ununterbrochen war sie in seiner Nähe. Manchmal verglich er ihre Anhänglichkeit mit der Jaspers, der nicht von ihrer Seite wich.

Williams Blick fiel auf die henkellose Tasse neben der Tastatur, die *Überlebensgroße,* wie er sie nannte. Kristen liebte solche französische Tassen, täglich servierte sie ihm darin seinen Masala Chai, den er pflichtschuldig trank. Dieses Ritual hatten sie eingeführt, als William kurz nach Madelaines Tod einen Zusammenbruch erlitten hatte. Es war ein leichter Infarkt gewesen, ausgelöst durch sein tiefes privates Leid.

Kein Mensch hätte einfühlsamer als Kristen auf seinen Zustand reagieren können. Sie verordnete ihm eine vierwöchige Auszeit, übernahm die Leitung der Firma allein, umsorgte William und half ihm, seine Ernährung auf ein gesünderes Level zu heben. Eine dieser Maßnahmen war der Wechsel von den zahllosen Espressi, die er unkontrolliert in sich hineingekippt hatte, zu den bekömmlichen, arterienfreundlichen Chai-Tees. Kristen hatte eine Zeit lang experimentiert, bis sie die richtige Mischung für ihn gefunden hatte. Sie bestand aus Zimstangen, Kardamomsamen, Assamtee, Vanille, Honig und Milch. William war Kristen so dankbar für ihre Fürsorge und dass sie ihm verziehen hatte, dass er alles willenlos mitmachte, auch den täglichen Chai. Das Zeug war im Grunde widerlich. Es schmeckte nach aufgewärmter Molke, in der jemand seine Zigarre gelöscht hatte. Aber Will beschwerte sich nicht und trank allabendlich das verhasste Getränk.

Eine Art Scham stieg in ihm auf, als er an den gestrigen Abend dachte: Er hatte gekniffen. Er hatte Kristen nichts von der Begegnung mit Alice erzählt. Der rechte Augenblick dafür hatte sich nicht eingestellt, redete er sich ein. William hatte Angst, seiner Frau die Existenz seiner unehelichen Tochter zu beichten. Angespannt war er zu Bett gegangen und hatte ohne Gutenachtkuss das Licht gelöscht.

Um sein Gewissen zu besänftigen, trank William die halb volle Tasse Tee in einem Zug aus. Angewidert verzog er das Gesicht und rief: »Ich gehe heute noch mal raus.«

Kristen kam mit Jasper von der Terrasse zurück. »Hast du noch einen Termin?«

»Ich will nur einfach rausgehen, durch die Straßen laufen oder ans Wasser.«

»Soll ich dich begleiten?« Wieder kam sie seinem Arbeitszimmer gefährlich nahe.

»Lass nur. Ich laufe dir ja meistens zu schnell.«

»Ich könnte mir Mühe geben mitzuhalten.« Sie war vor der Tür. Will hörte Jasper hecheln.

»Besser nicht. Ich habe mich heute einfach zu wenig bewegt. Du kennst mich: Wenn ich jetzt nicht ein paar Blocks weit renne, geht meine Laune endgültig den Bach runter.«

»Wie du willst.«

Das Letzte kam bereits wieder aus der Küche. Will hatte in Kristens Ton keine Enttäuschung gehört, alles schien in Ordnung zu sein. Sie würde den Hund füttern und sich etwas zu essen kochen, Will würde joggen oder spazieren gehen. Alles war normal.

Bevor er sich seine Übersprungshandlung bewusst machte,

beugte William sich über den Laptop, holte die Mail an Alice hervor und und tippte:

Wollen wir uns sehen, heute Abend noch, jetzt gleich? Ich möchte spazieren gehen. Treffen wir uns? Hättest du Zeit?

Er überlegte einen Moment, dann schickte er die Nachricht ab. Drüben hörte er Kristen etwas brutzeln. Ein feiner Zwiebelgeruch drang in sein Arbeitszimmer.

10 Alice erlebte ihren Tag als typischen Alicetag. Sie hatte William nicht sagen können, wann oder wo, in welchem Lokal oder an welcher Kreuzung sie einander treffen sollten. Im Grunde hatte sie ihm gar nichts Vernünftiges gesagt, sie war dazu außerstande. So sehr sie William auch wiedersehen wollte, hatte seine letzte Mail die alten Gespenster in ihr geweckt, das Gespenst der Entschlusslosigkeit, die Unfähigkeit, sich für den nächsten Moment festzulegen. Alice war jemand, der Gelegenheit haben musste, sich die Dinge gründlich zu überlegen. Sie wollte sicher sein, dass eine bestimmte Wahlmöglichkeit nicht besser sei als eine andere Wahlmöglichkeit oder eine dritte oder vierte. Für solche Entscheidungen, wie unwichtig sie auch sein mochten, brauchte sie Zeit. Da ihr nicht entgangen war, dass William von ihrer zögerlichen Reaktion irritiert war, hatte sie ihm schließlich geantwortet: Lass uns zur Saluhall gehen.

Die Saluhall, Stockholms größte Markthalle, war um diese Zeit geschlossen, doch rund um den sogenannten Bauch der Stadt hatten sich Kneipen angesiedelt. Dieser Treffpunkt war so gut wie jeder andere, dennoch bereitete Alice die Vorstellung Unbehagen, ausgerechnet zur Saluhall zu laufen, diesem tagsüber lärmenden Knotenpunkt im Stadtteil Östermalms, der sich nachts in einen gespenstischen Ort verwandelte.

Gemüsereste gammelten auf dem Pflaster, herrenlose Hunde trieben sich herum, Zeitungsblätter wehte der Wind gegen die Häuserfronten. Für Alice bedeutete Saluhall außerdem eine düstere Erinnerung.

Sie trafen sich nahe dem Bahnhof und liefen zu Fuß zur Markthalle, ein Weg von zwanzig Minuten. Ihr zweites Treffen stellte sich als schwierig dar. Die großen Dinge waren ausgesprochen, die Sensation, dass sie Vater und Tochter waren, hatte sich in eine Tatsache verwandelt. Zugleich waren Alice und William von einem Zustand gegenseitigen Vertrauens noch weit entfernt. Heute Abend kam Will ihr scheuer vor als beim ersten Mal, zurückhaltender, eher wie ein verängstigter Verehrer als ein frisch gekürter Vater.

»Kannst du denn um diese Zeit einfach so aus dem Haus gehen?«, fragte sie, nachdem sie eine Zeit lang schweigend nebeneinander gelaufen waren. Kaum ausgesprochen, fand Alice ihre Frage ungebührlich. Ein gestandener Mann in seinen Fünfzigern konnte wohl tun und lassen, was er wollte.

»Du hast recht«, antwortete er entgegen ihrer Erwartung. »Ich habe etwas erfinden müssen, um noch mal wegzukönnen.« Von der Seite sah er sie an. »Ich habe Kristen die Neuigkeit noch nicht gesagt.« Seine Augen bekamen einen flehentlichen Ausdruck. »Es ist zu groß, Alice, zu einmalig, es ist das Außergewöhnlichste, was mir je widerfahren ist. Ich habe noch keinen Weg gefunden, ihr davon zu berichten.«

Unsicher lachten beide, das brach das Eis ein wenig.

»Ich habe ein klar ausgerichtetes Leben«, fuhr er fort. »Durch meinen Beruf bin ich zwar das, was man *up to date* nennt, zugleich lebe ich nach traditionellen Werten. Ich bin verheiratet, leite eine Firma, ich besitze zwei Häuser, ich segle gern, treffe mich mit Freunden, ich werde älter, ohne dass mich das Alter sonderlich beunruhigt.«

»Und du hattest eine Geliebte«, sagte Alice, den Blick auf das Pflaster gerichtet.

»Madelaine, tja ... Das war eine Liebe über die Jahrzehnte hinweg; es war eine Partnerschaft, die darauf basierte, dass wir füreinander bestimmt waren und trotzdem nicht miteinander leben konnten.«

William blieb so unvermittelt stehen, dass Alice auf ihn auflief. »Als Madelaine starb, glaubte ich, den Schmerz bis ans Ende meiner Tage mit mir schleppen zu müssen. Doch jetzt bist du plötzlich da«, sagte er voll Wärme. »Ich hoffe, du glaubst nicht, dass ich dich nur als Ersatz für Madelaine ansehe, als eine Neuausgabe von ihr. Du bist viel mehr als das. Du kommst aus Madelaines Welt, zugleich bist du mein Kind. Das ist wunderbar, Alice.«

Alice hatte so lange mit der Sehnsucht leben müssen, sich in die Arme dieses Mannes zu drängen, dass ihr nun Glückstränen, Tränen der Verwirrung über die Wangen liefen. Ohne sich lange zu besinnen, umarmte sie ihn. »William, Will«, flüsterte sie, »Papa, mein Papa.«

»Mein Mädchen, meine Kleine, meine geliebte große Tochter.«

Sie spürte, dass es ihn in der Kehle würgte, doch er beherrschte sich, nicht ebenfalls loszuheulen.

»Wie schön das ist, Papa, wie schön.«

Danach verebbten ihre Rührung und die Fassungslosigkeit allmählich. Als ein älteres Ehepaar an ihnen vorbeikam, ließen sie einander los. Alice bemerkte, dass die älteren Herrschaften dem reifen Mann und der jungen Frau einen neugierigen Blick zuwarfen.

Sie hatten die Arsenalsgatan hinter sich gelassen und tauchten in den Berzelii Park ein. »Erzähl mir von Kristen«, sagte Alice.

»Möchtest du das wirklich?«

»Warum nicht? Vielleicht lerne ich sie ja einmal kennen.«

Ihre Antwort schien bei ihm aber eine gedankliche Kettenreaktion auszulösen. »Sie kennenlernen? Natürlich, das wirst du. Das musst du sogar. Schließlich bist du meine Tochter. Was möchtest du über Kristen wissen?«

»Die entscheidende Frage liegt wohl auf der Hand«, antwortete Alice mit scheuem Lächeln.

»Wie ich das hingekriegt habe, mit Kristen und Madelaine zur gleichen Zeit?« Will lächelte. »Man könnte meinen, das sei eine ziemlich alltägliche Geschichte, doch das war es nie, nicht mit Madelaine. Sie und ich, das war eine Welt des Dramas, der ständigen Konflikte, die Welt der Explosionen. Ich weiß nicht mehr, wie oft wir uns voneinander getrennt haben, schreiend, verletzend, grausam zueinander. Aber unausweichlich kamen wir immer wieder zum anderen zurück.«

»Und Kristen?«

Er besann sich einige Schritte lang. »Kristen ist der Ruhepol, den ich brauche, sie ist tatsächlich meine andere Hälfte. Alles, was mir fehlt, Kristen hat es. Ihre Moral, ihre Anständigkeit, ihr bedingungsloses Zu-mir-Stehen, das gibt mir Kraft und Zuversicht. Umgekehrt hoffe ich, für sie das Gleiche zu tun, ich möchte ihr eine Stütze und ein verlässlicher Partner sein. Sie bedeutet mir sehr viel. Ich liebe Kristen.«

»Madelaine hast du mehr geliebt«, warf Alice impulsiv ein.

Ein erstaunter Blick von ihm. »Für gewisse Dinge im Leben kann man sich nicht entscheiden, sie drängen sich einfach auf. Ich musste Madelaine lieben, es war vorgezeichnet. Kristen zu lieben ist eine Entscheidung. Es ist schön, mit ihr zusammen zu sein, ich bin dankbar dafür.«

Im Hintergrund kam die Markthalle in Sicht. Das Klinkergebäude aus dem 19. Jahrhundert schimmerte rötlich im Licht der Straßenbeleuchtung. Ein herrenloser Hund trieb sich herum. Der Wind wehte Zeitungsblätter gegen die Häuserfront. Eine Kiste mit Erdbeeren lag auf dem Pflaster.

»Wie schade, die sind noch ganz frisch.« Alice bückte sich, nahm eine, roch daran und biss hinein. »Hm, sind die süß. Willst du auch?«

»Nein, danke.«

»Warum nicht?«

»Ich bin allergisch auf Erdbeeren.« Will sah sich nach einem offenen Lokal um. »Und jetzt bin ich gespannt, weshalb du ausgerechnet hierher wolltest.«

»Hier ist es gewesen.« Die Erdbeere in der Hand stand Alice auf. »Hier haben sie mich erwischt.«

»Du meinst …?«

»Beim Klauen.«

»In Saluhall?«

»Nirgends sonst hast du als Kleptomanin so eine reiche Auswahl.«

»Du hast Lebensmittel geklaut?« Er wurde langsamer. »Das finde ich eigentlich nicht besonders schlimm.«

»Von wegen. Ich hab mir die Taschen der reichen Damen geangelt.«

Sein Blick zeigte mehr als Verblüffung. Sein Blick sagte, dass sie weitererzählen sollte.

»Saluhall ist ein Fresstempel. Insgeheim ist die Halle aber auch eine Trinkhalle für einsame Mütter, reiche weibliche

Nichtsnutze und heimliche oder un-heimliche Alkoholikerinnen.« Sie schaute zu ihm auf. »Ist dir das nie aufgefallen?«

»Ich komme nicht oft hierher.«

»Neben den Lebensmittelbuden gibt es zahllose Bistros, Bars und Champagnerstände. Und wen findest du dort? Selten sind es Männer, praktisch ausschließlich Frauen. Die vielen reichen Frauen unserer Hauptstadt finden dort das perfekte Alibi, um sich heimlich zu besaufen. Die Ladys sagen zu Hause, sie würden in Saluhall einkaufen gehen, und das tun sie auch. Ein paar Gambas hier, ein Ziegenkäse da, ein Bündel frischer Rauken oder ein Filetstück vom Hirsch. In Saluhall kriegst du alles und alles vom Feinsten. Wenn sie das erledigt haben, huschen sie in eine der Schnapsbudiken oder zum Champagnerverkoster. Dort stehen sie beisammen und betrinken sich, stilvoll natürlich, aus Kristallgläsern, geschmäcklerisch, als ob sie bloß den jungen Wein aus dem Languedoc probieren wollten. Dabei haben sie nur ein einziges Ziel: hackevoll zu werden.«

Alice war sich bewusst, dass ihr herber Ton und die zynische Aussage William verwirren mussten, aber sie hatte Lust, so zu reden. Sie war kein süßes Töchterchen, wie man es sich wünschte, sondern eine vom Leben abgehärtete Frau von Mitte zwanzig. Sie hatte einiges durchgemacht, doch es hatte sie nicht zerbrochen. Sie war voller Widersprüche, angstgeschüttelt, zugleich aggressiv, freitheitsliebend, dabei hoffnungslos auf der Suche nach Geborgenheit. Sie war Madelaines Tochter. Der Gang mit William zur Fresshalle von Stockholm diente dem Ziel, ihn mit ihrer wahren Persönlichkeit zu konfrontieren. Das wurde Alice erst in diesem Augenblick klar.

»Immer dann, wenn diese Frauen um die fünfzig, die gefrusteten Mütter, die sitzen gelassenen Gattinnen so richtig einen in der Krone hatten, habe ich zugeschlagen«, setzte sie fort. »Ich war schick angezogen, keiner konnte mich von den gutbürgerlichen Ladys unterscheiden. Auf High Heels stöckelte ich durch Saluhall und klaute den Frauen die Handtaschen, manchmal mehrere bei einem einzigen Raubzug. Manchmal graste ich zwei Freundinnen gleichzeitig ab. Es fühlte sich kinderleicht an, und es klappte fast immer. Wenn eine von denen was merkte und nach ihrer Tasche langte, hatte ich unterschiedliche Sprüche parat: *Entschuldigen Sie, ist das nicht meine? – Ach herrje, jetzt seh ich's auch. Das ist ja Ihre. Sorry.* Die meisten haben mir geglaubt. Sie hatten gar kein Interesse daran, Verdacht zu schöpfen, sie wollten plaudern und trinken.«

»Wie wurdest du schließlich gefasst?«, fragte William, der im Übrigen erstaunlich still geworden war.

»Sie stellten mir eine Falle.«

»Wer?«

»Die Sicherheitsfirma, die für die Markthalle zuständig ist. Die Anzeigen hatten sich gehäuft, es war klar, dass in Saluhall ein Taschendieb umging. Damit die Vorfälle nicht geschäftsschädigend wurden, musste die Leitung herausfinden, wer es war.«

William hatte eine Bar entdeckt, die noch offen hatte. *Napolyon* stand in dezenter Schrift an den Fensterscheiben. Eingehakt liefen sie darauf zu, doch bevor sie eintraten, wollte er den Ausgang der Geschichte hören. »Was ist dann passiert?«

»Ich wurde gefasst.« An der Drahtabsperrung für die Tische im Freien blieb Alice stehen. Trotz der warmen Jahreszeit durfte man um diese Uhrzeit wegen der Ruhestörung nicht mehr draußen sitzen.

»Aber wie?«

»Drei Frauen von der Security hatten sich verkleidet, sie trugen Zivil. Sie standen in der Bar beisammen, wo ich am häufigsten zugeschlagen hatte, eine Austernbar. Dort schlürfen die Damen das glibberige Zeug aus den Schalen und spülen es mit Champagner hinunter. Aber nicht diese Frauen, nicht an diesem Abend. Ich hätte es merken müssen: Die Handtasche lag zu offensichtlich auf dem Stehtisch bereit. Aber ich habe nichts bemerkt. Ich schnappte die Tasche und verschwand damit wie üblich auf die öffentliche Toilette. Ich wollte den Frauen nicht ihre Papiere klauen, sie sollten möglichst wenig Unannehmlichkeiten durch den Diebstahl haben. Ich nahm nur das Bargeld heraus, keine Kreditkarten. Später ließ ich so eine Handtasche dann irgendwo liegen, wo sie leicht gefunden wurde.«

»Und diesmal?« William schloss seine Jacke. Er schien zu frieren.

»Gerade hatte ich mich in eine Kabine eingeschlossen, als es klopfte.« Alice lachte. »Es klopft niemals auf der Damentoilette. Frauen sind dezente Wesen, sie stören einander nicht bei intimen Verrichtungen. Als es klopfte, wusste ich, dass etwas faul war. Es war oberfaul.«

William hing an ihren Lippen.

»›Kommen Sie raus‹, sagte eine Männerstimme. Ich fragte, wieso, und versuchte, mich mit Durchfall rauszureden. Es nützte nichts, ich musste öffnen. Draußen standen sie zu viert. Drei Männer und die bestohlene Frau von der Security. Sie packten mich, sie gingen nicht zimperlich mit mir um. Ich konnte es ihnen nicht verdenken. Ein paar Minuten später war die Polizei da. Meine Personalien wurden gecheckt, Papiere ausgefüllt, schon schob mich ein Beamter auf den Rücksitz eines Dienstfahrzeuges.«

»Wie hast du dich dabei gefühlt?«, fragte er leise.

»Ängstlich, panisch, zugleich erleichtert. Endlich war ich nicht mehr nur in meinem Herzen der Underdog, sondern in Wirklichkeit, in der Öffentlichkeit. Von nun an wusste man, dass ich eine Diebin war, ein übles Subjekt. Ich war die Kriminelle Alice Viklund. Ich hatte endlich mein Etikett: Verbrecherin.«

Alice lief William in die Bar voraus. »Nie werde ich den Moment vergessen«, sagte sie über die Schulter, »als ich in diesem Polizeiauto saß, rund um mich die Menschenmenge, die zu mir hereingestarrt hat. Das Gespenstische daran war, wie das kreisende Blaulicht ihre neugierigen, hämischen Gesichter beleuchtete. Diese blauen Gesichter haben sich mir so tief ins Gedächtnis eingegraben. Was danach geschah, war absehbar.« Sie zuckte die Schultern. »Polizeigewahrsam, Vernehmung, Gegenüberstellung mit dem Richter, Untersuchungshaft, Schnellverfahren und Aburteilung.«

»Ein Urteil nach Jugendrecht, nehme ich an.«

»Das machte es nicht besser für mich. Ich bin gebrandmarkt, William, für den Rest meines Lebens.« Ungeniert setzte sie sich an den Tresen. »Jetzt verstehst du vielleicht auch, weshalb ich nicht studieren konnte. Wer vorbestraft ist, hat das Recht, eine Universität zu besuchen, verwirkt.« Schwungvoll drehte sie sich zum Mixer um. »Einen Whisky für mich.«

MIT ÄUSSERSTER VORSICHT

11 Sie saßen seit einer Stunde beisammen, als es William schlagartig übel wurde. Er wankte auf dem Barhocker, versuchte zu sprechen und sank gegen Alices Schulter. Er bekam noch mit, wie der Barkeeper etwas rief, wie Alice William zu helfen versuchte. Er sah das hohe Weinregal an der Seitenfront des *Napolyon*, die Weinflaschen waren nicht wie üblich liegend gelagert, sondern stehend.

»Eine Wand aus Wein«, flüsterte Will. Er lehnte an der Schulter seiner Tochter, die eine Diebin war. Wenn man als Tochter nach Jahrzehnten den Vater fand, würde man doch versuchen, sich von der besten Seite zu zeigen, statt auszuplaudern, dass man magersüchtig und in einer Anstalt gewesen sei. Man würde nicht erzählen, wie man unschuldige Hausfrauen beklaut hatte. Was für ein sonderbares Mädchen, dachte William, dann war es vorbei. Er versank in einer Wolke aus Weiß. Am Ende war da nichts mehr, nicht einmal seine Tochter.

Als er erwachte, umfing ihn das Szenario, das man zu sehen bekam, wenn man sehr krank war. William betrachtete den Schlauch, der von seinem Körper aufstieg und in einen Infusionsbeutel mündete. Er entdeckte den Katheter, den man in ihn hineingestochen hatte, die Nadel schmerzte. Er entdeckte die Kontrollkabel, die seinen Körper im Brustbereich verließen und irgendwo hinter ihm in Geräte mündeten.

Nachdem William sich mit dieser Wirklichkeit bekannt gemacht hatte, hob er den Kopf. Vor der offenen Tür sah er Kristen, dicht neben ihr stand Alice. Ihre Gesichter waren ernst, sie redeten in kurzen Sätzen, worüber? Sprachen sie über ihn? So sehr William sich um seine Gesundheit sorgte, beschäftigte ihn vor allem die Frage: Hatten die beiden bereits über das große Thema gesprochen? War die Wahrheit ans Licht gekommen, bevor William Gelegenheit gehabt hatte, Kristen auf die Neuigkeit vorzubereiten? Er wollte die beiden rufen, brachte aber nichts als ein heiseres Krächzen zustande.

Mehrmals in den letzten Wochen war ihm schlecht geworden, aber niemals so schlimm wie im *Napolyon*. Es war das Herz, es musste das Herz sein. Er hatte diesen Zuständen bisher wenig Beachtung geschenkt, nun würde sich das ändern. Will wollte kein vierundfünfzigjähriger Herzinfarktpatient sein. Er weigerte sich, dieses Klischee zu bedienen. Er wollte unbedingt wissen, was die beiden da draußen besprachen.

Bevor er sich ein weiteres Mal aufrichten konnte, traten sie zusammen ins Krankenzimmer.

»Wie geht es dir, mein Lieber?« Kristens Ausdruck war voll Sorge. In diesem Zustand wurde ihr hübsches Gesicht klein und faltig. Dann sanken die Mundwinkel herab, viele Linien furchten ihre Stirn.

»Ihr habt euch schon kennengelernt?«, fragte William flüsternd.

»Was sagst du?«

Er glaubte, es deutlich ausgesprochen zu haben, doch sowohl Kristen als auch Alice beugten sich vor, bis ihre

Haarmähnen dicht über ihm schwebten. Die blonde und die brünette Mähne, das zarte dünne Haar Kristens und die kräftigen Haare von Alice. Ihre Köpfe waren über ihm, ihre Augen aufmerksam auf ihn gerichtet. Er hatte keine Ahnung, wie er beginnen, was er sagen, wie es zwischen ihnen weitergehen sollte.

»Sie heißt Alice«, flüsterte er, da ihm nichts Besseres einfiel.

»Alice Viklund, ich weiß«, nickte Kristen. »Und sie ist Madelaines Tochter.«

»Du weißt es schon? Aber dann ...«, begann er und starrte ungläubig zu Kristen hoch.

»Dann bist du am besten ganz brav und tust, was der Doktor sagt«, unterbrach ihn Kristen. »Alles andere hat Zeit.« Sie wandte sich zu Alice. »Wären Sie so nett, dem Arzt Bescheid zu sagen, dass mein Mann aufgewacht ist?«

»Natürlich.«

Während Will Alice hinausgehen sah, kam ihm wieder einmal in den Sinn, warum er Kristen so sehr liebte. Weil sie stets das Richtige zum rechten Zeitpunkt tat. Sie kümmerte sich nicht darum, weshalb Madelaines jüngeres Ebenbild aufgetaucht war, es interessierte sie mäßig, was die Tochter von Williams Langzeitgeliebter im Krankenhaus wollte. Es ging Kristen ausschließlich um Will und sein Befinden. Zärtlich drückte er ihre Hand. Kristens Finger glitten noch fester um seine. Während er ihre Hand spürte, überlegte er, ob er jemals eine Woche wie diese erlebt hatte. Zu Beginn war er dem lebenden Ebenbild Madelaines begegnet, am gleichen Tag war der Mord in den Schären geschehen. Zwei Menschen waren in seinem Haus umgebracht worden. Kurz darauf hatte er die unbekannte junge Frau wiedergetroffen, die sich als seine Tochter entpuppt hatte. Zuletzt hatte er auch noch eine Herzattacke erlitten. Fehlte nur noch, dass etwas Unangenehmes in Williams Firma geschah oder dass seine finanziellen Rücklagen in Schieflage geraten würden.

Sanft strich Kristen über seine Stirn. »Gleich erklärt uns der Doktor, was mit dir los ist. Ich bin zuversichtlich, dass es nichts Ernstes ist. Aufpassen musst du ab jetzt trotzdem. Es war alles ein bisschen zu viel für dich.«

»Was meinst du mit *alles?«*, erwiderte er hellhörig.

»Der Stress, die Firma, die Katastrophe in Garpegården. Da brauchst du dich nicht zu wundern, wenn dich das plötzlich umhaut.«

William fragte sich, warum Kristen das Auftauchen von Alice nicht zu den Ereignissen rechnete, die ihn umhauen konnten. Er war spätnachts noch aus dem Haus gegangen und hatte eine Frau getroffen, die Madelaine wie aus dem Gesicht geschnitten war. Das stellte eine ziemliche Unregelmäßigkeit in ihrem sonstigen Eheleben dar. Weshalb war Kristen nicht schockiert und frustriert, warum brachte sie es nicht wenigstens zur Sprache?

»Ich würde dir das gern erklären«, sagte er mit etwas mehr Klang in der Stimme.

»Was denn?«

»Das mit Alice. Wie es dazu gekommen ist. Warst du denn nicht überrascht, als du erfahren hast …?«

Sie legte zwei Finger auf seine Lippen. »Nicht jetzt, William.«

»Doch, jetzt«, knurrte er zwischen den Fingern hervor. »Als ich Alice zum ersten Mal sah, war ich wie vom Donner gerührt. Das war vor einer Woche, und es geschah ganz zufällig.«

Kristens Gesicht bekam jene stählerne Klarheit, die Will von ihr kannte, wenn sie vor wichtigen Entscheidungen stand. »Du willst mir weismachen, dass du Madelaines Tochter zufällig getroffen hast?«

»Das musst du mir glauben. Ich habe nicht das Geringste geahnt.«

Es hat sie also doch schockiert, dachte er und hoffte, dass Kristen noch nicht wusste, wer Alices Vater war. O Gott, dachte er, ach du lieber Gott! Will hatte noch gar nicht darüber nachgedacht, wie gefährlich die Konstellation war, in die er durch das ungeplante Aufeinandertreffen der Frauen geraten war. Wäre sein Kollaps nicht passiert, hätte er Alice noch einige Zeit von Kristen fernhalten und seine Frau behutsam auf die neue Situation vorbereiten können. Kristen hatte alles, was mit Madelaines Tod zusammenhing, gerade erst verkraftet. Sie hatte die innere Größe gefunden, einen Schlussstrich unter das Vorgefallene zu ziehen – und nun passierte das.

Will warf sich auf die andere Seite, was er mit einem sofortigen Schmerz vom Katheter büßte. Rechnete Kristen mit neuer Gefahr, einer neuen Anfechtung ihrer Ehe? Das hatte diese großartige Frau nicht verdient. Sie, die ihm immer wieder vergeben hatte, vergeben und verstanden und immer aufs Neue verziehen, durfte das nicht noch einmal durchmachen. Atemlos und in wachsender Erregung hob William den Kopf. Es musste aufhören, noch bevor es richtig begonnen hatte. Er musste den Kontakt zu Alice abbrechen. Aber konnte er das? Jahrelang hatte sich William ein Kind gewünscht, und nun, da ihm die Vorsehung eines geschenkt hatte, sollte er es verstoßen? Das durfte er Alice, die vom Leben schon genug geschunden worden war, nicht antun. Er würde sie allerdings auffordern, stichhaltige Beweise zu liefern, wonach sie tatsächlich seine Tochter war. Will fühlte das Blut in seinen Schläfen rauschen. Wieso war er nicht früher darauf gekommen? Er wollte Dokumente sehen, die jeden Zweifel an Alices Identität ausschließen würden. Mit beiden Fäusten schlug er auf die Decke.

Schon war Kristen an seinem Bett. »Was hast du?« Ihre Hand fasste an seine Halsschlagader. »Was regt dich so auf, mein Lieber?«

In diesem Moment kam der Arzt herein, ein junger Mann in grüner Montur, dicht gefolgt von Alice. Will sah Alice plötzlich mit anderen Augen. Diese junge Frau war eine unerhörte Gefahr. In seiner übergroßen Freude hatte er das beinahe zu spät erkannt. Er würde dieser Gefahr Einhalt gebieten. Nichts sollte Kristen und ihn in Zukunft entzweien, am allerwenigsten Madelaines Tochter. Wills Körper wurde von Krämpfen geschüttelt, er zitterte am ganzen Leib.

»Leidet Ihr Mann unter irgendwelchen Allergien?«, fragte der Arzt, während er ihn untersuchte.

»Er ist allergisch gegen Schimmelpilz, und vor ein paar Jahren wurde eine Erdbeerallergie festgestellt.«

»Erdbeeren«, murmelte der Arzt. »Das ist selten.«

Der Arzt rief zwei Pfleger herein, die sich an Wills Bett zu schaffen machten. Begleitet von Kristen, gefolgt von Alice, wurde William aus dem Zimmer hinausgeschoben, das er gerade erst bezogen hatte.

IRGENDWO IN URUGUAY

12

»Denkst du daran, dein Testament zu ändern?«, fragte der Mann auf dem Besucherstuhl.

William saß in einem gewöhnlichen Krankenhausbett, das sich in einem gewöhnlichen Krankenzimmer befand. Die Intensivstation hatte er nach drei Tagen verlassen. Er saß da, drei Kissen im Rücken, und aß. Er futterte regelrecht. Das lag nicht an seinem Hunger, sondern an dem Umstand, dass die Ärzte ihm mitgeteilt hatten, dass ihm voraussichtlich nichts Ernsthaftes fehle.

Er hatte keinen Infarkt erlitten, keine chronische Krankheit zeichnete ihn, vielmehr war er durch seinen Schwächeanfall in den Genuss eines Total-Check-ups gekommen. Das Ergebnis lautete ganz in Williams Sinn: Er war ein für sein Alter außergewöhnlich gesunder Mann. Nach langem Suchen hatten sie lediglich einen Riss in Williams Speiseröhre entdeckt, der für seinen Zusammenbruch mit verantwortlich gewesen sein dürfte. Kein gefährlicher Riss, jedenfalls zu unbedeutend, um ihn operativ zu behandeln. Man setzte Medikamente ein, die bereits die gewünschte Wirkung zeigten. Zwei Tage lang wollte man William zur Beobachtung noch dabehalten.

»Mein Zusammenbruch in der Bar hat mir eines klargemacht. Wenn er kommt, dann kommt er schnell. Und in diesem Fall bin ich nicht vorbereitet.«

»Wer kommt?«, fragte der Mann auf dem Besucherstuhl.

»Der Tod natürlich, der Sensenmann, der Typ, bei dem man den Löffel abgibt.«

»Du gibst den Löffel noch lange nicht ab.« Der Besucher schüttelte den Kopf, sein langes schwarzes Haar geriet in Bewegung. Er war in Uruguay geboren und sprach mit starkem spanischen Akzent. Er war ein schöner Mann, ein kleiner Mann, geschmackvoll gekleidet, mit einem azurblauen Hemd und schwarzer Krawatte. Trotz des warmen Klimas trug er geschnürte Stiefeletten. Sein Name war Guillermo Vasquez.

William aß Grießpudding mit Zimt und Zucker. »Ich habe das Gefühl, dass ich dem Tod diesmal ziemlich nahe gekommen bin. Als ich wieder unter den Lebenden war, dachte ich, was wohl passiert wäre, wenn ich das Bewusstsein nicht wiedererlangt hätte. Was wäre dann mit dem Depot passiert?«

»Willst du das hier besprechen?« Guillermos Blick glitt durch den Raum. »Ist das nicht unvorsichtig?«

»Wenn einer von uns beiden unvorsichtig ist, dann du, mein Lieber. Ich finde es leichtsinnig von dir herzukommen.« Wills Miene verbreiterte sich zu einem Lächeln. »Andererseits darf man annehmen, dass in der ersten Klasse eines schwedischen Krankenhauses keine Abhörmikrofone versteckt sind.«

»Wollen wir damit nicht warten, bis du wieder gesund bist?« Während er sprach, zeigte Guillermo auf Williams Mundwinkel.

Will wischte sich einen Klecks Pudding ab. »Aber wozu wärst du sonst hergekommen?«

»Ich habe mir Sorgen um dich gemacht.«

»Deine Anteilnahme ist ordnungsgemäß zur Kenntnis genommen. Jetzt lass uns übers Geschäft reden. Das Besondere an meiner …« Will suchte nach dem rechten Wort. »An meiner Kapitalanlage ist ja wohl, dass kein Mensch von ihr weiß.«

»Außer mir.«

»Das stimmt nur so weit, dass du mir diesen besonderen Aufbewahrungsort eingerichtet hast. Aber selbst du kennst nur den Ort, nicht die Verschlüsselung.« Will löffelte die Schale leer. »Nehmen wir an, ich erleide noch so einen Anfall und besitze hinterher nur noch die Gehirnfrequenz eines Blumenkohls. Niemand wüsste dann die Zahlenfolge, niemand den Code. Mein Schatz wäre so todsicher verwahrt, dass keine Menschenseele mehr drankommen würde.«

»Hast du die Kennung nirgendwo gespeichert?«

»Ich bin doch nicht verrückt, bei all den Hacks heutzutage.« William wollte den Teller auf den Nachttisch stellen, langte aber nicht so weit, Guillermo half ihm.

»Die Ziffernfolge und der Code befinden sich nur hier drin.« Er klopfte mit dem Fingerknöchel an seinen Kopf. »Wenn mein Hirn diese Information aus unvorhersehbaren Gründen nicht mehr ausspuckt, will ich sicherstellen, dass jemand an das Depot herankommt.«

»Deine Frau?«

»Das wäre das Naheliegendste«, antwortete Will nach einer Pause.

Guillermo beugte sich vor, sein kleiner sympathischer Bauch quoll über die Gürtelschnalle. »Haben wir das Depot nicht extra dafür angelegt, damit dieser Sonderbetrag *nicht* in eure gemeinsame Vermögensmasse fließt?«

»Das ist auch völlig korrekt. Ich habe dieses Geld erwirtschaftet, bevor ich Kristen kennenlernte. Das Depot ist mein Notgroschen, meine Rücklage für den Fall der Fälle.«

»Das haben wir vor deiner Heirat lange und breit erörtert«,

nickte Guillermo. »Ich fand die Idee damals richtig und tue es immer noch. Wenn ich dich richtig verstehe, willst du deiner Frau nun aber den Zugang zum Depot ermöglichen?«

»Nicht unbedingt.« Will blickte auf seine gefalteten Hände. »Kristen ist ein Mensch, dem Ordnung über alles geht. Sie kann mit Schieflagen, ungeklärten Verhältnissen und schrägen Deals nicht leben. Wir beide wissen, dass das ganze Leben genau genommen ein schräger Deal ist. Wir wissen auch, dass die Steuer großes Interesse an meinem Depot hätte, sollte sie davon erfahren. Einer solchen moralischen Zwickmühle möchte ich Kristen nicht aussetzen. Im Falle meines Todes kriegt sie alles, was wir gemeinsam besitzen, die Firma, das Haus und Garpegården.« Vom raschen Essen musste er aufstoßen. »Aber für diesen ... Sonderposten brauchen wir dringend eine neue Regelung.«

»Der Sonderposten dürfte sich mittlerweile auf zwölf Millionen belaufen«, erwiderte Guillermo.

»In Schwedischen Kronen?«

»In US-Dollar.«

Will pfiff durch die Zähne. »Hätte ich nicht gedacht.«

»Was willst du unternehmen?«

»Im Falle meiner Unzurechnungsfähigkeit muss ein vorher festgelegter Automatismus in Gang gesetzt werden. Das Beste wäre: Ich hinterlege den Zugangscode bei einem Notar, und der wird dann tätig.«

»Der soll Kristen verständigen?«

»Wahrscheinlich.«

»Wen denn sonst? Ihr habt keine Kinder.«

William atmete tief ein und aus. »Ich bitte dich, einen international agierenden Juristen ausfindig zu machen, dem man die Sache übertragen kann.«

»Wie wäre es mit jemandem aus Deutschland?«, sagte Guillermo nach kurzer Überlegung.

»Eine deutsche Anwaltskanzlei? Solider und zuverlässiger geht es nun wirklich nicht.«

»Ich werde meine Fühler ausstrecken.« Guillermo stand auf, dabei strich er sorgfältig über seine Bügelfalten. »Ich habe übrigens von der Sache mit Bonnie gehört.«

Will hatte sich schon gewundert, dass der Freund das große Thema, das sie beide anging, noch mit keiner Silbe erwähnt hatte. »Schrecklich, nicht?«

»Es ist unfassbar.« Guillermo vermied Williams Blick. »Besonders, weil es ausgerechnet in jener Nacht passierte.«

»Ja, schon komisch, dieser Zufall.« William stutzte plötzlich. »Du hast es *gehört*, woher denn? Unser Name wurde in den Nachrichten nicht erwähnt.«

»Im Fernsehen war euer Haus zu sehen«, antwortete Guillermo.

»Wie konntest du das erkennen? Wir sind nur ein einziges Mal zusammen draußen gewesen, und da war es Nacht.«

»Die Bougainvillea.«

»Wie?«

»Eure Einfahrt ist mit violetter Bougainvillea bewachsen. Das ist mir aufgefallen, weil Bougainvillea in Schweden selten gedeiht. Bei uns in den Tropen wächst sie wie Unkraut. Nach der Beschreibung der ermordeten Frau wurde ich hellhörig und habe gegoogelt. So kam ich darauf, dass die Tote Bonnie sein musste.«

»Tja, eine unangenehme Sache.«

Guillermo blickte William prüfend ins Gesicht. »Wie es aussieht, hat die gute Bonnie unser Geheimnis mit ins Grab genommen.«

»Wie das Leben so spielt«, antwortete William leise.

»Weißt du, was mich wundert? Dass du und Bonnie nach dem … Vorfall immer noch Kontakt zueinander hattet.«

»Ich konnte nicht anders, weil Bonnie sich mit Kristen befreundet hatte.«

Guillermo stand auf und wandte sich zum Gehen. »Ich würde Kristen gern grüßen lassen. Es ist bestimmt nicht leicht für sie. Aber bisher hatte ich nicht das Privileg, ihr vorgestellt zu werden.«

»Und so soll es auch bleiben.« William streckte die Arme aus, Guillermo beugte sich vor und ließ sich freundschaftlich drücken. »Du bist das einzige große Geheimnis, das ich vor Kristen habe. Und du findest bitte einen korrekten deutschen Anwalt für uns.«

»Meines Wissens gibt es überhaupt *nur* korrekte deutsche Anwälte.«

William betätigte den Knopf, seine Nackenstütze senkte sich in die Waagerechte. Er fühlte einen Nachmittagsschlaf heranschweben, doch Will lag noch eine Zeit lang wach, nachdem Guillermo gegangen war. Größer als das Bedürfnis zu schlafen waren seine Sorgen und Ängste vor dem Kommenden.

HINTER DEM SPIEGEL

13

Es war ein weiterer gepeinigter Tag im Leben von Alice. Sie schrubbte die Armatur im Bad der Hochzeitssuite. Das war kein Bad im üblichen Sinn, der Raum war so groß, dass man acht Schritte brauchte, um vom Whirlpool zu der Nische zu gelangen, in der sich die Dusche verbarg. Wie wild polierte Alice an den goldschimmernden Hähnen. Sie reagierte damit die Sorge ab, die mit jedem Tag quälender wurde.

Warum meldete sich William nicht? Hatte sie etwas Falsches getan oder gesagt? Weshalb rief er nicht an und schrieb kein einziges Wort? Am zweiten Tag nach seinem Zusammenbruch hatte Alice ihn besuchen wollen. Auf der Intensivstation hatte man ihr gesagt, dass nur enge Angehörige zu den Patienten dürften. Es war Alice auf den Lippen gelegen, dass sie seine Tochter sei, aber sie schwieg. Danach hatte sie ihn nicht mehr besucht. William war schwach und ruhebedürftig; so hatte sie sich sein Schweigen zunächst erklärt. Inzwischen war eine Woche vergangen. Sie fühlte die alte Angst in sich aufsteigen. Einen Vater zu gewinnen und gleich wieder zu verlieren wäre zu hart, als dass Alice es ertragen könnte. Dieses Gefühl des Zurückgestoßenwerdens erinnerte sie an die Zeit in Nästansjö. Ihre Mutter war in Schweden eine bekannte Persönlichkeit gewesen, sie hätte die Einweisung mühelos verhindern können, indem sie gesagt hätte: »Ich selbst werde mich von nun an um meine Tochter kümmern, werde dafür sorgen, dass sie von den Drogen runterkommt, nicht mehr stiehlt und genügend isst.« Stattdessen hatte Madelaine sämtliche Papiere klaglos unterzeichnet.

Es gab noch einen anderen Grund, weshalb Alice das Bad so gründlich putzte. Die Hochzeitssuite wurde vom Chefconcierge täglich überprüft. Der dicke Mann mit seinen Kalbsaugen und dem arrogant vor sich hergetragenen Bauch hatte Alice aufs Korn genommen. Wahrscheinlich wollte er mit ihr schlafen, doch da er sich scheute, ihr seine geheimen Wünsche zu offenbaren, schikanierte er sie lieber. Jedes Mal, wenn sie in der Suite allein war, trat er ein und begann sein widerliches Prüfungsritual. Er forschte unter dem Kingsize-Bett nach Hinterlassenschaften der letzten Gäste. Einmal hatte er ein benutztes Kondom gefunden und Alice gezwungen, die gesamte Suite noch einmal zu putzen. Er sah alles, er spürte übersehene Haare unter der Kleenex-Box auf, Staub auf den Lichtschaltern, Putzstreifen auf den Armaturen.

Es gab eine Besonderheit in der Hochzeitssuite, die Alice durch Zufall entdeckt hatte. In einer Vertiefung der Waschtischablage hatte sie eine Fernbedienung gefunden. Was sollte man an einem Waschtisch fernbedienen? Sie hatte die Knöpfe durchprobiert. Plötzlich war Alices Spiegelbild verschwunden und stattdessen ein TV-Bildschirm aufgetaucht. Hinter dem transparenten Spiegelglas hatte sich ein Flatscreen verborgen. Seit Alice das entdeckt hatte, schaute sie neben der Arbeit manchmal fern.

In diesem Moment tauchte das Bild von William im Fernsehen auf. Ungläubig kam Alice in der Duschkabine hoch. War es schon so weit, dass die Sehnsucht nach ihrem Vater ihr eine Halluzination vorgaukelte? Wie konnte sie William im Spiegel sehen? Neben ihm erschien Kristen, ernst und adrett. Diese Bilder konnten nicht live sein, Will war aus der Klinik noch nicht entlassen worden. Eine TV-Reporterin stellte einer Kriminalkommissarin Fragen.

»Bei dem Festgenommenen handelt es sich um einen achtundzwanzigjährigen Mann, der im Verdacht steht, den Doppelmord auf Lidingö begangen zu haben«, antwortete Dagny Larsson.

»Rechnen Sie mit einem baldigen Geständnis?«

Hinter den Frauen entdeckte Alice ein typisches Schärenhaus, ochsenblutrot gestrichen, von Bäumen umwachsen, Williams Haus. Den Putzlappen in der einen, das kalklösende Mittel in der anderen Hand ging Alice auf den Spiegel zu.

»Störe ich Sie, Frau Viklund?«

Sie kannte die Stimme und wusste, was nun auf sie zukommen würde. Alice bemühte sich erst gar nicht, zu verschleiern, dass sie während der Arbeit fernsah. »Ich bin fast fertig«, antwortete sie und wusste doch, dass der Concierge ihr das Gegenteil beweisen würde.

Heute trug er einen anthrazitfarbenen Anzug und hatte sein graues Haar geföhnt. Er wirkte aufgeräumter als sonst. »Was gucken Sie denn da?«, fragte er ungewohnt heiter.

»Ich wollte gerade abschalten.«

»Gegen die Nachrichten ist wohl nichts zu sagen.« Er zeigte auf den Bildschirm. »Ach, die Mattsson. Die mag ich gern, Diana Mattsson, Sie auch?«

Alice wandte sich zum Screen, wo die Moderatorin erschien. »Ich habe Diana Mattsson schon einmal gesehen«, antwortete sie verwirrt.

»Ich schaue sie mir täglich im Fernsehen an.«

»Ich meine, im echten Leben. In einem Restaurant.«

»Was für ein Glück Sie haben.«

Alice konnte kein Glück darin erkennen, einer Nachrichtensprecherin zu begegnen, doch sie wollte sich die Gunst ihres Vorgesetzten bewahren. »Sie wirken so fröhlich heute.« Es war das erste private Wort, das sie wechselten.

»Weshalb auch nicht?« Er wiegte auf seinen Beinen hin und her, seine glänzend geputzten Schuhe machten ein knarrendes Geräusch. »Ich bin heute Morgen Großvater geworden.«

»Wirklich? Ich gratuliere.«

»Es war eine einfache Geburt. Meine Frau und ich sind sehr erleichtert.«

Während Alice abermals gratulierte, während sie sich nach dem Geschlecht und dem voraussichtlichen Namen des Kindes erkundigte, konnte sie den Gedanken nicht unterdrücken, dass sie sich wieder einmal grundlegend in einem Menschen getäuscht hatte. Der Concierge war kein alternder Faun, der mit dem Zimmermädchen schlafen wollte, er war weder unangenehm noch aufdringlich, sondern lediglich ein leitender Hotelangestellter, der seine Pflicht tat. Es war Alices Geist, ihre kranke, beschädigte Fantasie, die in ihm, wie in vielen anderen Menschen, das Schlechte, das Verschlagene, das Gefährliche sah. Warum bin ich so?, dachte sie, während sie mit dem frischgebackenen Großvater plauderte. Weshalb kann ich nicht die schönen, hellen, heiteren Seiten des Lebens erkennen?

»Dann will ich mich mal wieder an die Arbeit machen«, sagte sie und schaltete das Spiegel-TV aus.

Bei aller Freundlichkeit begann der Concierge auch diesmal seinen Kontrollgang durch die Suite.

KRISTENS OPFER

14 Konzentriert richtete Kristen ihren Blick auf den Bildschirm. Wie sie da saß, stellte sie eine Ikone ihrer selbst dar: Kristen mit der Stahlbrille, die nichts dem Zufall überließ, Kristen, der Kontrollfreak. Wenn Williams Mitarbeiter sie so nannten, taten sie es voll Hochachtung, in dem Wunsch, es Kristen gleichzutun. Sie war ein Musterbild an Effektivität. Auf ihrem Screen tummelte sich allerdings nichts, was mit *FOREVER NEW* zu tun hatte, stattdessen hatte sie den Livestream mehrerer TV-Sender geladen und verfolgte überall die gleiche Szene, jene Sekunden, in denen der achtundzwanzigjährige Tatverdächtige zum Polizeiauto gebracht wurde und versuchte, sein Gesicht vor den Kameras zu bedecken.

Sie haben ihn gefasst, dachte Kristen. Unser Haus, mein geliebtes Haus ist nicht länger besudelt von der bösen Tat. Der Täter ist kein Phantom mehr, man hat ihn aufgespürt, man sperrt ihn ein, man macht ihm den Prozess. Er hat zwei Menschen ermordet. Man wird ihn für viele Jahre wegschließen.

Kristen kannte diesen Mann persönlich. Er hieß Ulf Jaspers. Die Nachrichten meldeten, dass sein Haus unweit von Garpegården lag. Seine Fingerabdrücke waren die einzigen im Haus, die zunächst nicht hatten zugeordnet werden können. Der Mann hatte sich verdächtig gemacht, als er in den Tagen nach dem Doppelmord um Garpegården schlich, nicht wissend, dass das Anwesen observiert wurde. Man hatte ihn gefasst, seine Fingerabdrücke waren als die des Gesuchten identifiziert worden. Er hatte zugegeben, mehrmals unerlaubt in Garpegården übernachtet zu haben, da die Tür unversperrt gewesen sei. Er hatte zugegeben, am Tag des Mordes mit Bonnie gesprochen zu haben. Den Mord selbst bestritt er. Seine Fingerabdrücke auf der Schrotflinte konnte er nicht bestreiten.

Kristens Blick wanderte zu Wills Büro, das seit einer Woche leer stand. Er war noch nicht so weit, das Krankenhaus zu verlassen. Bis er wiederkommen würde, steuerte sie das Firmenschiff allein durch den Alltag.

Das Bild eines Schiffes brachte Kristen auf den Gedanken einer richtigen Seefahrt. Im Geist sah sie sich an Bord eines Seglers, der nach Süden fuhr. Es war keine weite Reise, nur bis ans nördliche Ufer der Ostsee. Kristen hatte diese Reise in den letzten Jahren zu selten angetreten. Hätte es ihre Mutter nicht gegeben, würde sie überhaupt nicht mehr nach Lübeck aufbrechen. Doch zurzeit war es unmöglich, in die Heimat zu fahren. Sie musste das Steuer in der Hand behalten.

Kristens Blick kehrte zum Bildschirm zurück. Es war ein Geschenk, dass dieser Mann so schnell gefasst worden war, es war eine Gnade. Wenn einem eine solche Gnade widerfuhr und Übel von einem abgewendet wurde, sah Kristen es als ihre Pflicht an, sich dem Universum gegenüber dankbar zu erweisen. Dieser Glaubenssatz war unumstößlich in ihr verankert. Kristen hatte auch schon die richtige Idee für dieses Opfer.

Sie schloss sämtliche Programme. Nach ein paar Anweisungen an die Mitarbeiter pfiff sie Jasper zu sich, verließ mit ihm das Loft und fuhr auf direktem Weg ins Krankenhaus. Sie fand William in übler Laune vor. Das Ergebnis seiner Blutwerte war schlechter ausgefallen als von den Ärzten erwartet. Irgendetwas stimmte nicht mit ihm, das Rätselraten über seinen Zustand ging weiter, daher wollte man ihn noch länger in der Klinik behalten.

»Bullshit.« Will setzte sich auf, seine nackten Waden baumelten an der Bettkante. »Wenn sie nichts finden, sollen sie mich gehen lassen.«

»Solange sie nichts gefunden haben, ist es das Beste, wenn du hierbleibst.«

»Wir ersticken gerade in Aufträgen für die neue Kollektion, und ich liege hier rum und löffle Grießpudding.«

Kristen sah ihrem ungeduldigen Mann in die Augen. Sie war bereit für das Opfer. »Eigentlich hätte ich gedacht, dass dich zurzeit etwas anderes stärker umtreibt als die neue Kollektion.«

Seine zappelnden Füße hielten still. »Was meinst du?«

»Ich meine Alice.« Kristen lächelte sanft wie eine Madonna. »Mein wunderbarer, rücksichtsvoller Mann: Du brauchst nicht so zu tun, als hätte dich das Auftauchen dieses Mädchens nicht durcheinandergebracht.«

Darauf schwieg William mehrere Sekunden lang. »Natürlich hat es mich verwirrt«, murmelte er. »Aber das hat doch nichts mit uns zu tun.«

»Willst du es mir nicht sagen?«, half sie ihm weiter. »Ich meine nicht beichten, Will, du sollst es mir nur offen sagen.«

»Was denn?«

»Man sieht es doch deutlich. Ich zumindest sehe es. Und du hast es bestimmt auch schon bemerkt.«

»Himmel Herrgott, rück heraus damit, was du meinst.«

Er versuchte, den Infusionsständer näher zu ziehen. Durch den Ruck drohte das Gestell zu kippen.

Kristen kam ihm zu Hilfe. Als alles wieder im Lot war, sah sie ihn warmherzig an: »Sie hat deinen Mund, William. Wie sehr diese Frau Madelaine auch ähneln mag, Alices Mund ist der typische Falk-Mund. Er ist trotzig und hat diese leicht herabhängende Unterlippe, die dir so viel Charme verleiht.«

»Ihr … Mund?«, stammelte er. »Ich habe das ehrlich gestanden nicht bemerkt. Du hast es gesehen?« Während er sprach, faltete Will die Hände, als ob seine Worte in ein Gebet münden würden.

»Ich sage nicht, dass es unbedingt so ist«, beschwichtigte Kristen. »Aber möglich wäre es. Deshalb solltest du einen Test machen lassen.«

»Du meinst …?«

»Natürlich, mein Lieber.« Sie berührte den Mann im Krankenhauskittel, ihren vollkommen verwirrten Mann, an der Schulter. »Hast du nicht auch schon darüber nachgedacht?«

Er packte ihre Hand. »O Gott, Kristen, du hast es gewusst? Du wusstest es und hast nichts gesagt?«

»Sagen wir, ich hatte eine Ahnung. Und ja, ich bin getroffen, aber das ändert nichts daran, dass du mein Mann bist. Was meint denn Alice dazu?«

»Alice sagt … Sie sagt, dass ich …«

Kristen entdeckte Zutrauen und Argwohn, Furcht und Hoffnung in Williams Gesicht. »Sprich es ruhig aus. Dass du Alices Vater bist«, vollendete sie seinen Satz.

Er schluckte. Er nickte. Tränen traten in Williams Augen. »Du bist einmalig.«

Sie war froh, weil sie ihr Opfer richtig gewählt hatte. Hier war ein Mensch in Bedrängnis. William war in Not, weil er sich in einem Zwiespalt befand. Er hatte Kristen schonen und die Wahrheit verschweigen wollen. Sie aber konnte seine Not lindern. Darum nahm sie den Weinenden in ihre Arme, drückte ihn und streichelte seinen Rücken. Nach einer Weile beruhigte er sich.

»Lass uns in aller Gelassenheit darüber reden«, sagte sie. »Wenn Alice wirklich deine Tochter sein sollte, muss etwas geschehen.«

William sah sie mit einer Art kindlichem Staunen an. »O Gott, ich liebe dich. Du weißt gar nicht, wie sehr ich dich liebe.«

»Ich liebe dich auch.«

Draußen regnete es stärker. Kristen blieb bei William. Nach und nach begannen sie zu sprechen, zu planen und sich das Kommende auszumalen. Es war eine ungewohnt intime Stunde zwischen ihnen, wie sie sie schon lange nicht mehr erlebt hatten.

DER HONIGGELBE WAGEN

15 Wenn William das Saab-Coupé aus der Garage holte, war er entweder glücklich oder ausgelassen, hochgemut oder auf der Suche nach Entspannung. Jede optimistische Gemütslage war möglich, sobald er sich hinter das Steuer seines Saab setzte, doch heute hatte Will ein unangenehmes Gefühl dabei. Nichts hasste er so sehr, als wenn man ihm auflauerte.

»Entschuldige, ich will nicht aufdringlich sein.« Damit hatte Alice ihre Aufdringlichkeit eingeleitet. »Du hast dich so lange nicht gemeldet. Es ist schlimm, in diesem Hotel zu sitzen und nicht zu wissen, was plötzlich zwischen uns los ist. Bitte verzeih mir.«

Sie war ausgerechnet vor Williams Firma, vor dem Eingang zum Loft aufgetaucht. Reflexartig hatte er die Fassade hochgeblickt. Kristen hätte nur aus dem Fenster zu schauen brauchen und würde ihn zusammen mit Alice sehen. Er hatte Kristen angekündigt, dass er bei dem herrlichen Wetter den Saab herausholen und das Verdeck öffnen würde. Bestimmt wollte sie zusehen, wie er im Cabrio aus der Garage fuhr, seine Baseballkappe auf dem Kopf, die Sonnenbrille auf der Nase, so sah Kristen ihn gern. Deshalb empfand William Alices Auftritt als unangenehm.

Wie sah sie überhaupt aus? Die Jogginghose schlackerte

um ihre Beine, das Haar war ungewaschen. Aus ihrem Blick sprach Verzweiflung. Durfte man sich so gehen lassen, nur weil Will sich ein paar Tage nicht gemeldet hatte?

Voll Wärme dachte er an das Gespräch mit Kristen zurück. Wie gut das tat, wenn man offen reden und den Eiertanz aus Andeutungen und Halbwahrheiten hinter sich lassen durfte. Dank Kristens Einfühlsamkeit hatten sie die Situation mit Alice eingehend erörtert und waren zu folgendem Schluss gekommen: Wenn von nun an nichts zwischen ihnen verheimlicht würde, wäre diese Angelegenheit eine zwar heikle, aber lösbare Aufgabe.

Vierundzwanzig Stunden danach war William aus dem Krankenhaus entlassen worden. Kristen hatte den Arzt davon überzeugt, dass sie die medikamentöse Behandlung ihres Mannes überwachen und ihn sofort in ärztliche Obhut zurückbringen würde, sollten unerwartet neue Symptome auftreten. Kristen überzeugt einfach jeden, hatte William gedacht, sie besaß eine manipulative Kraft, die sogar den Teufel dazu bringen würde, Weihwasser zu trinken.

So weit war alles in schönster Ordnung. Will hatte sich zu Hause wie neugeboren gefühlt. Da ihm der Arzt die Arbeit in der Firma noch verboten hatte, wollte sich Will wenigstens um die Wiederinstandsetzung von Garpegården kümmern. Die Polizei hatte das Haus nach der Verhaftung des Tatverdächtigen freigegeben. Trotz der Spuren des Todes, die sich dort fanden, wollte Will Garpegården heute betreten. Er wollte das geliebte Haus wieder zu dem machen, was es war, Kristens und sein Refugium, ihr Hideaway nach anstrengenden Arbeitstagen. Will hatte den einzigen Bauunternehmer von Mölna angerufen und einen Termin vereinbart. Herr Paulsson war ein vertrauenswürdiger Mensch, weshalb William nicht befürchten musste, dass der Handwerker im Ort herumerzählen würde, wie Garpegården durch den Doppelmord verunstaltet worden war. Paulsson sollte den Fußboden austauschen und die Wände mit einer neuen Innenverschalung verkleiden.

In diesen schönen Plan war nun Alice hineingeplatzt. Will hatte nicht die Absicht, sie nach Garpegården mitzunehmen. Dieser Ort war die stärkste Manifestation seiner Bindung zu Kristen. Er wollte nicht, dass Alice dort herumstrich, alles beguckte und ihm unangenehme Fragen stellte. Andererseits konnte er nicht lange im offenen Wagen vor der Garageneinfahrt stehen, ohne den Verkehr aufzuhalten oder von Kristen gesehen zu werden.

»Steig ein«, antwortete er knapp und wusste, dass sein Ton rüde klang.

Erleichtert, dabei unsicher, sprang sie auf den Beifahrersitz. »Das ist toll. Danke.«

»Ich habe nicht viel Zeit.« Will gab Gas.

Alice strich über den mattschwarzen Lederbezug. »Was für ein toller Wagen. Gehört der auch dir? Wo fährst du hin?«

»Das spielt keine Rolle. Ich kann dich ohnehin nicht bis dorthin mitnehmen.«

»Warum nicht?«

»Alice«, brach es aus ihm hervor, »du kannst nicht einfach vor meiner Firma auftauchen und erwarten, dass ich meine Tagespläne von einer Minute zur anderen umstoße.«

»Natürlich, entschuldige«, erwiderte sie eingeschüchtert. »Ich wusste ja nicht einmal, dass es dir schon wieder so gut geht. Ich hatte bloß gehofft, dich zu Gesicht zu bekommen.«

»Na schön, jetzt hast du mich zu Gesicht bekommen.« Ein

wenig versöhnlicher setzte er hinzu: »Ich freue mich ja auch, dich zu sehen.«

Williams schlechtes Gewissen meldete sich. Benahm er sich nicht wie ein Halm im Wind? An dem Tag, als ihm eine Tochter geschenkt worden war, hatte er sich über alle Maßen gefreut. Kaum ging es ihm schlecht, kaum wollte er in Kristens schützende Arme flüchten, hatte er Alice wieder verstoßen, als wäre sie ein herrenloses Tier. Wie sollte sich die Arme auf so ein wechselhaftes Verhalten einstellen?

»Wie ist es dir denn ergangen?«, fragte er, bemüht, die frostige Stimmung aufzulockern. »Was hast du seither erlebt?«

»Ich erlebe nie etwas«, antwortete sie mit traurigem Lächeln.

»Eine attraktive junge Frau wie du? Erzähl mir doch nichts.« Er schaltete einen Gang höher.

Sie befanden sich am Anfang der Cedersdalsgatan, von wo sie auf die Stadtautobahn gelangen würden, die quer übers Wasser schließlich auf die Insel Lidingö führte. William überlegte, wo er Alice absetzen sollte, vielleicht an der U-Bahn-Station der technischen Hochschule.

»Ich hatte solche Angst um dich, Papa.« Mit beiden Händen hielt sie den Sicherheitsgurt vor ihrer Brust fest. »Bist du denn wieder ganz gesund?«

Der Satz gab Will einen Stich. Nachdem er in Alices Armen zusammengebrochen war, hatte sich seine Tochter natürlich Sorgen um ihn gemacht. Warum benahm er sich so zu ihr? Sie hatte ihm nichts getan, außer Will mit ihrer Existenz zu beschenken. Seine Loyalität zu Kristen musste nicht bedeuten, dass er den Kontakt zu seiner Tochter vollkommen abschnitt. Er und Kristen hatten geplant, schon bald ein

Gespräch zu dritt zu führen, bei dem Alices Abstammung geklärt werden sollte. Man würde ihr sensibel beibringen, dass sie nicht einfach behaupten könne, sie sei Wills Tochter; dafür waren Beweise nötig. Bis die erbracht waren, bedeutete das allerdings nicht, dass William sich herzlos gegenüber Alice benehmen musste.

Sie waren eine Weile schweigend gefahren, bis er merkte, dass er den Universitätskomplex der *Kungliga Tekniska Högskolan* bereits hinter sich gelassen hatte.

»Kennst du die Insel Lidingö?«, fragte er vorsichtig.

»Die kennt doch jeder.«

»Jeder?« Er sah sie an. »Ich dachte, du bist erst vor Kurzem nach Stockholm gezogen.«

»Und?« Offen erwiderte sie seinen Blick.

»Es gibt in den Schären über zwanzigtausend Inseln. Wieso solltest du ausgerechnet Lidingö kennen?«

»Testest du mich etwa?« Sie legte den Kopf zurück, ihr dunkles Haar flog im Wind. »Ich habe vor Jahren schon einmal in Stockholm gelebt.«

»Das hast du mir nicht erzählt.«

»Ich bin sechsundzwanzig, Will. Es gibt eine Menge Dinge, die ich dir aus meinem Leben noch nicht erzählt habe. Ich war damals mit einem Mann zusammen. Er hieß Sven.«

»Ein Liebhaber?«

Alice nickte. Nach einer Pause fuhr sie fort. »Das musst du verstehen. Seinem Vater erzählt eine Tochter Männergeschichten nicht so offenherzig.«

Auf der Autobahn ließ William dem Saab freien Lauf, das Auto erreichte rasch hundertachtzig Stundenkilometer.

»Wow!« Alice hob den Arm in die Luft und ließ den Fahrtwind mit ihrer Hand spielen.

»Diese Sache mit Sven, also dieser Stockholmaufenthalt, war das vor oder nach Nästansjö?«

»Danach selbstverständlich.«

»Wieso selbstverständlich?«

»Weil kein Mann mit einem Klappergestell von Magersüchtigen ins Bett gehen will.«

»Ich dachte, magersüchtig wurdest du erst, nachdem du nach Nästansjö gekommen warst.«

»Magersüchtig wird man nicht von einem Tag auf den anderen, das passiert schleichend. Außerdem hatte ich in der Zeit, bevor ich nach Nästansjö verdonnert wurde, kein Interesse an Männern. Glaubst du mir nicht?«, fragte sie auf sein Schweigen. »Soll ich dir vielleicht ein Foto von Sven zeigen?«

»Wozu?«

»Weil du mich so merkwürdig verhörst. Hat deine Frau dir das aufgetragen?«, fragte Alice aggressiv.

»Kristen?« Ein kurzer, harter, ein stählerner Blick zwischen ihnen. »Was hat sie damit zu tun?«

»Sie hat dich vor mir abgeschirmt«, lautete die schroffe Antwort.

Plötzlich stieg ein Zweifel in Will hoch. »Abgeschirmt, wie meinst du das?«

»Kristen und ich haben uns in der Klinik kennengelernt. Sie schien offen und interessiert zu sein, ich fand sie sehr nett. Aber als ich dich am nächsten Tag besuchen wollte, wurde ich nicht zu dir gelassen.«

»Wegen der Intensivstation«, erwiderte er.

»Ich habe Kristen in deinem Zimmer gesehen«, entgegnete Alice. »Und sie hat mich gesehen. Es hätte nur eines Wortes bedurft, und man hätte mich zu dir gelassen. Aber sie hat mich ignoriert. Das hat mich gekränkt«, setzte sie leise hinzu.

Will fragte sich, ob Kristen ihre Offenheit gegenüber der *verlorenen Tochter* vielleicht zu positiv gemalt hatte. Wäre es nicht natürlich, wenn sie insgeheim eine Aversion gegen Alice hätte? War es möglich, dass sie ihm etwas vorgespielt oder ihn in seinem kranken Zustand nicht hatte beunruhigen wollen? War es möglich, dass Kristen Alice hasste?

William setzte den Blinker. »Na schön. Wenn du weißt, wo Lidingö liegt, weißt du auch, dass wir praktisch da sind. Ich habe dort ein Haus, in Mölna. Hast du Lust, mich zu begleiten?«

Als er Alice ansah, breitete sich ein darart strahlendes Lächeln auf ihrem Gesicht aus, dass ihm warm ums Herz wurde.

»Ob ich Lust habe?« Ehe er sich wehren konnte, warf sie sich an seinen Hals und drückte ihn, bis er das Lenkrad verriss und der Wagen leicht schleuderte.

»Sei vorsichtig.«

»Danke, Papa.« Sie strahlte.

»Dass ich heute nach Mölna fahre, hat allerdings einen traurigen Grund.«

Sie schaute zu ihm hoch. »Traurig?«

William hob den Arm und legte ihn um Alices Schulter. Umarmt setzten sie ihren Weg auf die Insel fort.

BLEI UND ARSEN

16

In diesem Haus hatte jemand eine doppelläufige Schrotflinte erhoben, sein Gegenüber angesehen, gezielt und geschossen. Dreimal, so die Polizei, war geschossen worden, einmal auf Walter, zweimal auf Bonnie. Bonnie war also nach dem ersten Schuss noch nicht tot gewesen. Jemand verschießt eine Garbe seiner heimtückischen Munition auf einen anderen Menschen, dachte William. Dieser Mensch wird durchsiebt, niedergestreckt, ist aber noch nicht tot. Wahrscheinlich hatte sich Bonnie auf dem Boden gewälzt und geschrien. Der Täter lud die Waffe durch und jagte eine weitere Salve ins Fleisch seines Opfers. Danach gab er einen Schuss auf Walter ab, der sofort starb. So nahe, wie der Täter seinen Opfern gestanden hatte, musste er selbst mit Blut besudelt gewesen sein. Er konnte also nicht Hals über Kopf fliehen, sondern musste sich erst säubern, bevor er das Haus verließ. Falls der junge Mann, den die Polizei festgenommen hatte, der Täter war, stimmte das allerdings nicht. Garpegården lag am äußersten Ende von Mölna, Ulf Jaspers hätte bloß in sein eigenes Haus zurückzulaufen brauchen, um sich zu waschen.

William kannte Jaspers. Er war so etwas wie der Penner von Mölna, was angesichts der vielen wohlhabenden Leute hier eine Kuriosität darstellte. Jaspers trieb sich im Dorf herum und verwickelte die Anwohner so lange in harmlose Plaudereien, bis irgendetwas für ihn abfiel: eine Mahlzeit oder ein Gläschen Schnaps, manchmal sogar Geld. Auch Will hatte Jaspers mitunter etwas zugesteckt.

»Die innere Verschalung muss komplett abgenommen werden.« Bauunternehmer Paulsson riss Will aus seinen Gedanken.

Er betrachtete den schmalen Mann mit dem Frettchengesicht. »Ich habe angenommen, Sie verlegen die neue Schalung einfach über die alte.«

»Dann würde das Blei in den Wänden bleiben.« Mit einem Schraubenzieher pulte Paulsson eine Schrotkugel aus dem Holz. »Manche Kugeln haben die Bretter durchschlagen und sitzen in der Dämmung fest.« Wie eine Perle hielt Paulsson das Projektil zwischen zwei Fingern. »Walter hat noch Schrot aus der alten Legierung benutzt.«

»Welche Legierung?« William betrachtete den plattgedrückten Metallgegenstand.

»Früher waren Schrotkugeln aus Arsen, Antimon und Blei. Das ist inzwischen verboten. Heutzutage verwendet man Zinn oder Wolfram, wegen des Tierschutzes.«

»Man stellt Jagdmunition her, die dem Tierschutz dient? Wenn die Viecher erst einmal tot sind, ist es ihnen wohl egal, ob sie mit Blei oder Zinn erschossen wurden.«

»Die Wasservögel fressen Schrotkugeln als Grit«, entgegnete Paulsson. »Sie vergiften sich damit und sterben. Wenn Greifvögel angeschossene Enten fressen, geben sie das vergiftete Fleisch an ihre Brut weiter. So wie Walter hier rumgeballert hat, haben seine Kugeln eine Menge Schaden angerichtet.«

Will zeigte auf die Wände. »Müssen Sie wirklich die gesamte Vertäfelung abnehmen?«

»Und die Dämmung dahinter auch.«

»Wenn Sie dann noch den Fußboden austauschen, kann ich ja fast schon ein neues Haus hochziehen.«

Paulsson legte die Schrotkugel auf den Couchtisch. »Ihrer Frau ist es bestimmt lieber, wenn wir es richtig machen.«

William war abgelenkt durch den Anblick aus dem Fenster. Alice schaute sich im Garten um. Als ob sie die Büsche und Bäume beschnuppern würde, so geschäftig wandte sie sich von einer Stelle zur anderen. Alice hatte Wills Erzählung über die Tragödie von Garpegården angehört, sich dadurch aber nicht abbringen lassen, ihn nach Mölna zu begleiten.

Will wandte sich zu Paulsson. »Wann können Sie anfangen?«

»Für diesen Sommer bin ich schon ausgebucht.« Paulsson kratzte sich am Kopf. »Eigentlich kann ich vor Oktober keine Arbeit annehmen.«

»Oktober? Da würden wir ja erst im Winter hier wieder reinkönnen. Kommen Sie, Paulsson, schieben Sie es für alte Stammkunden wie uns doch irgendwie dazwischen? Wenn Sie jedes Wochenende ein bisschen was machen, müssten Sie früher fertig sein.«

»Was will denn die schon wieder hier?«, lautete Paulssons unverständliche Antwort. »Ich dachte, nach Jaspers' Verhaftung lässt uns die Polizei in Ruhe.«

Ein blaues Auto fuhr langsam in die Einfahrt. Durch die geöffneten Fenster hörte man die verzerrten Stimmen des Polizeifunks. Dagny Larsson stieg aus. Interessiert tauchte Alice vor dem Dienstwagen auf. Larsson sagte etwas, Alice antwortete. Will lief aus dem Haus.

»Guten Tag, Herr Falk.« Die Kommissarin kam ihm entgegen.

»So oft, wie Sie hier draußen sind, habe ich den Verdacht,

dass Sie in Mölna Ferien machen wollen.« Sein Scherz misslang. »Das ist eine Bekannte«, setzte er hinzu, als die Kommissarin keine Miene verzog.

»Sie bringen schon wieder Gäste hierher?«

»Ich habe eine Baubesprechung, und Alice hatte Lust, mit ans Wasser zu kommen.«

Die Kommissarin ließ den Blick zwischen Will und Alice hin und her gehen. »Woher kennen Sie sich?«

»Ist das von Bedeutung für den Fall?«, fragte er etwas spitz. »Wollten Sie noch etwas im Haus?«

»Im Haus nicht.« Entgegen ihren Worten ging die Kommissarin auf die Veranda. »Wir befragen noch einige Anwohner im Dorf und den Leiter der Ortssparkasse.«

»Was hat der mit der Sache zu tun?«

Auf die Brüstung gelehnt, schaute Dagny Larsson übers Wasser. »Mein Assistent ist losgezogen, um Kaffee zu holen, währenddessen wollte ich mich hier noch einmal umsehen.« Unvermittelt fasste sie Alice ins Auge. »Kann es sein, dass wir uns schon einmal begegnet sind?«

»Ich kenne Sie nicht«, antwortete sie nach kurzer Überlegung.

»Alice ist noch nicht lange in Stockholm«, ergänzte William.

»Darf ich fragen, was Sie in der Stadt machen?«

»Ich arbeite in einem Hotel.«

»Seit wann?«

»Seit zwei Monaten.«

»Wo waren Sie davor?«

»Ich habe in unterschiedlichen Hotels gearbeitet.«

»In Schweden?«

»In letzter Zeit häufiger im Ausland.«

»Wo genau?«

»Dänemark und Frankreich.«

»Sind Sie gebürtige Schwedin?«

»Was soll das, was machen Sie da?« Mit wenigen Schritten war William neben Alice. »Sie verhören eine Person, die nicht das Geringste mit dem Mordfall zu tun hat.« Er hatte den Impuls, den Arm schützend um sie zu legen, unterließ es aber.

»Ich habe Ihr Gesicht schon irgendwo gesehen«, wiederholte die Kommissarin nachdenklich.

»Wo denn?«

»Wenn ich das wüsste.« Larsson lächelte, doch ihre Augen blieben neugierig. »Vielleicht habe ich es mir nur eingebildet.«

Will stemmte die Hände in die Hüften. »Ich will nicht unhöflich sein, Frau Larsson …«

»Warum sollten Sie auch unhöflich zu mir sein, Herr Falk?« Im Hintergrund sah die Kommissarin Paulsson die Veranda betreten. »Werden die Renovierungsarbeiten aufwendig?«

»Es sieht leider so aus.«

»Dann will ich Sie nicht länger aufhalten. Auf Wiedersehen, Frau …?«

»Viklund«, antwortete Alice.

Die Kommissarin nickte den beiden zu und lief zu ihrem Auto.

»Was sollte das, dich so auszufragen?«, murmelte Will.

»Berufskrankheit wahrscheinlich.« Alice lief zu der abschüssigen Stelle, die zum Meer führte. »Dein Garten ist wunderschön.«

»Nachher zeige ich dir alles.« Er folgte ihr ein paar Schritte. »Gleich, wenn ich mit Herrn Paulsson fertig bin. Einverstanden?«

»Gut. Ich laufe so lange ans Wasser.«

Als William sich zur Veranda wandte, sah er Paulsson, der nachdenklich seine Brille putzte.

DIE STIMME DES BLUTES

17

»Sie ist eine Betrügerin.«

»Was?« William hob den Kopf vom Kissen.

Kristen saß, an die verstellbare Rückenstütze gelehnt, im Bett.

»Schläfst du nicht?« Er tastete nach seinem Smartphone, es war zwei Uhr zwölf.

»Wie könnte ich schlafen, Will? An der ganzen Sache ist etwas faul.«

»Meinst du Alice?« Er rieb sich die Augen.

»Seit Tagen reden wir von nichts anderem. Ich habe ein untrügliches Gespür, das Ganze geht nicht mit rechten Dingen zu.«

Will machte die Nachttischlampe an. »Ich verstehe dich nicht. Alice hat uns jede Menge Papiere vorgelegt. Sie hat Fotos mitgebracht, die sie als kleines Mädchen an der Hand von Madelaine zeigen, als Kind in Helsingør, auf einem Pony, mit Madelaine im Hintergrund. Sie hat ...«

»Sei nicht so naiv«, unterbrach ihn Kristen. »Wenn ich unserem Firmengrafiker ein paar Kinderfotos von mir gebe, beweist er im Handumdrehen, dass ich die Tochter von König Carl Gustaf bin. Mit Photoshop kannst du heute alles machen.«

»Warum sollte Alice das tun?« Will setzte sich ebenfalls auf. »Weshalb sollte sie ihre Identität fälschen?«

Kristen schüttelte ihr offenes Haar. »Wahrscheinlich heißt sie nicht einmal Alice.«

Kristen hatte das besprochene Dreiertreffen arrangiert, allerdings nicht bei ihnen zu Hause, sondern in der Firma, um dem Gespräch eine neutrale Atmosphäre zu geben. Nachdem die Mitarbeiter gegangen waren, hatten sie sich zu dritt an den Konferenztisch gesetzt.

Kristen hatte Alice zunächst um Verständnis gebeten, dass man ihre Identität zweifelsfrei feststellen müsse, bevor man sie *in die Familie* aufnehmen könne. Will hatte Kristen bewundert, weil sie die Tatsache, dass Alice genau genommen eine Folge von Williams Untreue war, aus dem Gespräch gänzlich aussparte. Kristen war souverän gewesen, verständnisvoll, dabei präzise in ihren Formulierungen.

Alice war bei Weitem nicht so selbstsicher aufgetreten. Will hatte ihr die Aufregung angemerkt, der Ehefrau ihres Vaters Rede und Antwort stehen zu müssen. In der Sache hatte Alice jedoch keine Fragen offengelassen. Sie hatte Beweise vorgelegt, die Madelaine mit an Sicherheit grenzender Wahrscheinlichkeit als ihre Mutter auswiesen.

Als sie den handschriftlichen Brief Madelaines entfaltete, jenes Schreiben, das erst nach dem Tod der Mutter geöffnet worden war, hatte Williams Herz heftig zu schlagen begonnen. Er kannte diese Schrift so gut wie seine eigene, es gab keinen Zweifel, dass Madelaine diese Zeilen geschrieben hatte. In dem Brief behauptete sie, dass William der Vater von Alice war. Er hatte Kristen die Mühe angesehen, sich über dieses Schriftstück zu beugen. Doch selbst diese Tatsache schwarz auf weiß zu lesen hatte sie nicht aus der Fassung gebracht.

Nach dem offiziellen Teil der Unterredung waren sie nicht mehr lange zusammengesessen. Will hatte beiden Frauen angesehen, dass sie die Gegenwart der anderen anstrengend fanden. Kristen und Will hatten sich auf den Heimweg gemacht, unterwegs waren sie schweigsam gewesen und zu Hause gleich ins Bett gegangen.

»Was hat dein Misstrauen geweckt?«, fragte er. »Weshalb sollte Alice uns betrügen? Was hätte sie davon?«

»Du bist ein reicher Mann, mein Lieber. Wenn du Alice, oder wie immer sie heißt, als deine Tochter anerkennst, hat sie Anspruch auf einen Teil des Vermögens.«

»Aber davon hat sie bisher kein einziges Wort erwähnt. Über ihre rechtliche Anerkennung haben wir nie gesprochen.«

»Natürlich fällt sie nicht mit der Tür ins Haus. Alice ist schlau. Sie kann sich Zeit lassen, in unser Nest zu schlüpfen. Solange du nicht stirbst, tickt die Uhr zu ihren Gunsten.«

Verblüfft über diese Wendung stand Will auf und ging aufs Klo. »Du kennst mein Testament. Du warst dabei, als ich es beim Notar unterzeichnet habe«, rief er durch die Tür. »Im Falle meines Todes kriegst du alles.«

Kristens Antwort ging im Geräusch der Klospülung unter. Er kam zurück und setzte sich neben sie aufs Bett. »Was hast du gesagt?«

»Wenn du Alice als Tochter anerkennst, unehelich oder nicht, hat sie Anspruch auf einen Pflichtteil.« Kristens Augen waren dunkel vor Sorge. »Das ist dir hoffentlich klar.«

»Wenn sie meine Tochter ist – ich sage *wenn* –, dann möchte ich auch, dass sie etwas erbt. Ich hoffe, damit wärest du einverstanden.«

»Ich würde wohl damit leben müssen, wenn du der ›Frucht deiner Sünde‹ etwas vermachst.« Zum Zeichen, dass sie es nicht so dramatisch meinte, zwinkerte Kristen.

William schloss sie in die Arme. »Du bist wundervoll.«

»Na ja, ganz in Ordnung, würde ich eher sagen.«

»Ich weiß wirklich nicht, womit ich eine so wunderbare Frau wie dich verdient habe.«

»Das weiß ich ehrlich gestanden auch nicht.« Sie lachten gemeinsam.

»Was soll jetzt deiner Meinung nach geschehen?«

»Als ich bei dem Treffen den DNA-Test angesprochen habe, reagierte Alice verdächtig zurückhaltend.«

»Wahrscheinlich war sie überrascht, dass so etwas zur Sprache kam. Eigentlich sollte es ja nur ein zwangloses Kennenlernen sein. Ich glaube nicht, dass sie etwas gegen den Test hätte. Soll ich sie fragen?«

»Fragen wäre eine Möglichkeit.« Kristen streckte sich aus und versank in ihrem Kissen. »Ich wüsste aber noch eine bessere Möglichkeit.«

18

Denke wie Alice, dachte Alice. Bring es hinter dich. Was dir bevorsteht, ist die schwerste Aufgabe überhaupt.

In ihrem hässlichen Zimmer im Angestelltentrakt des Touristenhotels öffnete sie eine Flasche Whisky. Als Erstes musste sie ihre Angst überwinden. Alice betrachtete das Etikett mit dem fröhlichen Herrenreiter im roten Frack. Guter alter Johnnie Walker, dachte sie, steh mir bei.

Mit vollkommener Ehrlichkeit war Alice auf William zugegangen. Sie hatte ihm gezeigt, wer sie war und wie es in ihrer Seele aussah. Sie hatte Will ihre kriminelle Vergangenheit nicht verschwiegen. Im Gegenzug hatte sie nicht das Geringste von ihm verlangt, kein noch so kleines Zugeständnis an ihren Status als Tochter. Nur sein Vertrauen wollte sie, nichts weiter. Will hatte zunächst den Anschein erweckt, als ob er ihr mit gleicher Offenheit begegnen würde. Doch dann hatte er sie so hinterhältig betrogen, dass ihr bei der Erinnerung immer noch schlecht wurde. Der Mensch, durch dessen Hilfe Alice gehofft hatte, ihr Misstrauen gegen alle Menschen loszuwerden, hatte sich als der verlogenste von allen entpuppt.

Es war in diesem Zimmer gewesen, in diesem erbärmlichen Raum. Alice hatte sich noch gewundert, weshalb Will darauf bestand, sie abzuholen. Sie hatte einen Treffpunkt am Wasser vorgeschlagen oder in der Lobby.

»Ich würde gern sehen, wie du wohnst«, hatte er erwidert. Alice war sich bewusst, dass sie unfähig war, ein Heim zu gestalten, unfähig, sich selbst genügend zu lieben, um eine liebevolle Umgebung um sich zu schaffen. Die Art, wie sie wohnte, war ein Spiegel ihrer Seele. Entsprechend erschrocken war William gewesen, als sie ihn widerwillig in ihr Zimmer gelassen hatte.

»Wie hältst du das nur aus?«, hatte er gemurmelt. »Das ist ja winzig.«

Die Größe des Raumes störte Alice am wenigsten. Es waren die grauenhaften Details, die ihr die Lebensfreude raubten, die Deckenverkleidung aus Kunststoff, der grellweiße Leuchtstoffstab, der den Raum ins kalte Licht eines Verhörzimmers tauchte. Es waren die abgeblätterten Heizungsrohre, der magentafarbene Teppichboden mit Flecken, deren Herkunft man lieber nicht wissen wollte. Es war der wackelige Tisch, die durchgelegene Matratze, der ausgeleierte Spiegelschrank im Bad und der Schimmelpilz in der Dusche, der selbst mit scharfen Mitteln nicht zu beseitigen war. William hatte gesehen, wie Alice lebte. Was hatte er nun davon?

Obwohl ihm der Schock ins Gesicht geschrieben stand, hatte er sich gesetzt und gefragt: »Was unternehmen wir heute?« Sie hatten einen Spaziergang vereinbart, obwohl beide spürten, dass man nicht ewig spazieren gehen oder essen gehen oder etwas trinken gehen konnte. Sie waren Vater und Tochter, benahmen sich aber wie ein heimliches Liebespaar.

Alice war Williams Anwesenheit im Zimmer unangenehm gewesen, darum hatte sie gesagt, sie wolle sich noch ein bisschen hübsch machen, bevor sie aufbrachen, und war ins Bad gegangen. Will hatte nicht gemerkt, dass Alice die Tür einen Spalt breit offen ließ. Vor dem Spiegelschrank zog sie ihre Augen nach. Dabei bemerkte sie im Spiegel, was William tat.

Mit zwei Fingern zupfte er ein Haar von Alices Kopfkissen. Im nächsten Moment hielt er einen Plastikbeutel in der Hand und ließ das Haar hineingleiten. Während er den Beutel schloss und einsteckte, wandte er sich verstohlen zum Badezimmer um.

Alice tat, als hätte sie nichts bemerkt. Sie musste sich auf das Waschbecken stützen, um nicht zusammenzubrechen. Das Gesehene raubte ihr fast die Besinnung. Er hätte mich doch fragen können, war ihr erster Gedanke. Wenn er mich gefragt hätte, ob ich mit einem DNA-Test einverstanden wäre, hätte ich sofort Ja gesagt. Aber Will hatte es vorgezogen, sich die Wahrheit über Alices Gene heimtücksich zu erschleichen.

Fast alle Menschen, die sie kannte, hatten Alices Vertrauen gebrochen. Ihr ganzes Leben hatte sich so abgespielt. Aber doch nicht er, dachte sie, nicht mein eigener Vater! In jenen Sekunden im Bad hätte Alice am liebsten sterben mögen. Sie hatte Will als ihre letzte Hoffnung angesehen, den letzten Ausweg, den das Leben ihr noch zu bieten hatte. Sie wusste nicht, wie sie die neuerliche Zurückweisung ertragen sollte. Im Spiegelbild, in ihren aufgerissenen, verzweifelten Augen sah Alice, wie sie wirklich war: verschlossen, unfähig, auf andere Menschen zuzugehen, gedemütigt durch Angst, verrückt vor Angst in ein Leben gedrängt, das ohne Ausweg war, ein Leben, das niemandem nützte, am allerwenigsten ihr selbst.

Doch einen Ausweg gab es jedoch immer noch, dachte sie, als sie jetzt vor der Flasche Whisky saß, die Kappe abschraubte und sich ein Glas einschenkte. Diesen Ausweg gab es immer und für jedermann. Er erforderte Mut, aber nicht mehr, als Alice aufzubringen vermochte. Der Whisky war ein verlässlicher Mutgeber, wonnevoll trank sie das Glas leer. Sie verschluckte sich an dem starken Zeug, hustete und lachte ihrem Husten hinterher. Johnnie Walker war möglicherweise der einzige Freund, der sie nie verraten, niemals demütigen würde. Alice goss sich zum zweiten Mal ein.

Sie ging ins Bad und holte alles hervor, was ein freundlicher Ratgeber ihr zusammengestellt hatte. Es würde nicht wehtun, hatte er gesagt. Es wird nicht auffallen, dachte sie. Niemandem wird es auffallen. Was einem Zimmermädchen zustieß, interessierte keine Menschenseele.

Nachdem sie im Bad alles erledigt hatte, kehrte sie, ohne schon eine Wirkung zu spüren, ins Zimmer zurück und legte sich auf ihr Bett. Sie nahm das Handy und tippte die Nachricht an William, die sie im Geist längst vorbereitet hatte. Nachdem sie die wenigen Zeilen abgeschickt hatte, begann sich ein Nebel um sie zu erheben. Mitten im Nebel starrte Alice auf ihre versendete Nachricht. Sie sah noch, wie der Bildschirm des Smartphones dunkel wurde. Alice schloss die Augen.

ZU HAUSE

19

»Es ist es ein Barbiturat, das in Schweden längst verboten wurde«, sagte Dr. Elmquist, nachdem er die Aufschrift auf dem Fläschchen gelesen hatte. »Es gibt allerdings Länder, wo es noch zugelassen ist. Haben Sie eine Ahnung, wie Frau Viklund an dieses Präparat gekommen ist?«

Alice lag im Gästezimmer der Falks. William stand neben ihrem Bett, Kristen an der Tür.

»Das wissen wir nicht«, antwortete Will mit einer Stimme, die vor Sorge ganz heiser war.

Dr. Elmquist, ihr Hausarzt, richtete sich vor der Patientin auf. »Ich muss das natürlich melden«, sagte er höflich.

»Melden? Was denn?«, fragte Kristen.

»Ich bin verpflichtet, jeden Suizidversuch anzuzeigen.«

»Selbstmord?« Kristen trat auf den Arzt zu, während sie William einen ernsten Blick zuwarf. »Kommen Sie, Doktor. Kann man das wirklich so eindeutig sagen?«

Elmquist verstaute das Gerät, mit dem er Alice den Magen ausgepumpt hatte. »Sie hat eine Überdosis dieses Medikaments geschluckt. Es ist sehr wahrscheinlich, dass sie sich das Leben nehmen wollte. Ich lasse sie ins Krankenhaus bringen.«

Kristen zeigte auf Alices blasses, aber entspanntes Gesicht. »Es geht ihr doch schon erheblich besser. Das Ganze kann auch ein Missverständnis gewesen sein. Soweit ich weiß, nimmt Alice Medikamente ... Antidepressiva, nicht wahr, Will, hat sie uns das nicht gesagt?«

William war nicht in der Lage, Kristen bei ihrer gut gemeinten Lüge zu unterstützen. Er war innerlich zerrissen vor Sorge und Schuld. Alice, seine Tochter, hatte aus dem Leben gehen wollen, weil sie sich von ihm verraten fühlte. Ihre Nachricht bewies das.

Ich gehe fort von hier, mein geliebter Vater, weil ich an deiner Seite nur Unfrieden stifte. Ich wäre dir gern eine liebevolle Tochter gewesen, aber wie es aussieht, bin ich für die Liebe wohl nicht geschaffen und sie nicht für mich. Leb wohl auf immer, geliebter Papa, Deine Alice

Im ersten Moment hatte Will an eine sentimentale Aufwallung, möglicherweise unter dem Einfluss von Alkohol geglaubt. *Ich gehe fort* bedeutete schließlich nicht automatisch: Ich bringe mich um. Trotzdem hatten ihre Worte so eindringlich auf ihn gewirkt, dass er von großer Unruhe erfasst worden war. Will war ins Fridhelmsplan gefahren und zu Alices Zimmer gerannt. Er hatte geklopft und gerufen. Er hatte bestimmt eine Minute lang vor ihrer Tür gestanden, bis er merkte, dass sie nicht abgeschlossen war.

Auf den ersten Blick hatte er begriffen, was geschehen war, der Satz *Ich gehe fort* hatte seine wahre Bedeutung entschleiert. Dabei war Will zunächst einem Missverständnis aufgesessen. Er hatte geglaubt, Alice hätte sich die Pulsadern aufgeschnitten, das leuchtende Rot in ihrer Handfläche hatte sich aber als Lippenstift entpuppt. Erst als er die Leblose in den Arm genommen und sie aufzuwecken versucht hatte, war ihm der sonderbare Geruch aus ihrem Mund aufgefallen, ein Geruch wie von Senf oder einem kräftigen Gewürz. Will hatte an Gift gedacht und gleich darauf das leere Fläschchen im Bad gefunden.

Er hatte die Notrufnummer auf dem Handy bereits eingegeben, als er innehielt. Was hätte das für Folgen? Eine Frau, die wegen ihrer Labilität aktenkundig war, die an Magersucht gelitten und lange Zeit in einer Erziehungsanstalt gewesen war, eine Frau, die man wegen mehrfachen Diebstahls verurteilt hatte, würde nach einem Suizidversuch in die Notaufnahme eingeliefert werden. Selbstmordkandidaten, so viel wusste Will, wurden nach ihrer Rettung in eine psychiatrische Einrichtung überwiesen, da sie eine Gefahr für sich selbst darstellten.

Noch eine Anstalt, hatte Will gedacht, noch eine Brandmarkung, die man Alice aufprägen würde, die Selbstmörderin. Danach würde es ihr praktisch unmöglich sein, je wieder in ein normales Leben zurückzufinden.

Alice atmete ruhig, hatte Will festgestellt, auch ihr Puls erschien ihm gleichmäßig. Darum hatte er die verrückte Entscheidung getroffen, nicht den Notruf, sondern Dr. Elmquist zu kontaktieren und ihn in sein Haus zu bitten. Will hatte den Wagen an den Lieferanteneingang gefahren und Alice auf seinen Armen aus dem Zimmer getragen. Außer einem alten Mann, der einen Müllsack schleppte, war ihm unterwegs niemand begegnet. Als Will Alice auf den Rücksitz seines Autos legte, seufzte sie, was ihm als gutes Zeichen erschien. Minuten später hatte er die Marienbergsgatan erreicht, war in die Garage gefahren und hatte Alice in den ersten Stock getragen. Als Jasper Will neugierig umsprang, sperrte Kristen ihn in die Küche. Ohne viele Worte verstand sie, was passiert war, und reagierte wie stets ruhig und effektiv. Kurz darauf war Dr. Elmquist eingetroffen.

William bestätigte Kristens Notlüge. »Alice hat mir tatsächlich gesagt, dass sie Antidepressiva nimmt.«

»Wäre es nicht möglich, dass sie ihr Medikament mit dem Barbiturat verwechselt hat?« Als Kristen zu dem alten Arzt aufschaute, lag ein gewisser suggestiver Glanz in ihrem Blick.

Elmquist schob die Unterlippe vor. »Als Arzt muss ich Ihnen sagen, dass eine solche Verwechslung praktisch unmöglich ist. Als Ihr langjähriger Freund will ich zugeben, dass es der jungen Frau tatsächlich besser geht.«

»Na sehen Sie. Wozu sollte man also die Polizei damit behelligen?« Kristen lächelte zuversichtlich.

Um nicht sofort kampflos einzulenken, erwiderte der Doktor: »In welchem Verhältnis steht Frau Viklund eigentlich zu Ihnen?«

Will wollte antworten, doch Kristen kam ihm zuvor. »Sie ist die Tochter einer verstorbenen Freundin, um die Will und ich uns kümmern.«

»Sie ist die Tochter einer verstorbenen Freundin, um die wir uns kümmern?«, wiederholte William eine halbe Stunde später. Der Doktor war gegangen. Nach eingehender Diskussion hatte er darauf verzichtet, das offizielle Prozedere in Gang zu setzen. Niemand würde von Alices verzweifeltem Schritt erfahren. Wills Idee, nicht den Notarzt zu verständigen, war richtig gewesen.

Er und Kristen standen vor der Treppe, die zum Gästezimmer führte, und sprachen gedämpft miteinander. »Das war eine schlaue Antwort«, sagte er bewundernd.

»Ich muss zugeben, ich war ziemlich auf Draht.« Kristen ließ sich auf die Stirn küssen und lief in die Küche.

»Was wollen wir nun aber wirklich mit ihr anstellen, wenn sie aufwacht?« Er folgte ihr.

»Wir kümmern uns um sie.« Sie klapperte mit den Töpfen. »Zumindest so lange, bis wir das Ergebnis der DNA-Untersuchung kennen. Wenn sie wirklich deine Tochter ist, dürfen wir sie doch nicht ihrem Schicksal überlassen.«

»Ihrem Schicksal«, murmelte Will. Ihm kam die Stille, die diesem Satz folgte, lange vor. Während Kristen Wasser in einen Topf ließ, kehrte er zu Alice zurück.

In dem kleinen Zimmer, das sie nur selten benutzten, betrachtete er die Schlafende, die es auf schauerliche Weise geschafft hatte, in ihr Haus einzuziehen. Williams Tochter war gleichsam nach Hause gekommen.

Aus der Küche ertönte Kristens helle Stimme. »Ich mache ihr eine Hühnersuppe. Eine Hühnersuppe wirkt meistens Wunder!«

Wunder, dachte William und ließ sich langsam an Alices Seite sinken.

KRISTEN HINDERSIN

20 Kristen stand über Williams Smartphone gebeugt. Sie nahm es nicht zur Hand, weil sie die Position des Handys auf dem Schreibtisch nicht verändern wollte. Will hatte ein unglaubliches haptisches Gedächtnis. Wenn er einen Stift, einen Kopfhörer oder sein Telefon ablegte, erinnerte er sich später exakt daran, wie und wo es war. Kristen betrachtete das Handy. Für jede Anwendung, die ein Passwort erforderte, verwendete er den gleichen Code: *Hindersin.* Es war Kristens Mädchenname, der seltene deutsche Nachname *Hindersin.*

Während Kristen durch Wills SMS-Nachrichten scrollte und den Hilferuf von Alice fand – Ich gehe fort von hier, mein geliebter Vater, weil ich an deiner Seite nur Unfrieden stifte. Wie es aussieht, bin ich für die Liebe nicht geschaffen. Leb wohl auf immer, geliebter Papa – während sie die Worte las, die aus einem Kitschroman hätten stammen können, dachte sie an das Mädchen Kristen Hindersin, das Kind an der Wakenitzmauer, der schönsten und verwunschensten Adresse Lübecks.

Solange ihr Vater gelebt hatte, war Kristens Dasein ein wundervoller Spaziergang gewesen, eine Karussellfahrt, ein Versprechen, dass das Gute und Reine im Leben das Abstoßende und Widerliche überwog. Kristens Vater, der schöne

Andreas, wie er genannt wurde, hatte seiner Tochter das Gefühl gegeben, dass sie eine Prinzessin sei, ein außergewöhnliches Wesen, außergewöhnlich begabt und außergewöhnlich hübsch. Kristens Mutter hatte auf dieser kindlichen Karussellfahrt eine eher nebensächliche Rolle gespielt, da sie, beruflich erfolgreich, für die weltweit agierende Possehl-Stiftung arbeitete. Kristens Mutter war häufig unterwegs, weshalb Andreas als alleinerziehendem Vater allerorten Sympathien entgegengebracht wurden.

Man kannte das Vater-Tochter-Paar in den verwinkelten Gassen der Lübecker Altstadt, jenem einmaligen Häusergewirr zwischen Trave und Wakenitzkanal, das zum Weltkulturerbe erhoben worden war. Man grüßte den großen, ein wenig gebückt gehenden Andreas, wenn er in der Natur-Bäckerei einkaufte. Man kannte die beiden, wenn sie abends in Andreas' Stammlokal unweit der Hafenanlagen Alsterwasser tranken.

Andreas war Kristens größte und im Grunde auch einzige Liebesbeziehung gewesen, bevor sie William kennenlernte. Denn es kam der Tag, an dem Kristen begriff, dass sie zwar intelligent und in organisatorischen Belangen begabt war, aber eine Prinzessin war sie keinesfalls. Sie hatte es immer dann erkannt, wenn ihre Freundinnen zu Motorradfahrten, zum Segeln oder auf Partys eingeladen worden waren, nicht aber Kristen. Sie sah ein, dass sie möglicherweise nicht so hübsch war, wie Andreas ihr weisgemacht hatte, nicht einmal annähernd so hübsch.

Kristen begriff sich bald als schlaues Mädchen, dessen Schönheit in ihrer Fähigkeit lag, mit Worten umzugehen. Sie wurde die Komikerin der Klasse – blieb ihr etwas anderes übrig? Wenn ihre Kameradinnen durch wunderbares Haar, lange Beine oder samtige Haut auffielen, waren es bei Kristen die Originalität und ihr schonungsloser Witz, der auch vor den Lehrern nicht haltmachte. Kristen wurde Klassensprecherin. Als solche war sie vom Lehrkörper gefürchtet und von den Kollegen bewundert. Nur bewundert wohlgemerkt, denn geliebt wurden die anderen Mädchen.

Wenn sie sich im Spiegel ihres Kinderzimmers betrachtete, jenem Spiegel, vor dem Andreas sie als Prinzessin bezeichnet hatte, sah Kristen einen übergewichten Teenager mit eng stehenden Augen, dünnem fisseligen Haar, das an Spinnfäden erinnerte, und schmalen Lippen. Ihr kluger Geist begriff, weshalb die Jungs lieber mit Sibylla, Imke und Ayshe ausgingen statt mit ihr. Kristen steckte den Schock über diese Erkenntnis weg und machte das Beste aus sich, was möglich war.

In fast allen Fächern bestand sie das Gymnasium mit Auszeichnung, studierte ein paar Semester Jura und daneben nordische Sprachen, bis sie feststellte, dass sie die geborene Geschäftsfrau war. Wie ihre Mutter fing Kristen bei der Possehl-Stiftung an, wobei sich Mutter und Tochter wegen der Größe des Unternehmens so gut wie nie zu Gesicht bekamen.

Männer gab es in jener Zeit nur zwei. Christian, der mit Kristen ausschließlich gemütliche Dinge unternahm, am Wasser abhängen und Filme gucken; zwischenmenschlich wurde es zwischen ihnen nur, wenn sie zusammen kochten. Irgendwann rief Christian sie nicht mehr an. Der andere war Enzo, der Frauenheld mit den engen T-Shirts, dem die Dummheit in sein hübsches Gesicht geschrieben stand. Kristen genoss den Sex mit ihm, er wollte praktisch immer nur vögeln, so kam sie in ihren frühen Zwanzigern wenigstens einigermaßen auf ihre Kosten. Da Enzo mehrere Freundinnen gleichzeitig hatte, verschwand auch er irgendwann ohne besondere Begründung.

Kristen akzeptierte, dass es ihr nicht gegeben war, Männer an sich zu binden, also richtete sie sich in ihrem Singledasein ein. Auf Auslandsreisen hatte sie gelegentlich Sex – für eine Nacht in Djakarta schien sie einsamen Geschäftsreisenden zu genügen. Sie verdiente gutes Geld, hatte eine geradezu feudale Wohnung mit Blick auf die Marienkirche und lebte allein.

Kristen lebte allein, weil Andreas an ihrem achtundzwanzigstem Geburtstag gestorben war. Er hatte ihr den Krebs so lange verheimlicht, bis sie seinen kurzen, qualvollen Abschied kaum noch begleiten, nur betrauern konnte. Danach war die Einsamkeit sieben Jahre lang Kristens Begleiter, die Trauer ihr Gefährte. Sie hatte früh begriffen, dass Andreas ihre große Liebe sein würde, sein frühes Ende machte sie bereits mit achtundzwanzig Jahren zur Witwe. Es war die Zeit, in der sie nach einem Sinn zu suchen begann, nach dem übergeordneten Sinn dessen, worauf die menschliche Existenz abzielte. Sie wandte sich verschiedenen esoterischen Richtungen zu, ohne bei einer bestimmten heimisch zu werden.

Sieben Jahre später lernte sie William kennen. Kristen spürte, sollte sie noch einmal lieben, würde sie es mit diesem Mann erleben. Sie musste lange um ihn werben. Sie tat es geduldig, ausdauernd und raffiniert.

Kristen war zur Leiterin der schwedischen Abteilung der Possehl-Stiftung avanciert und hielt sich oft in Stockholm auf. Nachdem sie und William einander auf der Vernissage einer Fotoausstellung kennengelernt hatten, bei der sie die außergewöhnlich schöne Künstlerin bewundert hatte, deren Bilder präsentiert wurden, verabredete sie sich bei jedem ihrer Stockholmaufenthalte mit William. Sie ahnte, dass die Fotokünstlerin eine wichtige Rolle in seinem Leben spielte, ohne dass die beiden erkennbar liiert waren.

Kristen verbannte die Erinnerung an die gescheiterten Erfahrungen mit Männern aus ihrem Bewusstsein, ignorierte die Schönheit Madelaines und ging auf die Jagd. Wenn sie in Liebesdingen jemals hartnäckig und unbeirrbar agiert hatte, dann bei William. An einem sechzehnten Juni vor elf Jahren war es so weit. Der attraktive, charismatische Mann küsste das hässliche Entlein Kristen Hindersin und verwandelte es in einen Schwan. Bald darauf hatten sie geheiratet. Kristen hatte ihre Stellung bei Possehl aufgegeben, war nach Stockholm gezogen und hatte in Williams Firma zu arbeiten begonnen.

Sie las Alices kitschige SMS noch einmal. Diese Frau hat nicht aus dem Leben gehen wollen, dachte Kristen, sie wollte sich vielmehr in das Leben von jemandem hineinstehlen. War es ihr nicht gelungen? Alice lag in Williams Haus in der Marienbergsgatan und erholte sich von ihrem angeblichen Suizidversuch. Kristen lächelte: Es war vielleicht besser so. Von jetzt an konnte sie sämtliche Entwicklungen, die die Sache zwischen Will und Alice nahm, aus der Nähe beaufsichtigen. Durch Alice war auch Madelaine wieder in Williams Leben getreten. Kristen begriff nur zu gut, dass sie erneut um ihn würde kämpfen müssen.

Als sie Alice etwas zu essen brachte, fand sie die Selbstmörderin in einem Zustand größtmöglicher Scham vor.

»Ich habe dir Suppe gebracht.«

»Ich habe keinen Hunger.«

»Wie willst du dann wieder zu Kräften kommen?«

»Ich schäme mich. O Gott, ich schäme mich so, Kristen. Vor dir und vor William. Ich bin so ein verdammter Versager. Sogar zum Umbringen bin ich zu ungeschickt.« Sie drehte den Kopf zur Wand, damit Kristen ihre Tränen nicht sehen sollte.

Kristen fand, dass Alice ihre Sache konsequent durchzog: Auf den vorgetäuschten Selbstmord folgte eine vorgetäuschte Reue. Die Kleine war eine hervorragende Schauspielerin. Wie gut ihr Spiel wirklich war, würde sich schon bald erweisen. Kristen erwartete das Ergebnis der DNA-Analyse in den nächsten Tagen. Dann würde man wissen, wer Alice wirklich war.

21

»Sie waren in der betreffenden Nacht von Dienstag auf Mittwoch nicht im Kino, Herr Falk.«

»Wie kommen Sie darauf?« Will stand im Wohnzimmer neben dem Ausgang zum Kräutergarten. Im Augenwinkel bemerkte er sein Spiegelbild in der Terrassentür.

»Sie sind an jenem Abend in Garpegården gewesen«, antwortete die Kommissarin.

»Das stimmt nicht.«

»Herr Falk, ich gebe Ihnen Gelegenheit, Ihre Aussage noch einmal zu korrigieren.«

»Ich habe nichts zu korrigieren. Ich war im Kino, in der Spätvorstellung. Es lief der Film *Die Frau des Leuchtturmwärters*. Ein französischer Film, er hat mir nicht gefallen. Brauchen Sie noch mehr Details?«

»Solche Details untermauern Ihre Aussage nicht. Sie könnten sich den Film inzwischen im Internet angesehen haben.«

Die Kommissarin hatte ihren Besuch nicht angekündigt. Um sieben Uhr abends hatte sie in der Marienbergsgatan geklingelt, aufgeregt war Jasper zur Tür gesprungen. Dagny Larsson hatte ihren Assistenten dabei, einen Mann, der Will schon früher wegen seiner absoluten Unauffälligkeit aufgefallen war. Er schien die Fähigkeit zu besitzen, mit der Wandtapete zu verschmelzen.

»Was ist mit Ulf Jaspers, den Sie neulich festgenommen haben?«, erwiderte Will. »Seine Fingerabdrücke fanden sich ja wohl auf Walters Flinte.«

»Danke, dass Sie mich daran erinnern.« Frau Larsson trat neben den Art déco-Sessel, doch da niemand sie aufforderte, sich zu setzen, blieb sie stehen. »Ulf Jaspers hat Sie in der Nacht, als Bonnie Håkansson erschossen wurde, in Mölna gesehen.«

»Das ist ja sehr praktisch für den Mann«, entgegnete Will. »Der Hauptverdächtige will seine Haut retten und erfindet irgendeine Geschichte, die mich belasten soll.« Er wechselte einen Blick mit Kristen, die auf dem Sofa saß. »Und deshalb kommen Sie spätabends in unser Haus?«

»Seine Aussage hat uns einen Schritt weitergebracht.«

An den Schlieren am Fenster erkannte Will, dass der Regen stärker wurde. »Wie meinen Sie das?«

»Sie sind in Mölna gewesen, Herr Falk. Sie fuhren allerdings nicht Ihr eigenes Auto. Daher hatten wir bis jetzt keinen Hinweis, der auf Ihre Anwesenheit hingedeutet hätte.«

»Weshalb sollte ich mit einem fremden Wagen nach Mölna aufbrechen? Weshalb sollte ich unter der Woche überhaupt nach Lidingö fahren?«

»Vor ein paar Tagen waren Sie auch an einem Werktag in Garpegården.«

»Ich hatte eine Baubesprechung über die Instandsetzung des Hauses.« William beobachtete, wie die Regenschlieren auf der Scheibe die Spiegelung seines Gesichtes allmählich verzerrten.

»Sie besitzen einen BMW-Kombi und ein Saab-Cabriolet«, sagte der Assistent aus der Ecke, wo er sich Notizen machte.

»Den BMW benutzen wir als Firmenauto«, antwortete Kristen an Wills Stelle. »Ich selbst fahre einen japanischen Kleinwagen.« Sie sprach beherrscht, nun aber stand sie auf. »Was soll das Ganze, Frau Larsson? Wäre William tatsächlich in Garpegården gewesen, weshalb hätte er es Ihnen verschweigen sollen? Wenn er etwas über Bonnies und Walters Tod wüsste, hätte er es offenbart. Andernfalls muss ich nämlich annehmen, dass Sie meinen Mann mit der Tat in Verbindung bringen. Und das, muss ich Ihnen sagen, ist das Albernste und Hirnrissigste, was Sie in dieser Angelegenheit vermuten könnten.« Kristen verlor ihre höfliche Gelassenheit. »Mein Mann und Bonnie waren uralte Freunde. Sie kannten sich schon, als wir noch gar nicht verheiratet waren. Walter und mein Mann hatten ebenfalls das allerbeste Verhältnis. Weshalb sollte Will unseren Nachbarn erschießen? Will ist ein Mensch, der grundsätzlich jede Gewalt verabscheut.«

»Ich habe nicht behauptet, dass Ihr Mann unter Verdacht steht«, gab die Kommissarin unbeeindruckt zurück. »Ich behaupte nur, dass Herr Falk in der Tatnacht in Mölna war.«

»Richtig, Sie behaupten es«, mischte Will sich ein. »Aber bis auf die Aussage eines ortsbekannten Tunichtguts haben Sie nichts in der Hand, was diese Behauptung untermauern könnte.«

»Leider doch.« Dagny Larsson streckte die Hand aus. Der Assistent brachte ihr eine Plastikhülle. »Im verschlafenen Mölna gibt es natürlich keine Überwachungskameras. Mit einer Ausnahme, vor der Ortssparkasse.«

»Die Sparkasse?«, wiederholte Will eine Spur leiser.

»Der Geldautomat der Filiale wurde vor ein paar Jahren geknackt.«

»Ich weiß. Der Täter hat allerdings nur eine geringe Summe erbeutet.«

»Trotzdem hat die Bank seitdem eine Kamera installiert.« Die Kommissarin zog den Ausdruck eines Fotos aus der Hülle. »Wir hatten das Überwachungsvideo schon früher ausgewertet, doch wegen des fremden Wagens, den Sie fuhren, ist uns *das* nicht gleich aufgefallen.« Ihr Finger tippte auf eine grauweiße Schlangenlinie, die sich bei näherem Hinsehen als Person entpuppte, die aus einem Geländewagen stieg.

»Das ist Ihr ganzer Beweis dafür, dass ich in Mölna gewesen sein soll?« William lächelte gönnerhaft. »Da könnten Sie genauso gut behaupten, Aliens seien dort gelandet.«

Dagny Larsson entnahm der Hülle ein zweites Bild, es war die Vergrößerung des ersten. »Unsere Erfassungstechnik ist mittlerweile ziemlich ausgereift.« Auf den ersten Blick erkannte man Will im Regenmantel. »Verblüffend, nicht wahr? Die Echtheit dieses Bildes würde als Beweismittel vor jedem Richter bestehen. Wollen Sie Ihre Aussage nicht doch noch einmal überdenken?«

Wills Gesichtsausdruck wurde hart. »Ich habe meiner Aussage nichts hinzuzufügen. Ab jetzt nehme ich mein Recht wahr, nur noch in Anwesenheit meines Anwalts mit Ihnen zu sprechen.«

»Sie treffen eine gefährliche Entscheidung, Herr Falk.« Die Kommissarin packte die Fotografien in die Hülle zurück.

»Das ist Ihre Ansicht.« William machte eine deutliche Geste zur Tür. »War es das, oder können wir sonst noch etwas für Sie tun?«

»Das können Sie in der Tat.« Obwohl Jasper bereits zur Tür sprang, ließ Frau Larsson sich mit dem Aufbruch Zeit. »Ich würde Ihre Bekannte gern noch einmal sprechen.«

»Welche Bekannte?«

»Die junge Frau, mit der Sie zusammen in Garpegården waren, Alice Viklund.«

»Alice …?« William hoffte, dass das Licht im Wohnzimmer nicht ausreichte, um die Anzeichen seines Schocks sichtbar zu machen. Alice befand sich in seinem Haus, sie lag über ihnen im ersten Stock, und die Kommissarin, die den Mörder von Garpegården suchte, fragte nach ihr.

»Ich weiß nicht, wo sie ist.« Musste die Kommissarin nicht spüren, dass sie gerade belogen worden war?

»Wir wissen inzwischen, dass Frau Viklund im Hotel Fridhelmsplan arbeitet. Dort ist sie seit zwei Tagen nicht mehr gesehen worden. Ihr Zimmer im Angestelltentrakt ist leer, aber sie hat ihre Sachen nicht mitgenommen.«

»Weshalb wollen Sie Alice sprechen?« Kristen ließ sich wieder auf das Sofa sinken und faltete die Hände im Schoß.

»Kennen Sie Alice Viklund ebenfalls?«

Sie besann sich keinen Augenblick lang. »Nein.«

Will sah sie an und wusste nicht, ob er dankbar oder verunsichert über ihre Reaktion sein sollte.

»Sie kennen die Bekannte Ihres Mannes nicht?«

»Nicht persönlich. Will hat mir von ihr erzählt.«

»Was hat er erzählt?«

»Dass sie die Tochter einer verstorbenen Freundin sei und vor Kurzem nach Stockholm gekommen ist.«

»Eine verstorbene Freundin? Wer war das?«

»Frau Larsson …« Kristen hob die Hände an ihre Lippen. »Sie fragen nach Angelegenheiten, die privat sind und mit dem Mord in Mölna nicht das Geringste zu tun haben. Deshalb werden mein Mann und ich von nun an nur noch Fragen beantworten, die das Verbrechen betreffen.«

»Bei Mord gibt es keine privaten Angelegenheiten«, sagte der Assistent aus der Ecke.

Weder Will noch Kristen, selbst die Kommissarin kommentierten diese Binsenweisheit, sondern gingen gnädig darüber hinweg.

»Es ist spät geworden«, beendete Dagny Larsson ihren Besuch. »Danke für Ihre Zeit.« Sie ließ sich von Kristen hinausbegleiten. In der Tür sagte sie: »Morgen ist Samstag, Herr Falk. Ich erwarte Sie und Ihren Anwalt am Montag um neun Uhr im Präsidium. Passt Ihnen das?«

Es war eine rhetorische Frage, und William antwortete ebenso rhetorisch. »Ich sehe nicht, was dagegen spricht.«

Während Kristen die Polizisten verabschiedete, fragte sich Will, ob Alice oben das Zufallen der Wohnungstür hörte.

»Keine Ahnung, was die Polizei von Alice will«, sagte William. »Es ist mir unbegreiflich, wieso man sie mit dem Mord an Bonnie in Zusammenhang bringt.« Er und Kristen saßen an dem alten Walnusstisch, der ihnen immer schon als Beratungstisch diente. Jasper lag zu ihren Füßen.

»Unbegreiflich oder nicht, wir müssen darauf reagieren.«

»Denkst du, wir sollten melden, wo sich Alice aufhält?«

Kristen überlegte. »Als du sie aus dem Hotel getragen hast, hat dich da jemand gesehen?«

»Nur ein alter Mann. Wahrscheinlich ist es ihm nicht einmal aufgefallen.«

»*Wahrscheinlich* genügt in diesem Fall aber nicht mehr, Will.«

Was willst du damit sagen?«

»Weshalb taucht die Kommissarin dann um diese Uhrzeit bei uns zu Hause auf?«

»Ich habe Walter und Bonnie nicht erschossen«, ging Will aggressiv dazwischen. »Mehr gibt es dazu nicht zu sagen.«

»Natürlich hast du es nicht getan«, beruhigte ihn Kristen. Etwas lag ihr auf der Zunge, aber sie besann sich. »Ich bin froh, dass ich die DNA-Proben von Alice und dir nicht unter euren richtigen Namen eingereicht habe.«

»Weshalb?«

»Weil es ausschließlich darum geht, dass du wissen sollst, ob Alice wirklich deine Tochter ist. Je weniger man euch offiziell miteinander in Verbindung bringt, desto besser. Morgen wird das Ergebnis aus dem Institut vorliegen. Erst wenn wir Gewissheit haben, sollten wir entscheiden, welchen Schritt wir als Nächstes unternehmen.«

Will versuchte, Kristens Gedankenkette fortzuführen. »Selbst wenn Alice meine Tochter ist, könnte sie hier nicht bleiben.«

»Weshalb nicht? In diesem Haus wird man sie zuallerletzt suchen.«

»Du willst Alice hierbehalten?«, fragte er konsterniert. »Du selbst wolltest die Angelegenheit zum Abschluss bringen, weil Alice nicht in unser Leben passt. Und plötzlich willst du ihr Unterschlupf vor der Polizei gewähren?«

Kristen lief zu der geschnitzten Holzschatulle, die sie in Mombasa erstanden hatten. »Nicht, weil ich es *will,* mein Lieber, weil es notwendig werden könnte.« Sie entnahm dem Kästchen eine Zigarette.

»Gib mir auch eine.«

Kristen zündete zwei Zigaretten an.

Sie gingen nach drüben und öffneten die Terrassentür. Neben ihnen schoss der Hund in den Garten. Kristen blies den Rauch ins Freie. »Wirst du es mir endlich sagen?«, fragte sie, nachdem sie schweigend ein paar Züge genommen hatten. »Oder soll ich raten?«

»Du meinst, weshalb ich in Mölna war?«, erwiderte er, ohne sie anzusehen.

»Weshalb du ausgerechnet in der Mordnacht in Mölna warst.« Kristen stippte Asche ab. »Du wolltest Bonnie sprechen, nehme ich an.«

Will tat ein paar Schritte hinaus auf den gekiesten Weg. Die meisten Häuser innerhalb des Häuserblocks waren Zinshäuser mit vielen Wohnungen. William und Kristen bewohnten das einzige Townhouse, das sich über zwei Etagen erstreckte. »Ja, ich wollte sie sprechen.«

»Ich dachte immer, du magst Bonnie nicht.«

»Ich habe sie verabscheut«, sagte er über die Schulter. »Trotzdem musste ich mit ihr sprechen.«

»Warum sollte ich nicht dabei sein?«

»Die Antwort wird dir nicht gefallen.«

»Trotzdem möchte ich wissen, weshalb du gerade die Polizei belogen hast.«

William streifte die Asche an einem Topf mit frischer Petersilie ab. »Bonnie hat mich seit Jahren angemacht, sie wollte etwas mit mir anfangen. Ich sagte ihr, dass ich nicht will, aber sie war unglaublich hartnäckig. An dem Abend in Garpegården wollte ich die Situation ein für alle Mal klären.« Will drehte sich um, um zu sehen, wie Kristen es aufnahm.

»So etwas Ähnliches habe ich mir schon gedacht«, sagte sie ruhig, trotzdem entdeckte er die kleinen Falten rund um ihren Mund, die ihm zeigten, dass es ihr naheging.

»Du hast doch hoffentlich nicht angenommen …?« Er warf die Kippe über den Zaun und kehrte zu ihr zurück. »Du glaubst doch wohl hoffentlich nicht, ich und Bonnie …«

Sie antwortete erst nach einer Weile. »Nein. Erstens, weil ich glaube, dass Bonnie nicht dein Typ war.«

Als er Kristen berühren wollte, verschränkte sie die Arme. »Und zweitens?«

»Zweitens bist du nicht die Sorte Mann, der seine Frau ständig betrügt. Du hättest Angst, dich in deinen eigenen Lügen zu verstricken.«

»Bezüglich Nummer eins hast du recht.« Will hoffte, dass man ihm die Erleichterung über ihre Absolution nicht ansah. »Obwohl sie deine Freundin war, fand ich Bonnie schrecklich. Nie im Leben hätte ich sie anfassen können. Was das andere betrifft …« Er kümmerte sich nicht darum, dass Kristen ihre Arme verschränkt hielt, und legte seine Hände um ihre Taille. »Ich habe dich einmal im Leben betrogen. Das war schlimm, und es tut mir immer noch leid. Auch wenn wir wissen, dass die Sache mit Madelaine nichts mit dem zu tun hatte, was uns verbindet, lässt es sich nicht mehr rückgängig machen, ich habe es getan. Nur eine Frau von deiner Größe konnte mir verzeihen.« Er zog sie an sich. »Eine andere als dich wird es für mich von nun an nie mehr geben.«

Er spürte, wie ihr drahtiger Körper weicher wurde, wie sie sich in die Kuhle seiner Schulter schmiegte.

»Weshalb hast du mir nie erzählt, dass Bonnie dir schöne Augen macht?«

Will fühlte Kristens Arme um seinen Hals. »Weil es mir peinlich war, schrecklich peinlich, dass die aufgedonnerte Ziege mir zu nahe kam.« Er sah sie an. »Hat Bonnie dir gegenüber denn nie eine Andeutung gemacht?«

»Eher das Gegenteil. Sie hat mich behandelt, als ob ich ein Single wäre. Bonnie hat praktisch nie von dir gesprochen.«

Sie lächelte versöhnlich. »Was ist an jenem Abend denn nun passiert?«

»Ich habe mich kurz mit Bonnie getroffen, und das war Stunden, bevor sie erschossen wurde. Danach bin ich nach Stockholm zurückgefahren und ins Kino gegangen.«

»Und was war mit diesem fremden Auto?«

»Hm?«, fragte er, obwohl er genau wusste, was sie meinte.

»Du warst in einem fremden Auto unterwegs, sagt die Polizei.«

»Ach das.« Er strich Kristen übers Haar. »Erinnerst du dich, wie beim BMW ständig die Elektronik verrücktspielte? Die in der Werkstatt mussten etwas austauschen, also sollte ich den Wagen dalassen. So lange haben sie mir ein Leihauto gestellt.«

»War das wirklich in der Woche, als das Unglück geschah?«, fragte Kristen, äußerlich arglos, aber Will spürte, dass er sie mit seiner Version noch nicht überzeugt hatte.

»Aber ja, genau in diesen Tagen. Natürlich hätte ich den Saab nehmen können, aber bevor ich etwas sagen konnte, hatten sie mir schon diesen brandneuen SUV vor die Tür gefahren.« William lächelte verschämt. »Du erlaubst mir ja nicht, dass ich einen Geländewagen fahre, weil es im Stadtverkehr Schwachsinn wäre. Aber dieses eine Mal wollte ich mich in so ein Ding setzen.«

Obwohl Kristen nickte, war er nicht sicher, ob sie ihm die Geschichte abnahm. »Die Sache mit dem Überwachungsvideo war Pech. An die Kamera vor der Sparkasse hatte ich nicht gedacht.«

»Was wolltest du bei der Sparkasse? Sie liegt nicht auf dem Weg nach Garpegården.«

»Deine Zigaretten.« Er hob die Schultern.

»Was?«

»Als du mich angerufen hast und sagtest, ich soll dir Zigaretten mitbringen, war ich schon nach Mölna unterwegs. Um diese Uhrzeit fiel mir nur der Zigarettenautomat neben der Sparkasse ein.«

»Dann bin ich also schuld daran, dass du deine Fahrt nach Lidingö wirst erklären müssen?«

»Du bist an gar nichts schuld«, erwiderte er zärtlich. »Lästig ist allerdings, dass Ulf Jaspers mich gesehen hat.«

Kristen wich vor Will zurück. »Du musst dich absichern, Will. Ruf besser nicht unseren Firmenanwalt an. Wende dich an Doktor Askoyne. Nimm ihn am Montag mit zu deinem Termin ins Präsidium.«

»Hendrik Askoyne? Er ist die graue Eminenz unter den Stockholmer Anwälten. Wirkt das nicht überambitioniert, wenn ich mit einem solchen Kaliber für eine simple Befragung anrücke?«

»Wir müssen ab jetzt vorsichtig sein. Die Situation hat sich geändert. Ruf Askoyne an.«

Ein leichter Wind verwehte Kristens Haar. Es fühlte sich an, als ob mitten im Sommer eine Ahnung von Herbst aufkommen würde. Unschlüssig standen sie nebeneinander und betrachteten die freundlichen Farben ihres Gartens.

»Die Erdbeeren sind reif«, sagte Will versonnen.

»Untersteh dich, auch nur eine einzige davon zu naschen.« Ein strenger Blick.

»Wozu haben wir den Erdbeerstrauch, wenn ich nichts davon probieren darf?«

»Weil er hübsch aussieht und weil mir Erdbeeren genauso gut schmecken.« Auf Wills begehrlichen Blick zu den roten Früchten setzte sie nach: »Erinnere dich, als wir von deiner

Allergie noch nichts wussten und du Erdbeeren in dein Müsli getan hast, die bereits angeschimmelt waren. Du wärst fast daran gestorben.«

»Das war schrecklich, ich weiß. Du hast recht.«

Kristen wollte hineingehen, Will hielt sie am Ärmel fest. »Ich habe Bonnie nicht erschossen.«

»Natürlich hast du das nicht.« Sie streichelte seine Wange und pfiff dem Hund. Gemeinsam kehrten sie ins Haus zurück.

22

Alice hatte Schmerzen im Magen, im Kopf, in den Gliedern. Sie empfand die Rückkehr von den Toten als den weit schlimmeren Weg als den Gang dahin. William hatte zwar ihre Handtasche aus dem Fridhelmsplan mitgenommen, Alices Schminksachen aber dort gelassen. Wenn man sich schon elend fühlte, wollte man wenigstens nicht so elend aussehen.

Seit einer halben Stunde saß er an ihrem Bett und hatte das Thema Selbstmord während der ganzen Zeit nur umkreist. Nun stellte er die alles entscheidende Frage.

»Warum ich es getan habe?« Alice zog die Decke bis unter das Kinn. »Weil ich nicht mehr das geringste Licht in meinem Leben sehe.«

»So etwas sollst du nicht sagen. Wie kann ich dein Licht sein?«

Sie drehte sich zur Wand. William hatte sie in sein Haus gebracht, das hatte sie sich so sehr gewünscht. Doch unter welch abstoßenden Umständen war es geschehen? »Ich weiß, es klingt übertrieben, aber die Freude, dich endlich gefunden zu haben, hat mich überwältigt. Und dann warst du plötzlich wieder fort. Du hast dich nicht gemeldet, ich konnte dich nicht besuchen. Es war, als ob ich dich nur deshalb geschenkt bekommen hatte, um dich gleich wieder zu verlieren. Das war grauenhaft. Es hat mir allen Lebensmut geraubt.« Krampfhaft blieb Alice von ihm abgewandt. »Ich wollte in deiner Nähe sein, Will, weil ich glücklich war, so unendlich glücklich …« Sie wollte ihm nicht zeigen, dass sie weinte, doch ihre Schultern zitterten.

»Ich bin auch glücklich, dass du in mein Leben getreten bist«, antwortete er leise. »Soll ich dir sagen, warum ich heute besonders glücklich bin?«

Kaum merklich schüttelte sie den Kopf.

»Weil du meine Tochter bist.«

»Das wusstest du doch schon.«

»Vielleicht im Herzen, in meinem Gefühl. Aber seit heute gibt es keinen Zweifel mehr. Niemand könnte es jetzt noch widerlegen. Wir haben den Beweis.«

Sie drehte sich um. Ihre Augen wurden groß.

William fasste sich ein Herz und beichtete Alice, was er getan, wie er sie hintergangen hatte. Sie hörte ihm schweigend zu und überlegte, ob sie ihm anvertrauen sollte, dass sie bemerkt hatte, wie er in ihrem Zimmer ein Haar vom Kissen genommen hatte. Sie hätte ihm sogar vorwerfen können, dass sein Vertrauensbruch der Grund gewesen sei, warum sie ihren verzweifelten Schritt getan hatte. Doch Alice fand, dass der Zeitpunkt dafür falsch war. Will gestand ihr seinen Fehler ein, er beichtete und entschuldigte sich.

»Es war dumm und leichtsinnig«, schloss er, »es war verschlagen von mir. So etwas darf es in unserem Verhältnis nicht geben. Nie wieder, das verspreche ich dir.«

»Wie nimmt Kristen die ganze Sache auf?«, fragte sie.

Ein Schatten huschte über Williams Gesicht. »Ziemlich gut, finde ich. Für sie war es besonders wichtig, Klarheit zu bekommen. Durch den DNA-Test sind nun auch die letzten Zweifel ausgeräumt.«

»Kristen ist so lieb und fürsorglich zu mir.« Langsam schüttelte Alice den Kopf. »Deshalb werde ich auch von hier verschwinden, so schnell ich kann.«

»Du willst nicht bei uns bleiben?«, erwiderte er überrascht.

»Ich zusammen in einem Haus mit Kristen und dir? Wie stellst du dir das vor? Das kann nicht funktionieren. Es ist schon ungewöhnlich, was ihr bis jetzt für mich getan habt.« Sie fuhr sich durch das wilde Haar. »Morgen kann ich bestimmt schon aufstehen. Dann falle ich euch nicht länger zur Last. Außerdem möchte ich meinen Job im Fridhelmsplan nicht verlieren.«

»Alice ...« Er zögerte. »Du kannst nicht ins Fridhelmsplan zurück.«

Ein besorgter Ausdruck huschte über ihr Gesicht. »Warum nicht?«

»Weil die Polizei dich sucht.«

Alice setzte sich auf. »Mich? Ich habe nichts getan.«

»Erinnerst du dich an die Kommissarin, die dich in Garpegården gesehen hat? Sie sucht dich. Sie hat sich im Fridhelmsplan nach dir erkundigt.«

Alice fühlte, wie das kleine bisschen Farbe aus ihrem Gesicht wich. »Warum?«

»Sie will dich im Zusammenhang mit dem Mord an Bonnie sprechen.«

»Ich habe mit dem Tod eurer Freundin nichts zu tun«, antwortete Alice kaum hörbar.

»Ich weiß. Aber vielleicht kanntest du Bonnie Håkansson.« Er sah sie eindringlich an.

»Der Name sagt mir nichts. Wer ist das?«

»Eine Frau, die ich schon lange kenne. Schon aus der Zeit vor meiner Ehe.«

»Eine verflossene Liebe?«

»Nein, um Gottes willen. Ich will nicht schlecht über eine Tote sprechen, aber Bonnie war eine Klatschtante, aufdringlich und überheblich. Sie war …« Indem William sie beschrieb, schien ihm ein bestimmter Vergleich bewusst zu werden. »Bonnie war das genaue Gegenteil von Madelaine. Madelaine war schön, inspirierend und begehrenswert. Bonnie war aufgetakelt, entnervend und aufdringlich. Madelaine war eine Künstlerin, Bonnie trug ihr Künstlertum nur vor sich her. Der einzige Grund, weshalb ich mich mit ihr abgegeben habe, war, weil sie sich mit Kristen befreundet hatte. Bonnie verkehrte in Stockholm mit Hinz und Kunz. Irgendwo musst du ihr begegnet sein.«

Alice dachte nach. »Hast du vielleicht ein Foto von ihr?«

Will scrollte durch sein Smartphone. »Hier, das wurde sogar in Mölna aufgenommen. Wir hatten eine Grillparty.« Er vergrößerte den Ausschnitt, auf dem Bonnie zu erkennen war.

Alice betrachtete das übertrieben geschminkte Gesicht. »Die habe ich noch nie gesehen.« Unter der Decke krampften sich ihre Finger ineinander. »Es könnte allerdings sein …«

»Ja?« Als der Bildschirm dunkel wurde, tippte Will ihn erneut an. »Was könnte sein?«

»Wenn ich Geld brauchte, habe ich manchmal auf Empfängen als Kellnerin gejobbt.«

»War das während deines jetzigen Stockholmaufenthalts?«

»Nein, auch früher schon.«

»Als du mit Sven hier gewesen bist?«

»Herrgott, Will«, brach es aus Alice hervor. Unter der Decke wurden ihre Hände feucht. »Du hämmerst mit Fragen auf mich ein, als ob du mir einen Vorgeschmack auf das Polizeiverhör geben wolltest.«

Ihr Ton, die Lautstärke, ihre glühenden Augen irritierten ihn. »Ich habe doch nur gesagt …«

Alice riss sich zusammen. In ihrem geschwächten Zustand konnte sie sich allerhand leisten, bloß die Nerven durfte sie nicht verlieren. »Entschuldige, mir ist nicht besonders gut.« Begütigend legte sie ihre Hand auf seine. »Verzeih meinen Ausraster.«

»Deine Hand ist ganz nass. Hast du Fieber?«

»Möglich, dass ich dieser Bonnie irgendwann auf einem offiziellen Event begegnet bin. Aber ich erinnere mich nicht an sie.«

»Wieso will die Kommissarin dich dann wegen Bonnie sprechen?«

»Das musst du die Kommissarin fragen.« Mit einem Lächeln versuchte sie, ihren Unmut zu übertünchen. »Ich würde jetzt gern schlafen, William.«

»Schlaf dich aus. Und später überlegen wir, was als Nächstes geschehen soll.«

Sie drückte seine Hand. »Danke. Und danke auch Kristen. Sie kümmert sich wirklich rührend um mich.« Alice zog die Decke über ihre Schulter.

ZWEI MÄNNER

23

»Man hat dein Auto gesehen.«

»Wer denn? Wer hat uns gesehen?«, lautete die hektische Antwort.

»Nicht uns. Dein Wagen ist auf einem Überwachungsvideo. Aber keine Sorge, das Kennzeichen ist nicht zu erkennen, man sieht nichts als einen dunklen SUV.« Will stieß sich von der Wand ab, die ihm kalt und feucht erschien. »Allerdings bin leider ich auf diesem Foto zu erkennen.«

Am anderen Ende der Leitung blieb es still. Will presste das Handy ans Ohr. »Guillermo, bist du noch dran?«

»Ja«, antwortete der Hispano.

»Jetzt siehst du mal wieder, dass es von Vorteil ist, dass wir uns offiziell nicht kennen. Man kann von mir zu dir keine Verbindung herstellen.« Er ließ den Blick durch die Garage schweifen, deren Größe man nicht vermuten würde, wenn man vor Williams Haus in der Marienbergsgatan stand. Keine übliche Einfamiliengarage, der Bauherr hatte tief unter die Erde gegraben. Alles hier war aus Beton, was den Nachteil hatte, dass sich Kondensfeuchtigkeit bildete. Williams Finger glitt über die unverputzte Wand.

»Das heißt, wenn sie genauer nachforschen, könnten sie die Verbindung also doch finden?«, entgegnete Guillermo besorgt.

»Das halte ich für unwahrscheinlich.« Will betrachtete seinen Finger, er war feucht. »Guillermo, mein alter Gefährte aus den wilden Tagen unseres Anfangs, ich muss dich das jetzt fragen: Hast du Bonnie umgebracht?«

Die Antwort kam wie aus der Pistole geschossen. »Ich dachte, du hast sie erschossen.«

Wills Lachen klang nervös. »Wir haben Garpegården gemeinsam verlassen, hast du das vergessen?«

»Du könntest später noch einmal zurückgefahren sein, um die Sache durchzuziehen.«

»Dasselbe dachte ich von dir. Ich habe geglaubt, du bist nach Mölna zurückgekehrt, um Bonnie zu überzeugen. Es kam zum Streit, unser neugieriger Nachbar Walter mischte sich ein, und da hast du … Na, du weißt schon.«

»Ich bin Bankier, William, kein Killer«, antwortete Guillermo.

»Ein verzweifelter Banker könnte unter gewissen Umständen zum Killer werden.«

»Ein verzweifelter Juwelier genauso.«

»Ich bin nicht verzweifelt, Guillermo. Alles läuft für mich gerade bestens.«

»Weshalb rufst du mich dann an?«

»Weil wir uns abstimmen müssen, für den Fall, dass doch jemand die Spur bis zu dir verfolgt.«

»Du hast gesagt, das sei unmöglich.«

»Diese Kommissarin wirkt wie ein gemütliches Muttertier, aber mit der ist nicht gut Kirschen essen. Das Wichtigste ist, dass du nichts weißt und dass ich nichts weiß. Ich fahre am Montag ins Präsidium …«

»Sie haben dich vorgeladen?«, ging Guillermo dazwischen.

»Ich werde mit einem exzellenten Anwalt dort erscheinen.

Ein winziger Verfahrensfehler, und Doktor Askoyne wird diese Kommissarin das Fürchten lehren.« Will lief vom BMW zum Saab weiter, daneben parkte Kristens schwarzer Japaner. »Du solltest deinen SUV besser verkaufen. Wenn das Auto weg ist, gibt es gar keinen belastenden Hinweis mehr.«

Auf Guillermos Schweigen lenkte Will ein: »Wahrscheinlich sind solche Vorsichtsmaßnahmen übertrieben.« Er betrachtete den Wagen seiner Frau. »Kristen benimmt sich in der Angelegenheit übrigens großartig. Sie ist in solchen Fällen schlauer als ich.« Er lachte. »Eine Frau zum Pferdestehlen.«

Es gelang Will nicht, Guillermos Bedenken zu zerstreuen. Nachdem er aufgelegt hatte, verstaute Will das Wegwerfhandy an derselben Stelle wie immer. Statt nach oben zu gehen, blieb er in der nüchtern ausgeleuchteten Garage. Eine merkwürdige Entschlusslosigkeit bemächtigte sich seiner. Will wollte nichts unternehmen, nichts erledigen, am liebsten wäre er einfach so stehen geblieben. Hier unten war es angenehm kühl, im übrigen Haus hatte die Sommerhitze die Wände aufgeheizt. Doch in Wahrheit wollte Will nicht nach oben, weil er Kristen nicht begegnen mochte. Warum konnte er nicht so offen zu ihr sein, wie sie es in all den Jahren zu ihm gewesen war? Vor Kurzem im Krankenhaus hatte er die Antwort selbst gegeben: Kristen liebte ordentliche Verhältnisse, sie hasste alles, was nicht geradlinig war und sich in Schieflage befand. Manche Ereignisse aus Wills Vergangenheit befanden sich in Schieflage, sie waren unschön und peinlich.

Zehn Jahre war sein Verhältnis mit Bonnie jetzt her, und genau darin lag das Problem. Nur ein Jahr nachdem Will und Kristen ein Paar geworden waren, hatte er eine Affäre mit Bonnie angefangen. Es war dumm und eitel, es war ihm bis heute unerklärlich. Er hatte Bonnie als Mensch immer schrecklich gefunden, doch vor zehn Jahren war er mit einem Mal scharf auf sie geworden. Bonnie mit ihren großen Brüsten, dem unnatürlich blondierten Haar, Will hatte sich gewünscht, sie zu ficken. Es war nicht schwer gewesen, sie ins Bett zu kriegen, er hatte ein paar Mal davon Gebrauch gemacht und wollte die Sache schließlich beenden. Er hatte nicht mit Bonnies Hartnäckigkeit gerechnet. Als er sich nicht mehr bei ihr meldete, spionierte sie ihm nach.

Eines Abends hatte William sich mit Guillermo getroffen, was äußerst selten vorkam. Plötzlich trat Bonnie in die Hotelbar, in der sie saßen. Den Männern war es unangenehm, dass Bonnie ihre Bekanntschaft aufgedeckt hatte, trotzdem waren sie gezwungen, den Rest des Abends mit ihr zu verbringen. Eine Menge Alkohol war im Spiel, irgendwann fanden sie sich zu dritt in Guillermos Hotelzimmer wieder. Der Hispano war besoffen, Bonnie auch ziemlich voll. Im Vollrausch wurde sie laut und ausfallend. Ehe die Männer es sich versahen, rannte sie auf den Flur und schrie um Hilfe. Nur mit Mühe konnten sie Bonnie zurückholen. Von zwei Männern ins Zimmer gezerrt, schlug sie wild um sich und wurde hysterisch. Guillermo warf sie aufs Bett und machte sich über Bonnie her. Sie war nicht mehr in der Lage, sich zu wehren, und ließ die Vergewaltigung über sich ergehen. Während Guillermo es mit ihr trieb, zückte Will betrunken sein Handy und machte Bilder davon. Irgendwann war es vorbei, und alle drei, auch Bonnie, schliefen ein. Der nächste Morgen brachte Ernüchterung, Peinlichkeit und Reue. Bonnie benahm sich dabei erstaunlich gelassen. Guillermo und William hatten den Eindruck, als ob sie nicht plante, sie anzuzeigen.

Bis vor ein paar Wochen war es auch so geblieben. Bonnie behielt das Ereignis für sich und hatte Will dadurch auf nie ausgesprochene Weise in der Hand. In all den Jahren schien sie Kristen nichts davon gesagt zu haben. Stattdessen machte sie Will von Zeit zu Zeit eindeutige Angebote, die er zwar ausschlug, von denen er Kristen jedoch nichts erzählte.

Das war der Stand der Dinge, als William vor nicht allzu langer Zeit sein Handy vermisste. Er glaubte, er hätte es verloren. Die Aufklärung kam von Guillermo, der Will telefonisch mitteilte, dass Bonnie ihn erpressen würde. Will wusste, dass Bonnie oft in Geldnöten war, doch einen derart verzweifelten Schritt hätte er ihr nicht zugetraut. Sie musste Wills Telefon geklaut und die Fotos der Vergewaltigung gefunden haben, die Will nie gelöscht hatte. Guillermo war sein Freund, doch falls sich ihr Verhältnis einmal ändern sollte, hätten ihm diese Fotos noch einmal nützlich sein können. Bonnie war also im Besitz von Bildern, auf denen der verheiratete Guillermo beim Geschlechtsverkehr mit einer Blondine zu sehen war. Guillermo war bereit zu zahlen, Will schlug dagegen vor, erst noch einmal mit Bonnie im Guten zu reden. Da er wusste, dass sie sich unter der Woche in Garpegården eingenistet hatte, beschlossen sie, ihr einen Besuch abzustatten. Sie benutzten Guillermos schwarzen SUV. Als sie nachts in Mölna ankamen, war kein Mensch mehr auf der Straße. Bevor sie Garpegården erreichten, hielten sie vor der Ortssparkasse, da William Kristen Zigaretten mitbringen wollte.

Von außen betrachtet war in Garpegården alles friedlich. Will und Guillermo parkten nicht auf dem Grundstück, sondern in einer uneinsehbaren Nische hinter den Brombeerhecken. Es war eine bewölkte Nacht, ein steifer Wind blies. Sie hatten damit gerechnet, dass Bonnie auf den Besuch erschreckt reagieren könnte, doch sie öffnete arglos.

»Kommt ihr also gleich im Doppelpack«, lachte sie. »Nur

herein, meine Herren. Ich habe gerade einen Kuchen aufgetaut. Wollt ihr ein Stück?«

Guillermo blieb stehen. William setzte sich in seinen Lieblingssessel und brachte die heikle Angelegenheit zur Sprache. Er sagte, was damals im Hotel passiert wäre, sei schon so lange her, dass man heute eigentlich nur noch darüber lachen könne. »Trinken wir darauf«, rief er, nachdem Bonnie einen Roten entkorkt hatte. »Vergessen wir, was vorgefallen ist.« Er hob sein Glas. »Vergessen wir am besten auch deinen Versuch, Geld aus der Sache zu schlagen.« Will war in seinem Element, der Manipulator, der Verführer, der Bonnie um den Finger wickeln wollte.

»Trinken wir darauf.« Mit höhnischem Ausdruck erhob auch sie ihr Glas. »Ich will gern vergessen, was damals passiert ist, aber erst, nachdem das Geld geflossen ist.« Auf die erstaunte Miene der Männer erklärte sie: »Ungeschoren kommt ihr aus der Sache nicht heraus, meine Herren.«

»Woher weiß ich, dass du mich nicht weiter erpressen wirst, nachdem ich bezahlt habe?« Im Stehen legte Guillermo die Arme auf den Rücken.

»Das weißt du eben nicht, mein hübscher südländischer Freund.« Bonnie war in blendender Laune. Sie futterte den Kuchen mit einem Suppenlöffel.

»Warum sollte ich dann zahlen, wenn mich das nicht loskauft?«

»Weil du vermeiden willst, dass Señora Vasquez dich verlässt und deine süßen Kinderchen mitnimmt. Du wirst zahlen, weil du deinen Ruf als untadeliger Geschäftsmann behalten möchtest.«

Will ging dazwischen. »Denk doch mal nach, was du damit kaputtmachst, Bonnie.«

»Was mache ich denn deiner Meinung nach kaputt?«

»Unsere Freundschaft«, erwiderte er gönnerhaft.

»Unsere *Freundschaft!*« Sie lachte ein unangenehm durchdringendes Lachen. »Du hast dir immer einen Scheiß aus mir gemacht, Will, und jetzt haben wir auf einmal eine Freundschaft? Vergiss es. Diesmal seid ihr dran. Nur ein fetter Batzen Geld kann daran etwas ändern. Ein Bankier und ein Juwelier werden einer hungernden Schriftstellerin von nun an helfen, sich auf der Sonnenseite des Lebens zu amüsieren.«

Will wurde ärgerlich, weil Bonnie ihren Erpressungsversuch nun auch auf ihn ausweitete. »Hör mit den dummen Sprüchen auf.« Im Verlauf der kommenden halben Stunde versuchte er es auf die kumpelhafte Tour, er deutete einen Flirt mit Bonnie an, apellierte an sie als Gutmenschen, der Guillermo doch nicht ins Unglück stoßen wolle. Nichts fruchtete. Bonnie blieb bei ihrer Forderung. Unverrichteter Dinge zogen die beiden aus Garpegården wieder ab. Will war sicher, dass Guillermo zahlen würde.

Doch seit Bonnie erschossen worden war, lag der Verdacht nahe, dass der skrupellose Geschäftsmann Guillermo Vasquez die Angelegenheit nicht mit Geld, sondern durch ein Kapitalverbrechen aus der Welt geschafft hatte. Seit jener Nacht musste William lügen und sich winden und höllisch aufpassen, das Richtige zu sagen. Zu allem Überfluss schien das verfluchte Überwachungsvideo nun all seine Bemühungen zunichtezumachen.

In der kühlen Garage hob er den Kopf und starrte ins Licht des Deckenstrahlers. Er hatte Kristen seine Fahrt nach Mölna gebeichtet, aber trotzdem hatte er sie belogen. Er hatte das perverse Kunststück zustande gebracht, eine Lüge zu beichten. Er brauchte Kristens Hilfe, ihr Schweigen und ihre Klugheit. Ohne sie würde er aus der Angelegenheit nicht unbeschadet herauskommen. Mit lautem Klick drehte Will den Lichtschalter, die Garage wurde dunkel.

ZWEI FRAUEN

24 William trug seinen anthrazitfarbenen Anzug mit blauer Kawatte. Nicht weil er dieses Outfit bei einer Befragung für erforderlich gehalten hätte, sondern weil Dr. Askoyne der Meinung war, man müsse den Polizeibeamten den Eindruck vermitteln, dass man ihre Arbeit ernst nehme, besonders wenn die Hauptkommissarin eine Frau war. Morgens war William zum Verhör aufgebrochen, nun kam er zurück und betrat sein Haus. Er hielt den Türknauf noch in der Hand, als ihn zwei Frauenstimmen überraschten. Es hörte sich an, als ob die beiden in der Küche wären.

»Jetzt zeigst du endlich dein wahres Gesicht.« Das war Kristens Stimme.

»Was habe ich denn gesagt?«, erwiderte Alice.

Ein Lachen, ein paar schnelle Schritte in der Küche. »Deine Nummer mit dem verwirrten kleinen Mädchen zieht vielleicht bei William. Männer seines Alters sind anfällig für so etwas.«

»Was meinst du mit Männer seines Alters?«

»Will ist im Lolita-Alter. Jugend und Reinheit, gepaart mit Schönheit, das kommt bei ihm in seiner herbstlichen Verfassung gut an.«

William war normalerweise kein Mensch, der lauschte oder durch Schlüssellöcher spähte, doch die Situation war zu verlockend. Seine Frau und seine Tochter redeten über ihn. Daher verscheuchte er die Erinnerung an das unerfreuliche Erlebnis im Polizeirevier, schloss die Eingangstür, schlüpfte aus den Schuhen und lief auf Socken durch den Korridor.

»Im Lolita-Alter? Willst du andeuten, dass Will und ich …« Alice suchte nach Worten. »Dass zwischen uns mehr sein könnte als ein verwandtschaftliches Verhältnis?«

»Verwandtschaftlich? Mein Arsch!« Kristen stieß ein kaltes Lachen aus. »Der gute Will hat gerade eine Herzattacke überlebt. Die Angst steckt ihm noch in den Knochen.«

»Angst wovor?«

»Davor, dass es mit all seiner Herrlichkeit irgendwann vorbei sein wird.«

Will war im Begriff, die Küche zu betreten, Kristens Offenheit wurde ihm nun doch zu entlarvend. Er wollte sie nicht in Verlegenheit bringen, doch ihr letzter Satz ließ ihn innehalten. Er schlüpfte in die kleine Nische, in der sie in der kalten Jahreszeit die Mäntel aufhängten.

»Auch der große William wird einmal sterben«, fuhr Kristen fort. »Nicht heute und nicht morgen, aber eines Tages ist es mit Will, dem Mann für alle Jahreszeiten, vorbei. Verstehst du?«

Kristen schien auf die Küchentür zuzukommen, Will wich ins Dunkel der Nische zurück.

»Wenn es so weit ist, wird er seine letzten Jahre entweder als Mümmelgreis verbracht haben, oder ein Grabstein wird davon künden, dass es William Falk einmal gegeben hat.«

Will hörte das verrückte, überdrehte Lachen seiner Frau.

»Kristen, was ist denn nur mit dir los?« Alice schien auf die andere zuzugehen.

»Fass mich nicht an!«

»Was habe ich dir getan? Ich bin so froh, dass ich hier bei euch sein darf. Ich bin euch dankbar, dass ihr nichts von meinem … meiner dummen Tat verraten habt. Ich weiß, dass ein Arzt hier war und mir den Magen ausgepumpt hat. Ich weiß auch, dass jeder Arzt einen Selbstmordversuch melden müsste. Wie es aussieht, habt ihr das verhindert. Ich kann nur immer wieder Danke dafür sagen.«

Alice Stimme hörte sich so sanft, so ehrlich an. Vielleicht, dachte William in seinem Versteck, war sie ein Mensch, der stets das Beste wollte, aber irgendwie immer das Schlimme herausforderte. Will durchpulste ein umarmendes Gefühl für Alice, die gerade einer aggressiven, destruktiven Kristen gegenüberstand.

Da änderte sich ihr Ton mit einem Mal vollkommen. Kristens Stimme wurde brüchig und so leise, dass Will sich vorbeugte, um alles zu verstehen.

»Ich habe meine Rollenzuteilung so satt«, sagte sie. »Ich ertrage die Vorstellung nicht länger, dass William während unserer Ehe für Madelaine stets der standfeste Liebhaber, der tolle Hecht, der Mann, den Frauen wollen, war, während ich den launischen, wankelmütigen Will abgekriegt habe, den Sexmuffel mit seinen Ängsten vor dem Älterwerden. Und jetzt … ausgerechnet jetzt, da sich zwischen ihm und mir alles gefestigt hat, da ich hoffen darf, endlich die Sonnenseite unserer Ehe zu genießen …« Sie erhob die Stimme zu einem lautstarken Orkan. »Jetzt, da die faszinierende und schöne Madelaine, die wie eine unbesiegbare Madonna über mir schwebte, endlich tot ist und unter der Erde verfault, jetzt musstest ausgerechnet du auftauchen!«

Eine körperliche Aktion schien vor sich zu gehen, die Will nicht deuten konnte.

»Du, du, du!«, hörte er Kristen schreien.

»Bitte, Kristen, bitte …«, entgegnete Alice.

Als Will einen Teller zerschellen hörte, wollte er einschreiten, doch da tauchte Kristen in der Türöffnung auf und schlug die Hände vors Gesicht. »Entschuldige. Ich weiß nicht, was mit mir los ist.«

Zögernd legte Alice der verzweifelten Kristen die Hand auf die Schulter. Der Anblick rührte Will. Alice, die aus ihrem Zimmer im Fridhelmsplan nichts mitnehmen hatte können, trug einen Schlafanzug von Kristen. Es war der rosafarbene mit den Schnörkeln. Dieser Pyjama gab Alice etwas Kindliches, Beschützenswertes. Ihr aufgelöstes Haar fiel lang und schwer über die Schultern. Kristen dagegen war wie aus dem Ei gepellt, dunkelblaues Kostüm, strenge Frisur, die Stahlbrille saß auf der Nase.

Kaum fühlte Kristen die Berührung der anderen, als es mit ihrer Beherrschung vorbei war. Sie weinte lauthals. William hatte sie nur in seltenen Momenten so erlebt, Kristen hatte sich meistens in der Gewalt. Nun aber beugte sie den Rücken, und ehe er es sich versah, lehnte sie den Kopf an Alices Schulter.

»Du bist der lebende Beweis für Williams Liebe zu Madelaine«, brachte sie unter Schluchzern hervor. »Weißt du eigentlich, wie ähnlich du ihr siehst? Du bist die Manifestation der jungen Madelaine.« Ruckartig löste sich Kristen von der anderen. »Und damit bist du für mich die Manifestation meiner Niederlage!«

Kristen rannte in die Küche zurück, Will verlor sie aus den Augen. Alice dagegen blieb wie vom Donner gerührt in der Tür stehen. Die Pyjamahose war ihr zu kurz, von der Wade abwärts lugten ihre schlanken Beine hervor.

»Kristen, bitte beruhige dich.« Alices tröstende Worte verhallten ungehört.

»Kaum bist du in unser Leben getreten, machst du es kompliziert und widerlich«, sagte Kristen von drinnen. »Du tust das nicht mutwillig oder bösartig, sondern weil du ein Wrack bist, eine hilflose Psychopathin, die nach einer einzigen Zurückweisung durch Will nichts Besseres zu tun hat, als einen Selbstmordversuch zu begehen. Den du natürlich verpfuscht hast, wie du dein ganzes bisheriges Leben verpfuscht hast.«

In diesem Moment, als Will seine Frau mit dieser geifernden Miene vor Alice stehen sah, verabscheute er sie. Was Kristen mit Alice anstellte, die sich von den Folgen ihrer Vergiftung erholte, widerte ihn an. Sie ließ Alice, die sich auf diesem Feld nicht zu wehren wusste, ihre messerscharfe Rhetorik spüren, Kristens Feuerwerk an Sprachwitz und Sprachverachtung.

»Hör bitte auf«, entgegnete die Jüngere. Es hörte sich schwach und verletzt an, als ob Alice durch Kristens Worte das letzte bisschen Kraft entzogen würde.

»Wenn ich könnte, würde ich dich umbringen«, rief Kristen hasserfüllt. »Doch du bist es nicht wert, dass ich deinetwegen ins Gefängnis gehe.«

William hatte vorgehabt, im passenden Augenblick mit einem Scherz hervozutreten und zu sagen: »Na, ihr habt ja eine schöne Meinung von mir.« Doch nach Kristens unverhohlener Drohung war das unmöglich. Er musste sich zu erkennen geben, um den Streit zu schlichten und Alice vor Kristens Aggression zu schützen. Er musste Partei ergreifen, entweder für seine tief verletzte Frau, die ihre Verletzung nach elf Jahren herausschrie, oder für seine Tochter, die nichts dafür konnte, dass Kristens Ehe so verlaufen war, nichts dafür konnte, dass sie Madelaine so ähnlich sah, Alice, die genug eigene Probleme hatte und sich für ihre Existenz als Madelaines Tochter nicht zu rechtfertigen brauchte.

Während Will atemlos wenige Schritte von den Frauen entfernt stand, begriff er, dass die Gespenster, die bis vor Kurzem unterdrückt durch sein Leben gespukt waren, in diesem Moment zum Ausbruch kamen. Alles wurde Wirklichkeit, Kristens Demütigung, Wills Untreue, sein Lavieren und Manövrieren zwischen zwei Frauen, seine Unaufrichtigkeit gegenüber sich selbst und gegen Kristen. Das waren keine Wehwehchen einer sonst intakten Partnerschaft, es waren die Symptome für das Kranken dieser Ehe, die Ursache selbst, der er sich nun zu stellen hatte.

Obwohl Will auf Socken in der Nische stand, fühlten sich seine Füße bleischwer an, als er aus dem Mauergeviert trat und sich den Frauen zeigte.

»Beruhige dich, Kristen«, sagte er, obwohl ihm der Satz dumm und oberlehrerhaft vorkam. »Beruhigt euch bitte beide.«

Als Kristen sich erschrocken umdrehte, ging in ihrer Miene eine Veränderung vor sich, die William Angst machte. Das kalte, herablassende, hasserfüllte Gesicht verwandelte sich blitzschnell in das Antlitz der Frau, als die Kristen sich Will elf Jahre lang gezeigt hatte, die Vermittlerin, die Verständnisvolle, die Gefährtin, die vieles, nein, alles auf ihren Schultern tragen konnte. Ihm wurde klar, dass diese *Bewundernswerte* in all den Jahren möglicherweise eine Maske gewesen war, ein Kokon, in den sie sich eingesponnen hatte, um ihn im Dauerzustand seines schlechten Gewissens zu konservieren. Will sollte glauben, dass Kristen die Duldsame, die Mutter Teresa unter den Ehefrauen war. Nur indem er sich ihr moralisch unterlegen fühlte, konnte sie ihn bei der Stange halten.

Es war der Bruchteil einer Sekunde, während er all das durchschaute, doch es war wie der Blick hinter einen Vorhang in ein unbekanntes Land. Es ängstigte, mehr noch, es ernüchterte Will zutiefst.

»Wie kommst du denn herein?«, fragte sie. »Wie lange stehst du schon da?«

»Weshalb streitet ihr? Was ist passiert?« Will bemühte sich, souverän zu klingen, wie ein Mann, der zwei zankende Weiber auseinanderriss und zur Besinnung brachte. Das Gegenteil war der Fall. William sah sich zwischen zwei Ufern desselben Flusses hin und her geworfen. Für beide Frauen empfand er ein tiefes Gefühl, beiden wollte er Gutes tun, beiden wollte er genügen. Seiner Tochter, die ein Recht auf die Liebe ihres Vaters hatte, und Kristen, die jedes Recht eines geliebten Lebenspartners beanspruchen durfte. Hatte Will sich nicht vor Tagen erst eindeutig für Kristen entschieden? War es ihm nicht um die Erhaltung ihrer Ehe gegangen, als er Alice auf Distanz hielt? Hatte er nicht vorgeschlagen, Alice so bald wie möglich aus dem Haus zu entfernen? Nun aber drängte ein unbekannter Beschützerinstinkt in William hoch, er wollte seine Tochter vor Kristens Vorwürfen bewahren.

»Am besten, wir setzen uns«, sagte er wie ein Mann, der die Dinge im Griff hat. »Und ihr erzählt mir, was vorgefallen ist.«

»Ich will mich nicht setzen.« Wütend lief Kristen durch die Küche. »Ich werde auch nichts erzählen. Nicht in meinem eigenen Haus. Das habe ich nicht nötig.«

William beobachtete Alice, die sich gottergeben auf die Eckbank setzte. »Ich will erfahren, worum es ging. Was hat euch so aus dem Häuschen gebracht?« Gegenüber von Alice nahm er Platz.

»Ich bin nicht aus dem Häuschen«, antwortete sie schlicht.

Kristen konnte ihre Wut nicht länger bemänteln. »Natürlich nicht! Du bist ja das Blümchen *Rührmichnichtan* aus dem Märchenland.« Sie schoss derart ungezügelt auf die andere los, dass Alice sich ängstlich in die Ecke drückte.

War es Absicht oder nur ein Reflex, Kristens Hand fuhr hoch, als ob sie die Frau im Pyjama schlagen wollte.

William hatte genug. Er sprang auf und fiel Kristen in den Arm. »Lass das!«, rief er und schaute in die fassungslosen Augen seiner Frau.

»Du stellst dich auf ihre Seite?«

»Ich stelle mich auf gar keine Seite.« Er ließ sie los und schüttelte ärgerlich den Kopf. »Ich wollte nur verhindern, dass du …«

»Du hast zu ihr gehalten, nicht zu mir«, flüsterte Kristen. »Sie ist dir wichtiger als ich.« Sie trat mehrere Schritte vor ihm zurück. »Es ist das zweite Mal, Will, das zweite Mal …« Ihr Gesicht war bleich, ihre Hände zitterten. »Das zweite Mal, dass du Madelaine den Vorzug vor mir gibst. Du wirst immer auf Madelaines Seite stehen, das weiß ich jetzt.«

Bevor er etwas erwidern konnte, rannte sie aus der Küche. Er hörte sie in den ersten Stock laufen. »Kristen! Kristen, wo willst du denn hin?«

Er eilte ihr nach, hielt am unteren Treppenabsatz inne und lauschte. Kristen hatte nicht im ersten Stock haltgemacht, sondern lief in die Mansarde. Dort hörte er sie Gegenstände umherwerfen. Auf dem Speicher bewahrten sie die großen Koffer auf, die sie für längere Reisen benutzten. Mit so einem Ding sah Will seine Frau im Ankleidezimmer verschwinden.

»Kristen, was tust du?«, rief er vom Fuße der Treppe aus. »Kristen, was hast du vor?«

Langsam drehte er sich zur Küche, wo Alice wie versteinert auf der Eckbank saß.

25

Langsam rollte Kristen den rechten Seidenstrumpf hoch. Sie war froh, nicht die Fähre genommen zu haben. Das elende Geruckel übers Wasser, der Gestank nach Dieselöl, Fisch und Möwenscheiße, die dummschwätzenden Touristen, die sich aufführten, als ob sie gerade eine Transatlantiküberquerung machen würden, während sie bloß über die trübe, ewig bewölkte Ostsee schipperten, hatten Kristen abgeschreckt. Sie hatte den Flieger genommen: Stockholm – Hamburg in neunzig Minuten. Ein Taxi hatte sie nach Lübeck gebracht, an einen Ort, wo sie meistens glücklich war, zum *Hotel Klassik Altstadt.* In den Räumen des ehemaligen Patriziergebäudes waren neben den üblichen Zimmern auch Suiten untergebracht. Die Suite, in der Kristen am liebsten abstieg, war nach dem Dichter Heinrich Mann benannt.

Auch der zweite Strumpf wurde über ihre rot lackierten Zehen gestreift und genüsslich hochgerollt. Diese Alice hat außergewöhnlich hübsche Waden, dachte Kristen. Vor ihrem inneren Auge erstand das Bild von Madelaines Tochter, die sich gerade in Kristens Haus breitmachte. Ihr Körper war hochgewachsen und geschmeidig, sportlich elegant und verführerisch. Ihre hohen Wangenknochen, das reizende Kinn, die großen Augen, die Alice ungewollt etwas Kindliches gaben, diese schwellenden Lippen, zauberhaft, küssenswert, dachte Kristen, musste sich nicht jeder Mann nach solchen Lippen verzehren? Ein Vorderzahn stand ein wenig schief, doch nicht einmal das entstellte Alice, es gab ihr etwas Verletzliches und nahm ihr das Makellose. Schluss mit Alice! Kristen schüttelte den Kopf. Für die Dauer ihres Aufenthalts in Lübeck wollte sie Madelaines Tochter aus ihrem Gedächtnis verbannen.

Du hast auch ansehnliche Beine, dachte Kristen vor dem Spiegel, bloß deine Oberschenkel werden allmählich pummelig. Dabei hast du nicht zugenommen, du wirst einfach älter. Du hast geglaubt, dich für immer in deinen Vierzigern einrichten zu können, aber nun rückt der fünfzigste Geburtstag unerbittlich näher. Da helfen auch die schwarzen Strümpfe nichts. Du schmückst keine junge Frau mehr damit, sondern eine in ihrer Lebensmitte. Was für ein verdammter Fluch war es doch, als Frau alt zu werden. William dagegen bekam seit seinem fünfzigsten Geburtstag das knarrige Aussehen eines Hochgebirgsmassivs, vom Leben durchpulst, souverän auf viele weitere Jahre blickend. Ohne jeden Zweifel hatten Männer das bessere Los gezogen.

Seufzend starrte Kristen auf die Frau in den Seidenstrümpfen. Barfuß sah sie wie eine Watschelente aus. Kristen erhob sich auf die Zehenspitzen und schlüpfte in ihre High Heels. Den Rest der Vorbereitungen wollte sie auf hohen Absätzen zelebrieren.

Wie musste man die augenblickliche Situation einschätzen? William war ziemlich angeschlagen. Schuld daran war nicht nur Alice, sondern auch der vermaledeite Doppelmord in Garpegården. Weshalb musste der Idiot auch ausgerechnet am Abend von Bonnies Abgang ins Haus hinausfahren? Das war ein kapitaler Fehler gewesen, den man nur schwer würde ausbügeln können.

»Dagny Larsson ist dem Täter auf der Spur«, sagte Kristen zu ihrem Spiegelbild. Da es ihr Spaß machte, lieber einen Dialog zu führen, statt sich stumm mit Spekulationen zu beschäftigen, setzte sie das Gespräch mit ihrem Spiegel fort. »Hast du eine Ahnung, wer der Täter ist?«

»Woher soll ich das wissen?«, antwortete das Spiegelbild.

»Es gibt mehrere Verdächtige. Wem traust du die Tat am ehesten zu?«

»Zuallererst Ulf Jaspers, diesem vom Leben Vernachlässigten«, erwiderte die Frau im Spiegel. »Er lebt ja nicht deshalb auf der Insel, weil es dort so schön ist, er kann sich nichts Besseres leisten als seine Hütte am Wasser. Er beneidet die Leute, die am Wochenende in ihre komfortablen Häuser kommen. Lidingö ist eine friedliche Welt, manche Häuser bleiben die ganze Zeit über unversperrt, daher amüsiert sich Jaspers unter der Woche mit Häuser-Hopping. Er nistet sich über Nacht in einem Bungalow ein und spielt den wohlhabenden Mann. Manchmal klaut er etwas aus dem Kühlschrank, mal lässt er ein Buch mitgehen, aber seine Aktionen fallen nie so drastisch aus, dass jemand Anzeige erstatten würde.«

»Dann kam die Nacht, in der er unser Haus aufs Korn genommen hat«, sagte Kristen zu ihrem Gegenüber. »Er war überrascht, vielleicht enttäuscht, weil Garpegården nicht leer stand. Die Freundin der Hausbesitzer war vor Ort und hatte Musik laufen. Wegen der Temperaturen stand die Tür offen. Und dann?«

»Keine Ahnung«, antwortete die Frau im Spiegel. »Jaspers könnte hineingegangen sein. Bonnie ist nicht der Typ, der leicht erschrickt. Vielleicht hat sie sich sogar über ein bisschen Gesellschaft gefreut und lud ihn zum Whisky ein oder auf einen Kaffee. Sie plaudern, der Abend geht dahin, Jaspers hat vom Whisky rasch einen in der Krone und kommt auf dumme Gedanken. Wer weiß, wie lange er schon keine Frau mehr im Bett hatte. Er sieht bei Bonnie seine Chance gekommen und ergreift sie. Aber sie will nicht und versucht, ihn rauszuschmeißen. Bonnie schreit.«

»Da kommt Walter ins Spiel«, setzte Kristen fort. »Der neugierige Walter, der nicht schlafen kann und genauso einsam ist wie Jaspers. Häufig zieht er auf der Insel herum und ballert auf alles, was sich bewegt. Keiner stört sich daran, weil Walter auch Schädlinge abknallt, Hasen, Marder, Waschbären. Plötzlich hört er jemanden schreien. Er packt seine Flinte und rennt zum Haus der Falks. Eine Frau schreit. Dieser Lady kann geholfen werden, denkt Walter.«

»Aber es kommt anders«, sagte das Spiegelbild. »Bonnies Schreie haben auch Jaspers aufgeschreckt. Er schaut aus dem Fenster und sieht Walter kommen. Er versteckt sich, bis Walter eintritt, fällt über ihn her und entreißt ihm die Schrotflinte. Jaspers kennt sich mit Waffen nicht aus. Eine ungeschickte Bewegung, und der erste Schuss löst sich. Bonnie ist getroffen. Sie schreit vor Schmerz, schreit wie am Spieß. In seiner Verzweiflung drückt Jaspers ein zweites Mal ab. Bonnie ist tot. Ihr Blut ist überall verspritzt, auf den Familienfotos an der Wand, auf dem indischen Teppich und auf Jaspers selbst. Aber da ist noch Walter. Er ist ein alter Mann, doch in der Not kämpft er bestimmt um sein Leben. Jaspers begreift, dass Walter der einzige Zeuge ist, der ihn überführen könnte. Er lädt die Flinte durch und feuert ein drittes Mal. Walter ist augenblicklich tot.«

Kristen stülpte die Unterlippe vor. »Dein Szenario klingt ziemlich weit hergeholt, finde ich. Ein Penner, der nie gewalttätig in Erscheinung getreten ist, soll Bonnie im Affekt erschossen haben? Er soll kalkuliert einen alten Mann abknallen? Nein, ich glaube, mit Jaspers als Mörder werden wir nicht glücklich.«

»Wie du meinst.« Genauso wie Kristen es tat, griff das Spiegelbild zum Make-up und überzog ihr Gesicht mit einer hauchdünnen Schicht. »Vergiss die Stelle an der Schläfe nicht.«

»Wer kommt als Mörder noch infrage?« Kristen sah die halb geschminkte Frau im Spiegel an. »Sprich es nur aus, es liegt dir doch auf der Zunge.«

»William«, antwortete die andere.

»Tja, Will könnte tatsächlich unser Mörder sein. Er war in der betreffenden Nacht in Garpegården. Er wurde von Jaspers gesehen, die Überwachungskamera hat Will festgehalten. Er war im Haus und hat mit Bonnie gesprochen. Er konnte Bonnie nicht leiden, die beiden haben sich immer gezankt.«

»Wegen einer Zankerei bringt man noch niemanden um.«

»Vielleicht ging es um mehr.«

»Worum?«, fragte der Spiegel.

»Weißt du es nicht?«

»Woher sollte ich?«

Kristen lächelte ihr Gesicht an, das durch das Make-up zwar flächiger, aber auch makelloser wurde. »Stimmt. Woher sollten wir beide so etwas wissen? Will erzählt uns ja nichts.«

»Er erzählt uns zumindest nicht die Wahrheit.«

Kristen griff zu der Palette für den Lidschatten. Der Pinsel schwebte über dem gedeckten Violett, dem Umbra, dem tiefen Türkis. Sie entschied sich für die bräunliche Magentamischung. Mit halb geschlossenen Augen trug sie die Farbe vom Lid bis zur Braue auf. »William erzählt uns zum Beispiel nicht die Wahrheit über einen Mann namens Guillermo

Vasquez«, sagte sie langsam, da sie sich auf das Make-up konzentrierte. »Er versucht, uns dessen Existenz zu verheimlichen, obwohl die beiden alte Freunde sind.«

»Warum tut Will das?«, fragte das Spiegelbild aus ebenso verhangenen Augen.

»Weil die beiden ein *Männergeheimnis* hüten. Bei Männergeheimnissen geht es nicht immer um Frauen, sondern manchmal auch um Geld.«

»Willst du sagen, William würde irgendwelche Geldgeschäfte vor dir verheimlichen?«

»Er ist nicht verpflichtet, mir alles offenzulegen.«

»Du arbeitest als Teilhaberin in seiner Firma.«

»Will hatte bereits ein Leben vor der Heirat mit mir.«

»Denkst du, dieses verheimlichte Geld könnte er für Madelaine vorgesehen haben?«

»Der Gedanke ist mir tatsächlich gekommen. Als Künstlerin hatte Madelaine kein festes Einkommen. Ihre verschwenderische Art war für ihre Finanzen nicht hilfreich. Ich weiß, dass Will Madelaine mehrmals unter die Arme gegriffen hat. Daher halte ich es für wahrscheinlich, dass er eine gewisse Summe für sie zurückgelegt hat.«

»Beiseitegeschafft, willst du wohl eher sagen.«

»In elf Jahren war Will immer ehrlich zu mir, was das Geld betraf, das wir zusammen erwirtschaftet haben. Was davor geschah …« Sie begann das zweite Auge zu bemalen. »Geht mich im Grunde nichts an.«

»Wie viel Geld könnte es sein?«, fragte der Spiegel neugierig.

»Keine Ahnung.«

»Eine Summe, die für Madelaine bestimmt war und die jetzt, nach ihrem Tod, irgendwo herumliegt«, sinnierte die Frau im Spiegel. »Guillermo Vasquez stammt aus Uruguay.

Wäre es nicht möglich, dass Will das Geld nach Uruguay geschafft hat?«

»Durchaus möglich.«

»Wie hat er das gemacht? Über eine Briefkastenfirma? Durch Steuerhinterziehung?«

»Will ist in geschäftlichen Angelegenheiten kein Heiliger.« Kristen betrachtete das Ergebnis.

»Wenn dieses Geld für Madelaine bestimmt war, wäre es andererseits logisch ...« Die Frau im Spiegel stockte. »Es wäre eigentlich nur natürlich ...«

»Dass William es nach Madelaines Tod Madelaines Tochter überschreibt?«

»Zum Beispiel.« Aus makellos geschminkten Augen sah der Spiegel Kristen an. »Würde dich das nicht beunruhigen?«

»Wenn Will Geld, von dem ich offiziell nichts weiß, seiner Tochter schenkt, geht mich das nichts an.«

»Du bist aber ziemlich großzügig«, erwiderte der Spiegel. »Großzügig und leichtsinnig. Du weißt, dass Will in der Mordnacht nicht allein in Garpegården war. Guillermo hat ihn begleitet.«

»Und woher weiß ich das deiner Meinung nach?«, fragte Kristen, so arglos sie konnte.

»Weil auch du einen Blick auf das Foto der Überwachungskamera geworfen hast.«

Lächelnd entdeckte Kristen eine Unregelmäßigkeit des Lidschattens und korrigierte ihn. »Ja, und?«

»Du hast den schwarzen SUV erkannt. Dieses Auto gehört Guillermo Vasquez.«

»Das habe ich tatsächlich.«

»Demnach wusstest du auch, dass Will nicht mit einem *Leihauto* auf die Insel gefahren ist, wie er behauptet.«

»Selbstverständlich wusste ich das.«

»Dass er dich also belogen hat?«

»Eine harmlose Lüge.«

Aus ernsten Augen musterte das Spiegelbild Kristen. »Manchmal kann ich dich und deine sonderbare Liebe für diesen Mann nicht verstehen. Wenn Will zusammen mit Guillermo nach Garpegården fuhr, kommt also auch Wills Freund als Mörder infrage.«

Kristen hatte keine Lust mehr, mit ihrem anderen Ich zu diskutieren. Ein Blick auf das Smartphone sagte ihr, dass es gleich acht Uhr war. Derjenige, den sie erwartete, hatte angekündigt, er wolle sie auf ein Fünf-Gänge-Menü einladen. Kristen freute sich auf das exzellente Essen, den Weißwein und den Sex, den sie hinterher mit ihrem Begleiter genießen würde.

Sie griff zum Lippenstift. Einen Augenblick lang dachte sie an ihre Mutter, die sie besuchen sollte, wenn sie schon einmal hier war. Schlangenhaft schlüpfte Kristen in ihr kleines Schwarzes. Während sie den Reißverschluss hochzog, klopfte es. Sie öffnete.

»Gut, dass du schon da bist.« Sie wandte dem Besucher ihren Rücken zu. »Hilf mir mal mit dem Reißverschluss.«

Der Mann folgte ihrer Aufforderung, doch er zog den Zipper nicht nach oben, sondern nach unten.

»Was soll das?«

»So eine Gelegenheit lasse ich mir nicht entgehen.« Er öffnete das Kleid zur Gänze. Sie fühlte seine Zunge an ihrem Ohr.

»Du Lustmolch.« Kristen erschauerte.

Er hob sie hoch und warf sie ohne Umstände auf das Kingsize-Bett. Während Kristen sich auf den Rücken drehte, bemerkte sie über sich das würdige Konterfei des Dichters Heinrich Mann. Angeblich sollte auch er ein Lustmolch gewesen sein. Wie gut, dass ich die Heinrich-Mann-Suite gebucht habe, dachte Kristen, schloss die Augen und spürte, wie der Besucher ihr den Schlüpfer von den Beinen streifte.

26

Will musste einsehen, dass der geschmeidige Tagesablauf seiner Firma ins Stocken geraten war. Er selbst hatte die Geschäftszentrale wegen seiner Krankheit seit zehn Tagen nicht betreten, und nun war auch noch Kristen verschwunden. Die Aufarbeitung der Online-Bestellungen hinkte nach, das Preisausschreiben, das der neuen Kollektion Aufmerksamkeit verschaffen sollte, war schlecht koordiniert. Sechshundert E-Mails hatten sich auf Wills Account angesammelt. Er beantwortete die allerwichtigsten und machte sich anschließend auf den Weg in die Auslieferungshalle. Zu allem Überdruss hatte es dort eine gewaltsame Auseinandersetzung gegeben. Eine Praktikantin war verletzt worden.

William hatte stets eine gesunde Mischung des Personals gefördert, es war ihm jedoch nicht entgangen, dass sich in der Auslieferung allmählich eine islamische Kommune gebildet hatte. Hitzköpfige junge Männer arbeiteten in dieser Abteilung, die Religion spielte hier eine wichtige Rolle. In Mahmud hatten die Arbeiter einen Abteilungsleiter muslimischen Glaubens. Der grauhaarige Mahmud hätte längst in Rente gehen können, doch seine Gabe, eine ruhige Arbeitsatmosphäre zu schaffen, war für die Firma unentbehrlich.

Ein junger Syrer, vor Kurzem erst als Asylbewerber in Schweden anerkannt, duldete nicht, dass eine achtzehnjährige

Muslimin ohne Kopftuch zur Arbeit erschienen war, und hatte sie beschimpft. Sie hatte sich bei Mahmud beschwert, der deeskalierte, und der Frieden war damit scheinbar wiederhergestellt. Doch seit einer halben Stunde lag die Muslimin auf Mahmuds Sofa im Büro und wurde von ihm verarztet. Der Syrer hatte sie mit einem Springmesser am Ohr verletzt. Mahmud hatte dem Jungen das Messer abgenommen. Blutbefleckt lag es auf dem Schreibtisch.

»Wir müssen die Polizei verständigen«, sagte er, als William eintrat.

»Das wäre natürlich das Richtige.« Unwillig kratzte sich Will am Kopf. »Andererseits will ich nicht schon wieder Polizei im Haus haben.« Er betrachtete die Liegende, deren Kopf verbunden war.

»Liya weigert sich, weiterhin mit Djamir in derselben Abteilung zu arbeiten.«

»So heißt der Typ, Djamir?« William nahm das Messer vom Tisch. »Was schlägst du vor, sollen wir Liya versetzen?« Er sprach leise, um die junge Frau nicht mithören zu lassen.

Mahmud deutete an, dass sie noch nicht genügend Schwedisch sprach, um ihnen zu folgen. »Sie ist die Flinkste, wenn es um die Verpackung komplizierter Schmuckstücke geht.«

»Soll ich also Djamir feuern?«

»Er ist bei den anderen Männern der Abteilung beliebt. Sie finden es gut, dass hier die Gesetze des Koran eingehalten werden.«

»Gesetze des Koran?« William wurde lauter. »Wir leiten kein Religionsseminar, sondern ein Unternehmen. Warum können keine schwedischen Jungs ihr Praktikum bei uns absolvieren?«

»Weil schwedische Jungs sich für diesen Job zu gut sind. Wir müssen froh sein, dass wir die Einwanderer haben.«

Mit dem Finger betastete Will die scharfe Klinge. »Außer wenn die Jungs Springmesser zur Arbeit mitbringen und ihren Kolleginnen an die Ohren gehen. Ist Liya versichert?«

»Natürlich.«

»Dann mach bitte die Papiere fertig. Du schreibst, es war ein Arbeitsunfall, sie hat sich an einer scharfen Kante verletzt. Ich unterschreibe das dann später. Für Liya denken wir uns einen Bonus aus, sozusagen als Schmerzensgeld.«

»Und was wird aus Djamir?«

»Den nehme ich mir vor. Wo ist er?«

»Ich habe ihn in die Cafeteria geschickt.«

Will lachte überrascht. »Der Typ verletzt eine Kollegin, und zur Belohnung darf er sich bei einem Latte macchiato ausruhen?«

»Ich wusste nicht, wohin mit ihm.«

»Ich sehe ihn mir mal an. Dieses Ding …« Er hielt das Messer hoch. »Nehme ich an mich. Von jetzt ab darf keiner der Männer hier ein Messer tragen, selbst wenn er nur Tomaten damit schneidet.«

Mahmud lächelte sein gütiges orientalisches Lächeln. Will machte sich auf den Weg zu den Recreation-Räumen, wo auch die Cafeteria lag. Der Weg durch den künstlich beleuchteten Korridor kam ihm mit einem Mal unerklärlich lang vor. Er schien so endlos, dass Will sich an der Wand abstützen musste. Sein Atem ging stoßweise, er spürte Schweiß die Schläfe entlangrinnen. Will rang nach Luft. Nicht schon wieder, dachte er. Seit er wieder zu Hause war, hatte er seinen Zusammenbruch fast vergessen.

Immer wenn es Will schlecht ging, wünschte er sich Kristen

herbei. Sie sollte ihm helfen, ihm beistehen, ihm einen Chai-Tee machen. Sie sollte an seinem Bett sitzen oder mit den Ärzten reden oder sonst etwas tun, was keine besser konnte als sie. Reiß dich zusammen, dachte er. Du bist kein Schuljunge, der nach der Mama schreit, weil er sich am Zeh verletzt hat. Es war nicht der Zeh, es war das Herz, oder war es die Speiseröhre? Es fühlte sich an, als ob das ganze System streiken und William gleich kollabieren würde. Er ließ sich mit dem Rücken an der Wand hinuntergleiten. Wenn jetzt nur keiner vorbeikam, so schwach und jämmerlich durften sie ihren Chef nicht sehen, nicht schon wieder. Ein kranker Boss und eine Chefin im Ausland, so konnte man doch kein Unternehmen führen. Mach schon, komm hoch, dachte Will, es wird bestimmt gleich besser.

Vorsichtig stand er auf und horchte in sich hinein. Sein Puls kam ihm normal vor, der Atem hatte sich beruhigt. Will wischte den Schweiß von der Stirn und setzte den Weg in die Cafeteria fort.

Der junge Mann trug eine schwarze Jacke und Jeans, Sandalen und einen dichten schwarzen Bart. Er war allein. Will setzte sich zu ihm und legte das Messer offen auf den Tisch.

»So etwas gibt es hier nicht. Nicht in meiner Firma.«

Der junge Mann schwieg.

»Wir müssen darüber sprechen.«

»Schlecht sprechen.«

Will fiel ein, dass die Migranten in der Firma zwar Sprachkurse besuchten, doch die Unterhaltung mit dem Jungen würde einseitig ausfallen. Er hätte besser Mahmud mitgenommen.

Nachdem sie eine Viertelstunde lang mehr schlecht als recht miteinander geredet hatten, sah William in Djamir einen ernsten, verständigen jungen Mann, der in Syrien Architektur studiert hatte. Seine Eltern waren in dem zerstörten Land geblieben, Djamir und zwei Brüder hatten die Flucht über das bulgarische Festland, durch die Ukraine und die baltischen Staaten gewagt. Im Laufe ihrer Unterhaltung gewann Will mehr und mehr Hochachtung vor Djamir. Sein ältester Bruder war in Bulgarien gestrandet und in die Türkei deportiert worden. Sein jüngerer Bruder hatte es bis nach Finnland geschafft. Djamir wollte weiter nach Deutschland, doch inzwischen gefiel ihm Schweden immer besser. Er war kein Eiferer, kein Fanatiker. Er war Schiite, lebte seine Religion und achtete ihre Gesetze. Mit der Glaubensfreiheit und dem Liberalismus Skandinaviens hatte er seine Schwierigkeiten. Es tat ihm leid, Liya verletzt zu haben. Sie hätte ihn ausgelacht und vor den anderen lächerlich gemacht, sagte er. Da habe er rotgesehen.

Was mache ich mit so einem Jungen, dachte Will, einem sympathischen, selbstbewussten jungen Mann, der das Trauma einer Odyssee quer durch Europa hinter sich hat?

»Liya will nicht mehr mit dir arbeiten. Sie hat Angst vor dir.«

»Werf du mich raus?«, erkundigte sich Djamir.

»Ich werde dich nicht rauswerfen, wenn du mir versprichst, dass du so etwas nie wieder tust.«

Djamir bedachte sich einige Sekunden lang, dann versprach er es.

»Ich versetze dich in eine andere Abteilung. Du gehst jetzt erst mal nach Hause, morgen kommst du wieder. Mahmud wird dir sagen, was deine neue Arbeit ist.«

Der junge Mann zeigte auf sein Messer. »Kann ich haben?«

Bei dir piept's wohl, dachte Will. »Selbstverständlich nicht.«

Er versuchte, sich eine autoritäre Miene zu geben. Bei so einem Jungen kam man mit dem freundlichen Auftreten eines Chefs, der sich als Teamspieler gab, nicht ans Ziel. »Wir tragen keine Waffen in meiner Firma. Ist das klar?«

»Klar«, nickte Djamir.

Will versuchte, das Messer zusammenzuklappen. Der Mechanismus war komplizierter als gedacht. Djamir kam ihm zu Hilfe, darauf verließ er die Cafeteria. Auf dem Tisch stand noch seine leere Tasse.

Jetzt lässt mich der Typ auch noch seinen Kaffee bezahlen, dachte Will, suchte in der Tasche nach Kleingeld, nahm das Messer und ging zur Kasse.

AUS DEM FENSTER

27

»Wir sollten über deine Zukunft reden.« Will lag erschöpft auf dem Sofa. Eine Tasse Ingwertee dampfte neben ihm.

Alice kniete auf dem Teppich. »Meine Zukunft?«

»Ja, und was ich dazu beitragen kann.«

»Du hast genug getan, Will. Du hast mir in meiner schwierigen Lage geholfen, hast mich hier aufgenommen …«

»Ich würde gern mit dir ein bisschen über den Tellerrand hinausschauen.« Er richtete sich auf. »Das ist hübsch, was du da trägst. Woher hast du das?«

Verschämt rückte Alice den dunkelblauen Rock zurecht. »Ich wollte nicht immer bloß im Schlafanzug rumlaufen. Auf die Straße gehen soll ich auch nicht. Ich wusste nicht, was ich den ganzen Tag tun sollte, während du in der Firma warst.«

»Und da hast du dich an Kristens Kleiderschrank vergriffen?« Will lachte. »Wenn die Katze aus dem Haus ist …«

»Kristen hat gar keinen Kleiderschrank«, widersprach Alice. »In meinem ganzen Leben habe ich noch nie ein *Ankleidezimmer* gesehen. Ich dachte, so etwas gibt es nur in Filmen. Sie hat bestimmt eine Million Kleider.«

»Erstaunlicherweise trägt sie trotzdem meistens das Gleiche. Ich hätte nicht gedacht, dass dir etwas von ihr passt.«

»Es ist ein bisschen zu groß.« Alice setzte sich mit ausgestreckten Beinen hin, der Rock fiel zwischen ihre Knie. »Machst du dir Sorgen um sie?« Als Will nicht gleich antwortete, fuhr sie fort: »Es tut mir leid, wenn ich deine Frau beleidigt habe. Ich wusste nicht, wie ich reagieren soll.«

»Mach dir keine Gedanken, es war nicht deine Schuld.« Will pustete in den Tee. »Wahrscheinlich ist es sogar das Beste, dass sie mal rauskommt aus Stockholm.«

»Hast du eine Ahnung, wo sie sein könnte?«

»Eine ungefähre Ahnung. Kristen ist ein Lüb'sches Mädchen, sie stammt aus Lübeck.« Er trank einen Schluck. »Ich bin ziemlich sicher, dass sie nach Hause gefahren ist.«

»Kennst du die Stadt?«

»Wir haben Kristens Mutter dort ein paar Mal besucht. Lübeck ist ein Ort wie aus einem Disneyfilm, zugleich strahlt die Stadt auch Stolz aus, man spürt förmlich, dass in den Kontoren der alten Hansestadt Geschäfte gemacht wurden. Und überall findest du Wasser. Du gehst nur ein paar Straßen weit und stößt wieder an einen Kanal oder einen Seitenarm der Flüsse.«

Alice stieß einen Seufzer aus. »Will, mir gefällt das nicht.«

»Was denn?«

»Dass Kristen wegen mir ihr eigenes Haus verlassen musste.«

»Sie musste ja nicht. Das war nur ihr verdammter Dickschädel. Wenn ihre Wut verraucht ist, kommt sie bestimmt bald zurück.« Wills Smartphone klingelte, er lächelte. »Siehst du? Das könnte sie schon sein.« Er nahm ab. »Hallo? – Ach, Doktor Askoyne? – Verstehe. Man kann es also nicht eindeutig als Beweismittel heranziehen? Aha, solange das nicht geklärt ist, wird die Kommissarin wahrscheinlich die Finger davon lassen. Das denke ich auch, danke. Ich werde Kristen Ihre Grüße bestellen.« Will beendete das Gespräch.

»Die Kommissarin? Betraf das eben gerade mich?«

»Keine Sorge, mit dir hat das nicht das Geringste zu tun.« Will überlegte. Er war mit seinen Gedanken noch bei Dr. Askoyne.

»Was meintest du vorhin mit *über den Tellerrand schauen?*«

»Ach das.« Nachdenklich betrachtete er sie. »Heute im Betrieb hatte ich wieder so einen ... Zustand.«

»Dein Herz?«

»Ich weiß es nicht. Es ging rasch vorüber. Ich musste mich nur hinsetzen, weil mir schwarz vor den Augen wurde.«

Ruckartig kam Alice auf die Beine. »Du hättest sofort einen Arzt anrufen müssen.«

»Das habe ich versucht.«

»Du hättest die Rettung kommen lassen sollen.«

»Das hätte eine schöne Aufregung gegeben, wenn der Chef, der gerade aus dem Krankenstand zurückkam, sich am ersten Arbeitstag von der Ambulanz abtransportieren lässt. Ich wollte Doktor Elmquist verständigen, habe ihn aber nicht erreicht.«

»Wie leichtsinnig, Will! Du kannst doch nicht den ganzen Abend hier liegen und warten, bis dich dein Hausarzt zurückruft.«

»Später versuche ich es noch mal. Lass uns vorher über die andere Sache reden.«

»Will, ich bin unruhig.« Alice trat auf ihn zu. »Ruf den Arzt gleich an.«

»Jetzt tun wir einmal, was ich sage«, erwiderte er streng und zärtlich zugleich. »Für den Fall, dass mir etwas zustößt und ich nicht mehr in der Lage sein sollte, meine Angelegenheiten zu ordnen, sollst du wissen, dass ich vorgesorgt habe.«

»Vorgesorgt?«

»Es ist Geld da, Alice.«

»Und das soll mich beruhigen? Es geht um deine Gesundheit, nicht um Kohle. Mir ist klar, dass du und Kristen ein wohlhabendes Paar seid. Man braucht sich nur in deinem Haus umzusehen …«

»Vergiss Kristen jetzt mal für einen Augenblick. Es existiert ein geheimes Depot, von dem sie nichts weiß. Ich habe dieses Geld vor meiner Ehe angelegt, und ich möchte, dass du dieses Geld bekommst.«

Alice setzte sich neben ihn auf die Couch. »Ich will jetzt nicht über solche Angelegenheiten sprechen. Du musst dich untersuchen lassen.«

»Interessiert es dich nicht, um wie viel Geld es sich handelt?«

»Nein«, antwortete sie fest. »Wenn du mir etwas vererben willst, schreib es in dein Testament. Ich hoffe nur, dass es erst in vielen Jahrzehnten geöffnet wird.«

Ein inniges Gefühl durchpulste Will, er legte seine Hand an ihre Wange. »So einfach geht das nicht. Ich kann das Depot nicht in mein Testament aufnehmen.«

»Warum?«

»Weil ich das Geld nicht versteuert habe. Frag mich nicht nach den Gründen, es war besser so. Wenn diese Summe in einem notariell beglaubigten Testament auftauchen würde, kämen Schwierigkeiten mit der Steuerbehörde auf dich zu. Darum …« Er streichelte ihr Haar.

»Ja?«

»Darum muss ich dir die Zugangsdaten geben. Ohne die kommst du nicht an das Depot heran.«

»Das will ich nicht«, antwortete sie nach einer kurzen Pause.

»Du *willst* nicht? Willst du mit Schwarzgeld aus moralischen Gründen nichts zu tun haben?«

»Ich pfeife auf die Moral. Mir geht es nur um dich.«

»Aber wenn du dieses Geld eines Tages erhältst, bin ich doch nicht mehr am Leben.«

»Es wäre unerträglich für mich, die Zugangsdaten zu kennen, Papa«, entgegnete sie in steigender Erregung. »Das wäre, als ob ich ständig auf deinen Tod warten würde.«

»Ich weiß, das tust du nicht.« Will räusperte sich, das Sprechen im Liegen strengte ihn an.

»Wie kannst du da sicher sein? Du willst einer Person wie mir anvertrauen, wo geheimes Geld versteckt liegt? Einer ewigen Verliererin, einer Frau, die von Drogen abhängig war, einer Kleptomanin? Hast du den Verstand verloren?«

»Das ist doch alles schon so lange her«, beschwichtigte er.

»Trotzdem bin ich immer noch die alte Alice. Mein Charakter hat sich nicht geändert, bloß weil ich plötzlich einen Vater habe. Ich bin ein Nichts, William, ein Dreck, ich bin ein Schandfleck für mich selbst.«

Ehe er es sich versah, brach sie in Tränen aus. Will zog Alice an sich, weinend lag sie an seinem Hals.

»Mädchen, mein Mädchen, du bist ja wirklich eine gepeinigte Seele. Das tut mir leid, komm, du musst nicht weinen. Ich vertraue dir. Wenn du den Code nicht wissen willst, werde ich ihn dir nicht aufdrängen. Ich möchte dir nur sagen, wo ich die Daten hinterlege, damit du sie im Fall des Falles finden würdest. Wärest du damit einverstanden?«

Ihr Kopf kam ein wenig hoch. »Wenn du unbedingt willst, Papa. Aber nicht heute. Nicht jetzt.«

»Okay.« Ein merkwürdiger Druck in der Brust machte sich bei Will bemerkbar. Er schob Alice sanft von sich.

»Was hast du?«

»Du bist mir ein bisschen zu schwer.«

»Ist es das Herz?«

»Ach wo. Ich bin nur ungeschickt gelegen.«

»Ruf den Arzt an.« Ohne seine Reaktion abzuwarten, nahm sie sein Smartphone und reichte es ihm. »Tu es, William.«

Er musterte sie mit eigentümlichem Lächeln. »Wie Sie befehlen, mein Fräulein.« Will drückte die Wahlwiederholung. »Nur die Mailbox«, sagte er und wollte das Handy schon weglegen, als jemand dranging.

»Guten Abend, Frau Elmquist, hier ist William Falk. Entschuldigen Sie die späte Störung. Ist Ihr Mann zu sprechen?« Er horchte, seine Miene wurde ernst, dann fassungslos. »Aber wie ist das möglich? Es ist erst ein paar Tage her, dass Ihr Mann uns besucht hat.« Sein Blick glitt zu Alice. »Ja, verzeihen Sie. Das verstehe ich natürlich. Da will ich nicht weiter stören. Darf ich nur sagen, wie sehr es mich erschüttert ...« Er nahm das Telefon vom Ohr und betrachtete das Display. »Sie hat aufgelegt.«

»Was ist mit ihrem Mann?«

»Doktor Elmquist ist tot.« William starrte das Handy an, das in diesem Augenblick dunkel wurde. »Angeblich ist er aus dem Fenster gestürzt.«

UNTER DER ERDE

28

»Selbstmord?«, fragte Kristen.

»Das wissen sie noch nicht genau«, antwortete Will am Telefon.

»Mit wem hast du gesprochen?«

»Mit seiner Frau.«

»Belass es dabei«, sagte sie nach kurzer Überlegung. »Du hast selbst gerade mit der Polizei zu tun. Es wäre nicht gut, wenn du zu viele Fragen stellst.«

»Was hat Elmquists Tod mit dem Mord in Garpegården zu tun?« Will hatte sich in sein Arbeitszimmer zurückgezogen. Er wollte mit Kristen nicht im Beisein von Alice telefonieren.

»Wahrscheinlich gar nichts. Ich meine nur, zeige nicht zu viel Interesse.«

»Wo bist du?«

»In Lübeck.«

»Das habe ich mir gedacht.«

»Wie geht es Jasper?«

»Er liegt in der Küche und rührt sein Fressen kaum an.« Will seufzte. »Wenn du zurückkommst, geht es ihm bestimmt besser. Und mir auch.«

Fast schien ihm, als könne er sie durch das Telefon lächeln hören. »Du willst, dass ich zurückkomme?«

»Ja, natürlich.«

»Ich wollte eigentlich bis zum Ende der Woche bleiben. Meine Mutter freut sich, dass ich mal ein bisschen länger da bin.«

»Der Grund für deine Abreise war ziemlich nichtig, Kristen.«

»Das finde ich nicht.«

»Wann kommst du?« Er ging mit dem Telefon am Ohr herum. »In letzter Zeit passieren so viele seltsame und schreckliche Dinge. Die Sache in Garpegården, die Dummheit, die Alice gemacht hat, unser Zerwürfnis, meine Erkrankung ...« Er wartete, ob sie etwas erwidern wollte, doch Kristen schwieg. »Heute in der Firma hatte ich wieder einen Schwächeanfall. Deshalb wollte ich ja Elmquist anrufen.«

»Geht es dir nicht gut?« Sorge lag in ihrer Stimme.

»Wundert dich das in meiner Lage? Meine Frau ist abgehauen und hat mich mit dem Hund allein gelassen.«

»Aber du hast doch deine wunderbare Tochter, die sich um dich kümmert.«

»Kristen, ich vermisse dich. In der Firma geht es drunter und drüber.«

Eine kurze Stille. »Na schön, du armer schwarzer Kater, dann setze ich mich mal in den nächsten Flieger.«

»Ich danke dir.« Erleichtert lehnte er sich gegen die Wand und schaute auf die freundlich beleuchtete Straße. »Schon seltsam, die Sache mit Elmquist, findest du nicht?«

»Vielleicht war er krank.«

»Du glaubst, er hat sich wirklich absichtlich aus dem Fenster gestürzt?«

»Wer kann so etwas wissen? Der Mann war alt. Vielleicht hatte er vom Leben genug.«

Nach kurzer Verabschiedung legte William auf. Er war erleichtert. Der nächste Flieger, das bedeutete, Kristen würde spätnachts oder morgen früh in Stockholm sein. Als er sein Arbeitszimmer verlassen wollte, um Alice die gute Nachricht zu erzählen, blieb er stehen. War es für Alice denn eine gute Nachricht? Ginge das ganze Theater dann nicht von vorne los? Kristen und Alice in diesem Haus, das konnte nicht funktionieren. Er öffnete die Tür.

»Wäre es dir recht, wenn ich ein bisschen arbeite?«, rief er ins Wohnzimmer.

»Geht es dir gut?«

»Ja, bestens.«

»Okay, dann gucke ich fern.«

»Fein, mach das.« Will schloss lautlos seine Tür.

»Wäre es dir recht, wenn ich noch ein bisschen arbeite?«, hörte Alice William rufen. Sie hatte das Telefon in der Hand.

»Geht es dir gut?«, antwortete sie und versteckte das Handy hinter ihrem Rücken, falls er ins Wohnzimmer kommen sollte.

»Ja, alles bestens.«

»Okay, dann gucke ich fern.« Alice nahm die Fernbedienung vom Tisch.

»Fein, mach das.«

Sie wartete, bis das Bild erschien, zappte zu einer Dokumentation weiter und stellte den Ton auf mittlere Lautstärke. Alice schlich vor Wills Tür und lauschte; alles war ruhig. Einen Moment lang überlegte sie, auf ihr Zimmer zu gehen, doch das war ihr nicht zuverlässig genug. Die Treppe war mit dickem Teppich ausgelegt, man hörte es erst im letzten Moment, wenn jemand hochkam. Alice lief dorthin, wo sie Will ein paar Mal hatte verschwinden sehen, in die Garage. Das schien sein *safe place* zu sein, möglicherweise seine Zuflucht vor Kristens permanenter Fürsorge. Alice nahm die Stufen nach unten.

Angenehm kühl war es hier, zugleich gruselig, solange man das Licht nicht andrehte. Die grüne Exit-Beleuchtung schimmerte. *Exit*, dachte Alice. Sie vergewisserte sich, dass ihr Handy Empfang hatte, und wählte die Nummer. Ihr Ratgeber würde nicht erfreut sein, dass sie sich außerhalb des festgesetzten Turnus meldete. Er hob sofort ab. Alice bestätigte, dass sie mit William im Haus allein sei.

»Er kann mich nicht hören.«

»Wo bist du?«, fragte die Männerstimme.

»In der Garage.«

»Was hast du auf dem Herzen?«

»Das kann hier nicht mehr lange gut gehen.«

»Was meinst du?«

»William vertraut mir in einem Maß, dass es schon unnatürlich ist. Er zeigt nicht die geringsten Bedenken, keinerlei Skrupel.«

»Das ist doch wunderbar.« Eine Pause entstand. »Oder denkst du, er ahnt etwas und will dich mit seiner Offenheit in Sicherheit wiegen?«

»Ich weiß nicht. Will ist ein Fuchs. Er ist ungeheuer clever.«

»Und skrupellos«, bestätigte der Ratgeber. »Lass dich nicht einlullen.«

Alice starrte in die Garage, wo kaum mehr als die Schemen der drei Autos zu erkennen waren. »Es will mir nicht in den Kopf, warum er so lieb zu mir ist.«

»Du bist seine Tochter. Weshalb sollte er nicht nett zu dir sein?«

»Wegen mir ist seine Frau abgehauen. Ich habe sie praktisch hinausgeekelt.«

»Das hast du gut gemacht. Kristen wurde hysterisch. Ist

es da nicht verständlich, dass Will sich umso enger zu dir hingezogen fühlt?«

»Er und ich kennen uns erst knapp drei Wochen.«

»Die Stimme des Blutes.« Der Mann lachte.

»Lass die dummen Witze.«

»Du bist ein Geschenk für ihn, Alice«, fuhr der andere eindringlich fort. »Das größte Geschenk in Wills Leben, verlockend und schön. Wer würde so ein Geschenk zurückweisen? Es ist nur natürlich, dass Will sein Geschenk unter allen Umständen behalten will.«

Alice überlegte, ob sie ihm etwas von ihrem letzten Gespräch erzählen sollte. William hatte ihr die Zugangsdaten zu dem Depot anvertrauen wollen. Ein Satz von ihr, und er hätte es getan. Aber sie wollte sein Geheimnis nicht teilen. Wenn sie es täte, würde sie die Büchse der Pandora öffnen, dann wäre alles verloren, auch sie selbst. Alice war ein dunkler, schwacher Charakter, aber in diesem einen Punkt wollte sie nicht Alice sein. Sie hielt das Telefon gegen ihr Ohr gepresst und starrte auf das grün glimmende Exit-Licht.

»Es ist etwas vorgefallen«, sagte sie, als die Pause zu lange wurde.

»Und zwar?«

»Der Arzt ist gestorben.«

»Welcher Arzt?«

»Elmquist.«

»Woher weißt du das?«

»William hat mit Elmquists Frau telefoniert. Angeblich ist ihr Mann aus dem Fenster gestürzt.«

»Wann?«

»Ich weiß es nicht genau.«

»Bedauerlich«, sagte der Mann. »Aber mit dir und William hat das nichts zu tun.«

»Und was ist mit der anderen Sache?«

»Du meinst die Tote in den Schären? Nicht deine Schuld«, beruhigte er sie. »Niemand konnte ahnen, dass die Kommissarin ausgerechnet dann dort auftaucht, wenn du mit William in Garpegården bist.«

»Bloß was mache ich jetzt? Ich soll das Haus nicht verlassen, damit mich die Polizei nicht findet. Hierbleiben kann ich aber auch nicht.«

»Ich denke mir etwas aus.«

»Das hast du schon gesagt, als die Kommissarin sich nach mir erkundigt hat.«

»Ich arbeite daran.«

»Arbeite schneller. Ich fühle mich gejagt und bespitzelt. Ins Fridhelmsplan kann ich nicht zurück, und Kristen könnte jeden Moment wiederkommen. Kapierst du, in welcher Zwickmühle ich stecke?«

»Behalte die Nerven.«

»Das sagst du ausgerechnet zu *Alice*? Alice, die vor Kurzem versucht hat, sich das Leben zu nehmen.«

»Sei nicht so melodramatisch.«

»Ich sitze auf einem Pulverfass. Wann holst du mich endlich hier raus?«

»Es geht noch nicht.«

»Ich weiß«, antwortete sie etwas ruhiger. »Es ist nur so hart, verstehst du? Will ist von dieser unglaublichen Liebenswürdigkeit.«

»Unterschätze ihn nicht. Das ist eine Masche. William ist ein eiskalter Stratege«, sagte die Stimme am Telefon. »Sonst hätte er nie so erfolgreich werden können.«

»Seine Freundlichkeit soll nur eine Maske sein?«

Die Frage blieb unbeantwortet, da die Tür aufgerissen wurde. Im nächsten Moment wurde es in der Garage hell.

»Was tust du hier?« Will stand da, die Hand am Schalter.

»Ich telefoniere«, antwortete sie, da er das Ding in ihrer Hand ohnehin entdeckt hatte. Aus dem Augenwinkel sah Alice, dass die Leitung erlosch, der Mann am andern Ende hatte aufgelegt.

»Mit wem?«

»Wieso willst du das wissen?«

»Weil du zum Telefonieren in die Garage gehst.«

»Ich wollte ungestört sein.«

»Das wärest du auch oben. Glaubst du, ich belausche deine Telefonate?« Will kam näher, ein ungewohnter Glanz lag in seinen Augen. »Ich dachte, du kennst in Stockholm keine Menschenseele.«

»Mein Freund ist nicht in Stockholm.«

»Aha? Dein Freund«, sagte er forschend.

»Herrgott, Papa, ich kann doch mit einem Freund telefonieren, ohne dass du hinter mir herschnüffelst.«

»*Hinterherschnüffeln?*« Seine Augen wurden schmal. »Da sind wir ja bei einem richtigen Vater-Tochter-Verhältnis angelangt.« Er trat auf sie zu. »Im Wohnzimmer läuft der Fernseher, du warst nicht da, in deinem Zimmer warst du auch nicht. Ich habe mir Sorgen gemacht.«

Sein Tonfall, sein Ausdruck, alles hatte sich verändert. »Weil ich mal für ein paar Minuten in die Garage gehe?« Zum ersten Mal hatte Alice Angst vor William.

Er streckte die Hand nach ihr aus. »Hast du vor, die ganze Nacht hier unten zu verbringen, oder wärest du an einem Mitternachtssnack interessiert?«

Zögernd ergriff sie seine Hand, achtete aber darauf, dass er keinen Blick auf das Display des Handys werfen konnte. »Ein Mitternachtssnack wäre fein.« Sie wollte zur Treppe.

»Sekunde, ich muss nur …« In der anderen Hand hielt Will einen Gegenstand.

»Was ist das?«

»Djamirs Messer.« Auf ihren erstaunten Blick erklärte er: »Ich habe einem Praktikanten heute sein Springmesser abgenommen.« Will lief zur Werkbank an der gegenüberliegenden Garagenwand. »Ich will das Ding nicht oben im Haus haben.« Er legte es auf den Werkzeugtisch. »Mitternachtssnack also?«

Sie nahmen die Treppe nach oben. Die Garage wurde dunkel.

29

Es war halb drei Uhr nachts. Vor einer Stunde hatten sie sich, gestärkt mit Käse und Avocados, zu Bett gelegt. Angezogen saß Alice auf dem Bett des Gästezimmers. Was sie trug, stammte von Kristen.

Alice war beschwipst von Williams Grappa, doch hatte er ihr keine freundliche Trunkenheit beschert, keine entspannte Bettschwere, sondern jene alkoholisierte Wachheit, unter deren Einfluss man Dummheiten beging – oder das Richtige tat. Die Situation war unnatürlich und unhaltbar. Seit Tagen und Wochen reagierte Alice nur noch auf alles, was geschah, damit sollte jetzt Schluss sein. Das Gesetz des Handelns musste wieder ihr gehören. Aber solange sie sich in diesem Haus versteckte, war das unmöglich, an der Seite ihres Vaters war das unmöglich. Will schlief im Erdgeschoss. Alice war sich über seine Beweggründe im Unklaren: Schwelgte er tatsächlich in seinem unerwarteten Vatergefühl, oder stimmte ihre Vermutung, dass er sie mit seiner umarmenden Offenheit nur in Sicherheit wiegte? War Will, der Fuchs, ehrlich zu ihr, oder war seine Ehrlichkeit eine Spielart seiner Schlauheit?

Langsam senkte Alice ihre Hand auf den Griff der Handtasche. Sie mochte William, aber sie traute ihm nicht. Es war riskant, sich von der momentanen Situation einlullen zu lassen. Dabei wäre es paradiesisch gewesen, mit dieser unväterlichen Vaterfigur in seinem wunderbaren Haus zu leben. Lass das Träumen, beschwor sich Alice. Träume haben dich schon oft in den tiefsten Abgrund gestürzt.

Ihre Tasche in der Hand betrachtete sie das Bett, das Zimmer, das für ein paar Tage ihr Zuhause gewesen war. Es gab keinen anderen Ausweg, als zu fliehen, wenn sie die Büchse der Pandora nicht öffnen wollte. Sie steckte ihre Schuhe in die Jackentaschen, auf Strümpfen schlich sie aus dem Zimmer. Der Teppich auf der Treppe machte ihre Schritte unhörbar. Sie erreichte den Ausgang. Alice besaß keinen Schlüssel zu Wills Haus. Ging sie jetzt da hinaus, kam sie nicht wieder herein.

Sie trat ins Freie und ließ die Tür hinter sich zufallen. Die Luft war frisch und fühlte sich nach dem Regen wie gereinigt an. Es war einerlei, welche Richtung sie einschlug. Alice wollte sich ein billiges Hotel nehmen, ausschlafen und nachdenken. Sie hatte gehandelt. Das war das einzig Gute an der momentanen Situation.

Während sie ein paar Schritte die Marienbergsgatan hinunterlief, bemerkte sie einen telefonierenden Mann in einer Limousine. Alice wechselte die Straßenseite. Sie setzte Schritt vor Schritt, die Bewegung tat ihr gut, das Gehen wurde zum Selbstzweck. Ausschreiten, sich fortbewegen, sich von William wegbewegen, erschien ihr Grund genug, um weiterzugehen. Wie schön die Luft war. Alice tat ein paar tiefe Atemzüge.

»Du hast sie gehen lassen?«

Das klare Licht des Stockholmer Morgens zeichnete Kristens Silhouette mit Koffer und Regenmantel nach.

»Irgendwann in der Nacht muss sie das Haus verlassen haben.« William trug seinen schwarz gestreiften Morgenmantel.

Er fühlte sich schwer und grau. Die Flasche Grappa vom Vorabend machte ihm zu schaffen. »Sie ist bestimmt bald zurück.«

Will erschrak über Kristens Aussehen. Ihre Wangen waren eingefallen, die Augen verbargen sich tief in den Höhlen. Sie wirkte, als ob ein Dämon von ihr Besitz ergriffen hätte, der mit Macht aus Kristen hervordrängte.

»Du hättest die Haustür absperren sollen.« Sie warf den Trenchcoat über die Sofalehne.

»Alice ist keine Gefangene.«

»Natürlich ist sie das«, schrie Kristen. »Die Frau hat versucht, sich umzubringen. Sie ist eine Gefahr für sich selbst. Sie wird in Zusammenhang mit Bonnies Tod von der Polizei gesucht. Diese Frau darf nicht da draußen herumspazieren. Wieso ist sie abgehauen? Habt ihr gestritten?«

Will musterte seine Frau wie eine Fremde. »Bist du nur zurückgekommen, um mir Vorwürfe zu machen?« Nervös zupften seine Finger an der Haut des Nagelbettes.

»Konnte ich ahnen, dass hier alles aus dem Ruder läuft?« Sie packte seine Hand. »Lass das. Ich ertrage es nicht, wenn du dir die Haut abpulst, bis es blutet. Sag schon, was ist letzte Nacht passiert?«

»Gar nichts. Wir saßen gemütlich beisammen, bis ich von Doktor Elmquists Tod erfuhr. Dann habe ich dich angerufen. Alice hat inzwischen ferngesehen. Als ich zurückkam, war sie nicht da. Ich habe sie gesucht und in der Garage gefunden.«

»Was macht sie in der Garage?« Kristens Augen verengten sich zu Schlitzen, aus denen die hellen Pupillen hervorleuchteten.

»Sie hat telefoniert.«

»Mit wem?«

»Einem Freund oder einem Liebhaber, was kümmert's mich?« Will trat einen Schritt auf sie zu. »Versetz dich doch in ihre Lage. Alice ist eine junge Frau. Sie möchte nicht bloß immer mit ihrem Vater zusammen sein, sondern auch mal mit Gleichaltrigen. Sie will sich amüsieren.«

Kristen wich keinen Millimeter zurück. »Vor wenigen Tagen hat sie versucht, sich das Leben zu nehmen, weil ihr geliebter Vater sich nicht genug um sie gekümmert hat. Seitdem darf sie bei ihrem vergötterten Papa wohnen, aber alles, was ihr einfällt, ist, in die Garage zu schleichen und irgendwelche Leute anzurufen? Kurz darauf ist sie verschwunden.« As ob es gleich zum Zweikampf kommen würde, schlüpfte Kristen aus ihrer Jacke.

»Das ist die gröbste Übertreibung, die ich je gehört habe.«

»Wie hast du überhaupt gemerkt, dass sie in der Garage telefoniert hat?«

»Ich habe sie überrascht.«

»Wie hat sie reagiert?«

»Harmlos.« Das stimmte nicht, und William wusste es. Alice hatte ihm vorgeworfen, sie zu bespitzeln. »Wir haben eine Kleinigkeit gegessen und sind dann schlafen gegangen.«

»Wann?«

»Es wird kurz vor zwei gewesen sein.«

»Du gehst nie so spät schlafen.«

»Ich hatte gehofft, dass du den letzten Flug kriegen und mitten in der Nacht zu mir ins Bett schlüpfen würdest.«

»Okay.« Kristen setzte sich und betrachtete ihre gefalteten Hände im Schoß. »Hat Alice sich seitdem bei dir gemeldet?«

»Nein. Es ist ja gerade erst mal halb acht.«

»Wo könnte sie sein?«

Ein wenig gönnerhaft schüttelte er den Kopf. »Worüber regst du dich eigentlich so auf?«

Ihr Blick kam hoch wie das Augenpaar eines Tieres, das etwas witterte und zum Sprung ansetzte.

»Wie wär's mit Frühstück?«, fragte er, als sie nicht antwortete.

»Einverstanden. Ich habe die labberigen Brötchen im Flieger nicht angerührt.«

Gemeinsam gingen sie in die Küche.

»Gibt es etwas Neues über Elmquist?«

»Ich habe mich heute Morgen noch nicht erkundigt.«

»Dann werde ich das tun.« Als ob nicht Will, sondern sie das Frühstück machen wollte, öffnete Kristen den Kühlschrank.

Er setzte Wasser auf. »Nachher möchte ich in die Firma fahren.«

Das Kühlschranklicht fiel auf Kristens fahles Gesicht. »Ist es in deinem Zustand dafür nicht noch zu früh?«

»Ich war gestern schon da. Es hat sich viel Arbeit angesammelt.«

»Du brauchst Ruhe, Will.«

»Mir geht es viel besser«, log er und dachte an die Minuten, die er kauernd im Korridor vor der Cafeteria verbracht hatte. Er dachte an sein jagendes Herz, seinen keuchenden Atem, an das Gefühl, dass die alte Maschine ihm nicht mehr gehorchte. Er dachte an das Messer, mit dem ein junger Muslim seine Arbeitskollegin verletzt hatte. Gottlob hatte er es in die Garage gebracht. Kristen sollte es nicht sehen.

»Hast du versucht, Alice telefonisch zu erreichen?« Kristen schob zwei Brotscheiben in den Toaster.

»Ihr Handy ist ausgeschaltet.« Will suchte unter den Teesorten im Schrank und wollte sich gerade für eine Mischung aus Sanddorn und Hibiskus entscheiden, als er weiter hinten eine blaue Box bemerkte. »Was haben wir denn da?« Er holte sie hervor. »Hast du einen neuen Tee gekauft?«

Als Kristen sich umdrehte, wischte sie versehentlich mit dem Ellbogen die gläserne Butterdose vom Bord. Sie fiel, zerbrach, splitterte aber nicht, da der Butterklumpen es verhinderte. »Ach, verdammt.« Sie bückte sich.

»Lass das, du schneidest dich sonst.« Er eilte zur Kammer und kam mit Handfeger und Schaufel wieder.

Während er das Malheur zu ihren Füßen auffegte, trat Kristen an die Wand. »Ich bin heute um vier Uhr früh aufgestanden. Bin wohl noch nicht so richtig da.«

»Halb so schlimm.« Als er aufschaute, hatte sie die blaue Box in der Hand.

»Diesen Tee habe ich schon vor einiger Zeit gekauft. Er schmeckt leider nicht besonders.«

»Was ist es?«

»Eine Kräutermischung.«

»Wollen wir ihn trotzdem ausprobieren?« Er nahm den Butterklumpen mit einem Blatt Haushaltspapier und warf ihn in den Müll.

»Ich mache uns lieber einen Espresso.«

Will beobachtete, wie sie die blaue Box an den alten Platz zurückstellte und die Espressomaschine einschaltete.

BONNIES BILD

30

Alice wollte schlafen. Sie brauchte dringend Schlaf, doch daran war nicht zu denken. Der Vorraum, in dem sie seit Stunden saß, war zu hell dafür. Zu viele Polizeibeamte gingen geschäftig hin und her. Der Stuhl, auf dem Alice saß, war an der Wand festgeschraubt. Während sie wartete, hatte sie die Bilder der vergangenen Nacht vor Augen.

»Alice Viklund?«, hatte eine Stimme hinter ihr gerufen. Sie hatte gerade den Sankt Göranspark erreicht, als jemand sie einholte.

»Ja?«

Es war der Mann aus der Limousine, den sie beim Verlassen des Hauses bemerkt hatte. Wie war er ihr derart lautlos gefolgt? Er trug eine Stoffjacke und dunkle Hosen. »Wir haben ein paar Fragen an Sie.«

Alice sah sich um, ob noch jemand in der Nähe war. »Wer ist *wir*?«

Der Mann hielt ihr einen Ausweis hin. »Polizei Stockholm. Was tun Sie mitten in der Nacht hier draußen?«

»Ich gehe spazieren.«

»Sie sind aus William Falks Haus gekommen.«

»Das stimmt nicht«, antwortete sie, weil sie fürchtete, William sonst in Schwierigkeiten zu bringen. »Ich war zufällig in der Gegend.«

In seinem Blick lag etwas Begütigendes, als ob er sie davor bewahren wollte, weiter zu lügen. »Ich habe Sie aus dem Haus kommen sehen.«

Jetzt hast du die Büchse der Pandora also doch geöffnet, dachte Alice in diesem einsamen nächtlichen Moment. Du wolltest alles richtig machen, und nun bewirkst du das Gegenteil. Armer William, arme Kristen, dachte sie, während sie ein Polizeiauto um die Ecke kommen sah. Alles, was sie hatte verhindern wollen, war eingetreten, und das war Alices Schuld. Es war immer Alices Schuld. Es war ihr Charaker, stets das Üble im Leben anzuziehen. Andere Leute erlebten schöne Dinge, Sonnenuntergänge, zärtliche Küsse und frisch gemachten Nudelsalat. Alice erlebte immer nur Mist. Sie lächelte, weil sich der Zivilbeamte so neben sie stellte, dass sie nicht weglaufen konnte. Alice war eine gute Sprinterin, doch wozu rennen, wenn man nicht wusste, wohin?

»Würden Sie uns bitte begleiten?«

»Wohin?«

Statt einer Antwort öffnete er die hintere Tür des Dienstwagens. Als Alice sich hineinbeugte, blickte sie in die müden Augen von zwei Beamten in Uniform. Der Mann in Zivil rutschte neben sie. Noch bevor er die Tür geschlossen hatte, fuhren sie los. Das hintere Fenster stand offen, die Nachtluft war immer noch wunderbar frisch.

Der Mann in der Stoffjacke stand vor ihr. Alice fuhr aus ihren Gedanken hoch.

»Kommen Sie. Die Kommissarin möchte Sie sehen.«

Sie folgte ihm durch weitere Vorräume, bis sie in ein Zimmer traten, wo es nicht weiterging. Hier drinnen war nichts, außer einem Tisch und drei Stühlen. Es war ein Raum für

Menschen und ihre Gespräche. Die Kommissarin erwartete Alice.

»Wir suchen Sie schon eine ganze Weile, Frau Viklund.« Dagny Larsson trug Hosenanzug und Bluse. Die festen Schuhe hatte sie auch in Garpegården getragen. »Wir haben Ihnen ein paar Mal auf die Mailbox gesprochen. Sie haben sich nicht gemeldet.«

»Ich war krank.«

»Etwas Ernstes?«

»Ich lag im Bett.«

»Sie lagen im Haus von William Falk im Bett«, nickte die Kommissarin. »Sie gingen nicht mehr zur Arbeit.«

Alice wurde aufgefordert, sich zu setzen. Obwohl der Blechstuhl hart war, saß sie darauf bequem. »Natürlich nicht, weil ich krank war.«

»Sie haben Ihren Arbeitgeber nicht davon unterrichtet.« Auch die Kommissarin nahm Platz.

Der Mann mit der Stoffjacke blieb in einer Ecke des Zimmers stehen und machte sich Notizen. Das rote Licht über Alice verdeutlichte ihr, dass ihre Aussage auch auf anderem Weg festgehalten wurde.

»Im Hotel Fridhelmsplan hat man sich Sorgen um Sie gemacht«, fuhr die Kommissarin fort.

»Das glaube ich nicht. Zimmermädchen kommen und gehen.«

»Inzwischen sind Sie nicht mehr krank, Frau Viklund. Warum arbeiten Sie nicht?«

Sie wusste keine vernünftige Antwort, also gab sie eine unvernünftige. »Muss ich unbedingt arbeiten?«

»In welchem Verhältnis stehen Sie zur Familie Falk?«

»In einem verwandtschaftlichen Verhältnis.«

»Etwas genauer bitte.«

»Das möchte ich nicht sagen.«

Die Kommissarin ließ ihre Finger die Knopfleiste der Bluse hinuntergleiten. »Weshalb?«

»Weil ich nicht weiß, warum ich hier bin. Erklären Sie mir das bitte.« Ihre Antwort war eine trotzige Illusion: Die Polizei war nicht verpflichtet, Alice irgendetwas zu sagen, die Polizei durfte Antworten von ihr erwarten.

»Ich befrage Sie im Mordfall von Bonnie Håkansson. Das ist die Frau, die im Wochenendhaus von William Falk erschossen wurde, das Sie zusammen mit ihm besucht haben.«

Alice kam der Blechstuhl mit einem Mal nicht mehr so bequem vor.

»Ich nehme an, Herr Falk hat Ihnen erzählt, was in Garpegården passiert ist.«

»Nur das Nötigste.«

»Kannten Sie Bonnie Håkansson?«

»Nein.«

»Überlegen Sie bitte noch einmal: Haben Sie die Autorin Bonnie Håkansson gekannt?«

»Nein.«

Die Kommissarin ließ sich von dem Mann in der Stoffjacke ein Mobiltelefon bringen. »Das ist das Handy von Bonnie Håkansson«, erklärte sie. »Und *das* haben wir in einem versteckten Fotospeicher gefunden.«

Sie zeigte Alice ein Foto von Bonnie, die sich an eine junge Frau schmiegte und fröhlich, wenn auch übertrieben in die Kamera grinste.

»Das sind Sie, Frau Viklund.«

Alice starrte dieses andere, dieses um einiges jüngere Selbst von sich an.

»Als ich Sie auf Lidingö kennenlernte, hatte ich den Eindruck, Sie schon einmal gesehen zu haben«, sagte die Kommissarin. »Ich konnte mich aber nicht erinnern, wo. Als ich die Fotos durchscrollte, kam meine Erinnerung wieder. Sie haben Bonnie Håkansson gekannt.«

»Nein.«

»Auf diesem Bild umarmen Sie einander wie alte Freundinnen.«

»Diese Frau umarmt mich. Fällt Ihnen nicht auf, was ich anhabe?« Alice deutete auf den unteren Bildrand. »Eine Schürze mit dem Logo der Biermarke *Pripps Blå*. Als das Bild gemacht wurde, habe ich im Catering gejobbt. Wahrscheinlich hat sich diese Frau an mich gedrängt, um das Foto zu schießen.«

»Warum sollte sie das tun?«

»Warum lassen sich die Leute mit einer Kellnerin fotografieren?« Alice zuckte die Schultern. »Meistens, weil sie betrunken sind.«

Was sie sagte, war ebenso gut, wie es schlecht war. Einerlei, was Alice auch vorbrachte, es änderte nichts daran, dass die Polizei nun wusste, dass es eine Verbindung zwischen ihr und Bonnie gegeben hatte.

»Ich habe mit dem Mord an dieser Frau nichts zu tun«, fuhr sie fort, nicht aus Überzeugung, sondern weil sich der Satz anbot.

»Das hat auch niemand behauptet, Frau Viklund.«

»Was soll ich dann hier?«

»Sie sollen uns Aufschluss über Ihre Beziehung zu William Falk geben.«

»Warum wollen Sie das wissen?«

»Weil er mit dem Mord in seinem Haus in Zusammenhang stehen könnte.«

»Sie verdächtigen Will?«

»Bitte beantworten Sie die Frage.« Die Kommissarin legte Bonnies Handy beiseite.

»Ich bin William Falks Tochter.«

»Seine Tochter?« Der Kommissarin war die Überraschung anzusehen. »Aber Ihre Mutter kann unmöglich ...«

»Nein. Kristen ist nicht meine Mutter. Ich wurde geboren, lange bevor Will und Kristen geheiratet haben.«

»Wer ist Ihre Mutter?«

Die Worte drehten sich in Alices Kopf. Sie vermochte nicht länger klar zu denken, sie vermochte Gefahren nicht mehr zu erkennen. Alice ließ sich gegen die Lehne des Blechstuhles sinken. Von nun an schwieg sie auf alle weiteren Fragen der Kommissarin.

WIE IM NEBEL

31

Alice war durchnässt. Obwohl man ihr angeboten hatte, sie bis zu Wills Haus zu fahren, hatte sie den Beamten gebeten, sie beim Göranspark aussteigen zu lassen. Den Rest des Weges war sie durch den Regen gelaufen. Warum hatte die Kommissarin sie gehen lassen? Weil Alice nichts verbrochen hatte. Weshalb verhinderte sie aber nicht, dass Alice zu Will zurückkehrte? Wenn er wirklich etwas mit dem Mord zu tun hatte, wäre sie in der Lage, ihn zu warnen. Vielleicht gehörte genau das zu Dagny Larssons Plan: Alice sollte Will aufscheuchen, ihn nervös machen, in Panik versetzen.

»Wo bist du gewesen?« Kristen brachte ihr ein Handtuch.

»Ich war draußen.«

»Du bist nass wie eine Wasserratte. Wo hast du die Nacht verbracht?«

Ehe Alice es verhindern konnte, begann Wills Frau ihr das Haar zu rubbeln.

»Die Nacht war so schön, so friedlich. Ich habe auf einer Parkbank geschlafen.« Ihre Lüge war nicht böse gemeint, sie war nur die Beschreibung einer Welt, wie Alice sie sich wünschte.

Kristens Gesicht kam dem ihren ganz nahe. »Du hast also die Mondnacht genossen, aber jetzt ist es Mittag. Was hast du seither gemacht?«

Bevor Alice antwortete, brachte Will einen Teekrug und drei Tassen. »Wir haben uns Sorgen gemacht. Warum bist du denn heimlich abgehauen?«

Alice hörte gekränkten Stolz heraus. Ihr Papa, der sie beschützt hatte, grämte sich, weil sie auf und davon gegangen war.

»Warst du im Fridhelmsplan?«, erkundigte sich Kristen.

»Was sollte ich dort?«

»Deine Sachen holen zum Beispiel.« Sie lächelte, doch Alice spürte, welche Mühe Kristen die Freundlichkeit kostete. »Wenn ich mich nicht täusche, ist das meine Jacke und mein T-Shirt.«

»Stimmt. Entschuldige.«

»Entschuldigungen sind nicht nötig, wenn du uns einfach sagst, was das Ganze sollte.« Kristens Ton war anders als sonst. Etwas schwang darin mit, was Alice noch nie gehört hatte.

»Ich habe nachgedacht. Und ich bin zu der Überzeugung gekommen, dass die Dinge, wie sie jetzt sind, nicht funktionieren. Ich bringe nur Unfrieden in eure Familie.«

»Das stimmt nicht«, entgegnete Will, während er Tee eingoss.

Alice hörte sich seine Beschwichtigungen ruhig an. Alle drei setzten sich. Kristen sagte, dass ihr der Streit von vor ein paar Tagen leidtue. Es sei eben für alle eine schwierige Zeit. Will meinte, dass sie das Schlimmste nun hinter sich hätten, daher könne man sich Gedanken über die Zukunft machen.

»Eure Zukunft liegt klar vor euch«, erwiderte Alice. »Ich dagegen stochere immer noch im Dunkeln herum.«

»In diesem Haus bist du sicher und willkommen.« Auf Kristens Blick fuhr William fort: »Natürlich kannst du nicht ewig bleiben, aber zumindest so lange, bis sich eine neue Perspektive für dich aufgetan hat.«

Alice betrachtete die beiden nachdenklich. »Ihr habt so eine wunderbare Beziehung, ihr arbeitet zusammen, habt gemeinsame Ziele, ihr bewohnt eure schönen Häuser. Ich bin in euer Leben hineingestolpert wie ein Elefant in den Porzellanladen. Das tut mir leid.« Sie legte das Handtuch sorgfältig zusammen. »Ich werde mich morgen wieder auf den Weg machen.«

»Auf den *Weg?*«, erwiderte Kristen. »Wohin soll dich der führen?«

»Es war wunderbar, meinen Vater kennenzulernen, aber jetzt zieht es mich aus Stockholm fort. In den Süden vielleicht. Wenn der Sommer zu Ende ist, könnte ich schon in Südfrankreich sein.«

Unruhig stand Kristen auf. »Das hört sich nach einer ziemlich unausgegorenen Idee an. Willst du nicht noch ein paar Nächte darüber schlafen?«

Draußen wurde der Regen dichter, der Himmel hatte sich verdüstert. William schaltete die Leselampe ein. »Ich denke, Kristen hat recht«, sagte er, »ich möchte aber keinen Druck auf dich ausüben. Wenn du glaubst, du musst fort, dann ist das eben so. Aber du kannst jederzeit zurückkommen.«

»Ich danke dir.«

Auf Kristens Vorschlag verabredeten sie, abends zu dritt miteinander zu essen.

Alice war bereits auf dem Treppenabsatz, als sie Kristen zu Will sagen hörte: »Gehst du heute noch in die Firma?«

»Ich wollte tatsächlich noch kurz vorbeischauen.« Er räumte das Teegeschirr ab.

»Überanstrenge dich nicht.«

Schritt für Schritt lief Alice die Treppe hoch. In ihrem Zimmer hatte sich nichts verändert. Dieser Raum schuf die Illusion, als ob sie nie fort gewesen wäre. Ohne sich auszuziehen, legte sie sich auf das Bett.

Stunden vergingen, in denen Alice nichts anderes tat, als das Verstreichen der Zeit zu spüren. Sie fragte sich, wann die Kommissarin ihren nächsten Schritt tun würde und wie viel Zeit Alice und William noch blieb. Einmal noch wollte sie mit ihm allein sein, ein letztes Mal. Aber nicht hier, dachte sie, nicht in diesem Haus. Weit weg von Kristen. Alice hatte William weggehen und gerade eben wiederkehren hören. Er sprach unten mit Kristen. Alice öffnete ihre Tür einen Spalt breit. In dem Gespräch schien es um einen Vorfall in der Firma zu gehen. Der Vater einer Angestellten war zu Will gekommen und hatte sich beschwert.

Wenig später klopfte William an Alices Tür. »Schläfst du?«

»Nein. Komm nur.«

Er schlüpfte herein. »Hast du dich von deinem nächtlichen Abenteuer ausgeruht?« Er hatte eine Schale Chai-Tee in der Hand. Als er sich zu Alice setzte, knarrte die Matratze.

»Ich wünsche mir etwas von dir, Papa. Ich möchte mit dir noch einmal im Saab durch die Gegend kurven.«

Er nahm einen Schluck. »Dein Wunsch soll in Erfüllung gehen.«

»Heute noch.«

»Heute?« Er deutete zum Fenster. »Es gießt in Strömen.«

»Ist dein Verdeck denn nicht dicht?«

»Ich glaube, du bist nicht ganz dicht.« Er lächelte. »Weshalb willst du bei strömendem Regen einen Ausflug machen? Warum verschieben wir das nicht auf morgen?«

»Heute«, sagte sie tonlos. »Morgen ... ist es vielleicht zu spät.«

Will schien ihre sonderbare Stimmung zu bemerken. »Willst du auch einen Tee?«

»Nein, danke. Chai schmeckt mir nicht.«

»Mir auch nicht. Aber er soll ja so gesund sein.«

Alice setzte sich auf. »Lass uns gleich fahren, Papa. Komm, ich bitte dich.«

Er musterte sie erstaunt. »Schön, wenn es dir so viel bedeutet. Wir können auch gern den Saab nehmen, aber ich habe noch etwas zu erledigen.«

Sie beobachtete, wie er einen tiefen Schluck nahm. »Was denn?«

»Ich muss eine bestimmte Sache klären, genau genommen muss ich Frieden stiften. Eine meiner Mitarbeiterinnen wurde von einem Praktikanten verletzt. Ich wollte die Sache als Arbeitsunfall runterspielen und dem Mädchen Schmerzensgeld zahlen. Vorhin war ihr aufgebrachter Vater bei mir. Man könne seine Tochter nicht mit Geld zum Schweigen bringen, sagte er.« Will seufzte. »Es geht um Stolz und Ehre und irgendwie auch um die richtige Auslegung des Koran. Der Vater will den jungen Syrer anzeigen und vor Gericht sehen.«

»Was wirst du jetzt machen?«

»Ich möchte der Familie einen Höflichkeitsbesuch abstatten. Wenn ich mich als Firmenchef persönlich bei dem Mädchen entschuldige, lässt sich größerer Schaden vielleicht abwenden.«

»Darf ich mitkommen?«

»Du?« Will lachte. Sie spürte, dass es ihm nicht recht war.

»Dieser syrische Vater kämpft um das Recht seiner Tochter«,

fuhr sie fort. »Du kommst mit deiner Tochter zu ihm. Glaubst du nicht, dass der Familie das gefallen würde?«

»Lass uns den Ausflug im Cabrio lieber auf morgen verschieben.«

Sie legte beide Hände auf seine Schulter. »Und wenn ich dich sehr darum bitte?«

Er zögerte. »Da müssten wir aber sofort losfahren.«

Alice sprang auf. »Ich ziehe mich an.«

»Na schön. Ich sage Kristen Bescheid, dass wir zum Essen wieder zurück sind.«

»Danke, Papa. Ich danke dir.« Mit einem dunklen, zugleich freudigen Gefühl schlüpfte Alice in Kristens Wolljacke.

UND MEINE SEELE

32

»Die Stadt versucht seit Langem, das Viertel mit anderen Stadtteilen in Kommunikation zu bringen, aber Rinkeby kapselt sich vollkommen ab.« Will räusperte sich. Schweiß stand auf seiner Stirn, er trank zum dritten Mal aus der Wasserflasche. »In Rinkeby spricht nach wie vor kaum jemand Schwedisch.«

»Das hättest du mir früher sagen müssen«, sagte Alice. »Dann hätte ich nicht darauf bestanden, in einem Luxus-Cabriolet ins Migrantenviertel zu fahren.«

»Wir stellen den Saab im Parkhaus ab.« Will wischte sich über die Stirn.

»Wie fühlst du dich?«

»Es geht so.«

Gesichtslos ragten die Mietkasernen von Rinkeby empor. Auf den Straßen waren vorwiegend junge Männer unterwegs. Die meisten Frauen trugen Kopftuch.

Als ob Will Alices Gedanken lesen könnte, sagte er: »Die Jugendarbeitslosigkeit liegt hier bei fünfzig Prozent.« Er drosselte das Tempo, folgte der Ausschilderung zum Parkhaus und stellte den Wagen ab. Sie machten sich zu Fuß auf den Weg. Alice bemerkte die Blicke junger Männer, die ihr neugierig nachsahen.

»Es muss hier gleich um die Ecke sein.« Zögernd bewegte

sich Will in eine der Straßen hinein. In einem Block, dem ein Kastanienbaum ein wenig Wohnlichkeit verlieh, fuhren sie im Fahrstuhl in den achten Stock.

Die Familie der Praktikantin war vollzählig versammelt. Das bedeutete acht Menschen in einem kleinen Raum. Entlang der Wände dienten doppelt gestapelte Matratzen als Sofas. Die Mitte bildete ein ornamentreicher Teppich. Von den vier Frauen trug nur eine das traditionelle Kopftuch. Liyas Mutter war eine freundliche, intelligent wirkende Frau. Sie reichte Tee. Die Familienmitglieder wurden vorgestellt. Man war sich einig darüber, dass dies selbst für schwedische Verhältnisse ein ungewöhnlich feuchter Sommer sei. William erkundigte sich nach der Heimat von Liyas Familie. Kurz vor Gaddafis Sturz waren der Vater, Liya und die Mutter über das Mittelmeer aus Libyen geflohen. Nach dem politischen Umsturz hatten sie die übrige Familie nachgeholt.

William sprach Djamirs Verfehlung und Liyas Verletzung an, er sprach auch über Djamirs Geschichte. Alice hörte nur mit halbem Ohr zu, Williams Zustand machte ihr Sorgen. Sein Gesicht war bleich, doch vom Hals abwärts schien die Haut unnatürlich gerötet zu sein. Seine Hände kamen ihr geschwollen vor. Er sprach abgehackt und räusperte sich häufig. Einmal sah er Alice an. Der Ausdruck in seinen Augen ängstigte sie.

Seit sie die Beleidigung Liyas erörterten, war das Gespräch angespannt und unerfreulich geworden. Gerade weil er Araber war, bestand der Vater darauf, dass die Angelegenheit nach schwedischem Recht abgehandelt werden solle. Wills Vorschlag eines Schmerzensgeldes interpretierte er als Schweigegeld und lehnte es ab. Es sei kein Arbeitsunfall gewesen, sondern böswillige Körperverletzung. Mit diesen

Worten nahm der Vater Liya den Verband ab und zeigte das verletzte Ohr. Es war nur ein kleiner Schnitt zu sehen, der bereits verheilte, doch der Vater argumentierte, Liyas Heiratschancen seien durch die Wunde beeinträchtigt worden. Will ging sensibel auf das Problem ein, konnte aber nicht verhindern, dass der Vater auf einer Anzeige bestand. Man habe sich nicht im Rechtsstaat Schweden angesiedelt, um hier wie Araber behandelt zu werden.

Alice erkannte, dass Will sich bemühte, die Diskussion abzukürzen. Seine Hände zitterten, ein Rinnsal aus Schweiß lief seine Schläfe entlang, auch sein Haar war feucht. Mit schwacher Stimme versicherte er, er werde einer ordnungsgemäßen juristischen Abwicklung nicht im Wege stehen. Liyas Mutter hatte einen Imbiss vorbereitet, der nach Ende der Verhandlungen gereicht werden sollte, aber Will konnte nicht mehr. Er entschuldigte sich mit dringenden Terminen in der Stadt. Da die Mutter ihm seinen schlechten Zustand ansah, versuchte sie nicht, ihn zum Bleiben zu überreden. Bei der Verabschiedung sagte Liya, dass ihr die ganze Sache leidtue.

Im Fahrstuhl beendete Will seine Maskerade des selbstbeherrschten Firmenchefs. Er öffnete sein Hemd und rang nach Atem.

»Du musst ins Krankenhaus«, sagte Alice.

»Das war nur die schlechte Luft in der Wohnung. Die verbrennen da irgendein Gewürzholz. Ich wäre beinahe erstickt.«

»Du bist krank, Will, ernsthaft krank. Ich mache mir Sorgen um dich.«

Als sie aus dem Fahrstuhl stiegen, stolperte Will mit gebeugten Schultern neben Alice her.

»Du musst sofort zum Arzt«, wiederholte sie auf dem Weg

zum Parkhaus. »Du hattest vor Kurzem einen Anfall.« Sie nahm seine Hand. »Du musst besser auf dich aufpassen.«

Er erwiderte ihren Händedruck. »Ich möchte mit dir an einen Ort, wo es schön und friedlich und wo die Luft rein ist. Wenn es mir danach immer noch nicht besser geht, darfst du mich zum Arzt bringen.«

Sie erreichten die Parkebene und den Saab. Als Will auf die Fahrerseite ging, sagte Alice: »Soll ich nicht besser fahren?«

»Unsinn. Die frische Luft hat mir gutgetan.« Er stieg ein.

Es ging nach Norden. Sie fuhren an einen See mit dem Namen Vallentunasjön. An der Westseite befand sich ein Golfklub. Will erklärte, er sei immer noch Mitglied, obwohl ihn der Sport inzwischen langweile. Bei der Einfahrt zeigte er seinen Mitgliedsausweis und parkte auf dem Klubparkplatz. Alice hakte sich unter und stützte ihn dadurch unauffällig. Sie spazierten Richtung Wasser. Bis ans Ufer waren es etwa dreihundert Meter. Der Regen hatte aufgehört, sogar die Sonne kam durch und verwandelte die nassen Wiesen in eine glitzernde Zauberwelt. Am Ufer wechselte sich Schilfgras mit Weiden ab, an manchen Stellen standen die Birken bis ins flache Wasser. Von den Golfspielern sah man nichts; wegen des schlechten Wetters waren nur wenige auf dem Platz. Will führte Alice zu einer Bank. Es schien ihm besser zu gehen, er hatte ein bisschen Farbe gewonnen.

»Hier habe ich früher oft gesessen. Weißt du, wann?«

Sie schüttelte den Kopf.

»Nach Madelaines Tod. Damals konnte ich manchmal nicht nach Hause fahren, ich konnte Kristen einfach nicht in die Augen sehen. Nach Garpegården wollte ich auch nicht, also fuhr ich in meinen alten Golfklub. Ich saß hier und …«

Er zuckte die Schultern. »Und habe geweint. Ich habe um Madelaine geweint.«

Der Wind spielte in Wills Haar. Ein Sonnenstrahl hob eine unrasierte Stelle an seiner Wange hervor. Er sah Alice an. »Wie hast du eigentlich von Madelaines Tod erfahren?«

Als sie darauf nicht antwortete, als Alice ihn nur ansah, störte Will das nicht. Als ihr die Tränen über die Wangen liefen, nahm er es als ganz natürlich. Langsam wandte er den Blick von Alice ab und ließ ihn Meter für Meter über das Wasser schweifen, ans gegenüberliegende Ufer.

»Weshalb bist du nicht gleich nach ihrem Tod nach Stockholm gekommen?«, fragte er leise. »Warum hast du ein volles Jahr verstreichen lassen? Madelaine starb im selben Krankenhaus, wo ich vor Kurzem behandelt wurde. Weshalb bist du nicht gekommen, solange sie noch lebte?«

Will fühlte sein Herz schlagen. Mehr noch, er sah vor seinem inneren Auge, wie der Rhythmus dieses unermüdlichen Muskels an Gleichmäßigkeit verlor. Die Vorstellung der gigantischen Leistung eines Herzens, das schon im Mutterleib seine Arbeit aufnahm und danach Sekunde um Sekunde, Tag für Tag, Jahre, manchmal ein volles Jahrhundert lang immerfort schlug, im Wachen wie im Schlaf, vor Aufregung und Anstrengung seine Leistung vervielfachte, dieses Herz, das dem Menschen anzeigte, wenn ihn etwas bewegte, aufwühlte, dieses Herz nötigte Will Bewunderung ab. Sein Herz gab ihm seit Langem eindeutige Zeichen, dass es aus eigener Kraft nicht mehr lange so weitermachen könne. William hatte sein Herz wohl gehört, ihm die Hilfe aber verweigert. Er hatte auf sein Herz gehört, als er die junge Frau, die neben ihm saß, bei sich aufgenommen hatte. Dem schlagenden Muskel in seiner Brust hatte er jedoch zu wenig Aufmerksamkeit gewidmet. Nun sagte ihm sein Herz, dass es nicht mehr die Kraft hatte, ihm weiter zu dienen.

»Als es mit Madelaine zu Ende ging, wäre es doch natürlich gewesen, ihr einziges Kind zu verständigen, meinst du nicht auch?«, fragte Will, ohne den Blick von der Landschaft zu wenden. »Hm, glaubst du das nicht auch?«

»Ja, William.«

»Aber sie hat dich nicht verständigt.«

»Nein, das hat sie nicht getan.«

»Warum nicht?«

»Weißt du es?«

»Ja, ich weiß es.«

»Wie lange weißt du es schon?«

»Oh, eine ganze Weile.«

Es fühlte sich so einmalig und wunderbar an, seinen Geist in der Freiheit der Natur zu verströmen, dass Will das Versagen seines Körpers kaum noch mitbekam.

»Vielleicht wusste ich von Anfang an, dass du in Wirklichkeit nicht Madelaines Tochter bist«, sagte er. Es klang fröhlich, beinahe versöhnt. »Trotzdem hat es mir gut gefallen, dass du mich Papa nennst.«

»Ja, Will.« Er hörte Alice weinen. »Will, es tut mir so leid.« Ihre Worte waren kaum zu verstehen.

»Ach nein, nicht weinen«, sagte er. »Du hast mein Leben noch einmal reich gemacht. Durch dich ist Madelaine für mich wiedererstanden. Was soll dir daran leidtun? Wenn man geliebt hat wie ich, wenn die Liebe so groß war wie zwischen Madelaine und mir, dann ist jeder Betrug willkommen, der diese Liebe zurückbringt.«

Damit sank William langsam in Alices Arme. Er spürte, dass sein Herz nicht mehr kräftig genug schlug, um ihn bei

Bewusstsein zu halten, dass er von der Schwärze gleich verschluckt werden und in das dunkle Land hinübergehen würde. Er bewahrte sich sein letztes bisschen Kraft, um von Alice Abschied zu nehmen, nicht mit großen Worten, sondern mit Begriffen, die er seit Langem in seinem Gehirn verschlossen hatte. Niemand kannte diese Worte, außer ihm. Bis zum letzten Augenblick hatte er sie geheim gehalten. Doch jetzt musste er sie preisgeben.

»Sechs zwei sieben acht drei drei sechs«, sagte Will mit einer Stimme, die ihm unbekannt war. »Wiederhole das, Alice.«

Ihr Weinen war versiegt. Will fühlte ihren schmalen Körper. »Sechs zwei sieben acht drei drei sechs«, sagte sie.

»Sag es noch einmal.«

»Papa, nein, nein, Papa, hör auf damit.«

Ein winziger Druck seiner Hand brachte Alice zum Schweigen. Wills Atem wurde flacher. Er brauchte Luft, um weiterzusprechen und zwang sich zu einem tiefen Atemzug. *»Und meine Seele spannte weit ihre Flügel aus«,* sagte er auf Deutsch.

»Was bedeutet das?«

»Es ist ein deutsches Gedicht, ein wunderschönes deutsches Gedicht.«

»Hat Madelaine es dir beigebracht?«

»Nein. Madelaine hat die deutsche Sprache gehasst. Ich kenne es durch Kristen.«

»Und dieses Gedicht … diese Worte sind …?«

Als er nickte, schabte seine Wange über den Stoff ihrer Jacke, Kristens Jacke. »Benütze diese Worte, Alice.«

Will spürte das Erschlaffen seiner Muskeln, das Weichwerden der Gedanken, die Befreiung. Er spürte, ahnte das größtmögliche Glück darin, das Eingehen und Aufgehen und die Erfüllung in einem Ziel, das Unendlichkeit hieß.

»Liebe. Nur die Liebe …« Mit diesen Worten ging William langsam, lächelnd hinüber.

33

Alice akzeptierte die ausweglose Situation nicht, in der sie sich befand. Ihr Ratgeber hatte diesen Moment vorausgesehen, er hatte Alice befohlen, was in diesem Moment zu tun sei. Ihr Auftrag lautete: Lass William sterben. Es ist nicht deine Schuld. Lass es einfach zu.

Es ist meine Schuld, dachte sie und schaute die Uferböschung hoch. Wenn sie losrannte, um Hilfe zu holen, käme diese Hilfe in jedem Fall zu spät. Das Gleiche galt, wenn sie versuchen würde, telefonisch Hilfe an diesen unwegsamen Ort zu beordern. Will lag hingestreckt auf der Bank. Er hatte noch ein wenig Puls. Himmel Herrgott, nach allem, was er durchgemacht hatte, schlug sein entkräftetes, missbrauchtes Herz noch immer. Wollte sie ihn retten, gab es nur eine Möglichkeit. Alice ging in die Hocke. Gleichzeitig nahm sie ihr Telefon und steckte es griffbereit in den Hosenbund. Sie machte sich so klein, dass sie Williams Arm, seine Schulter und seinen Oberkörper über ihren Rücken ziehen konnte. Will war ein stattlicher Mann, aber er war auch ein eleganter, feingliedriger Mann. Es gelang Alice, den oberen Teil seines Körpers auf ihren Rücken zu hieven. Sie spannte Muskeln und Sehnen an, sie spannte das Kreuz und brachte das Kunststück zustande, den Körper des Leblosen hochzuheben.

Sobald Alice zitternd und schwankend stand, mit gebeugtem Rücken, aber gestreckten Beinen, wurde es leichter. Vorsichtig tat sie den ersten Schritt. Ja, es würde vielleicht gehen. So würde sie ein Stück weit laufen können, bis sie jemanden entdeckte, den sie anrufen konnte. Mit Will auf ihrem Rücken würde sie es vielleicht schaffen. Dreihundert Meter waren eine lange Strecke, wenn man einen Mann auf seinen Schultern trug, aber es war keine unüberwindliche Strecke. Alice ging los, zuerst langsam, Schritt für Schritt, dann ein wenig schneller, Schritt für Schritt, immer weiter. Es begann zu regnen. Mit der linken Hand hatte sie Williams Hand gepackt, damit hielt sie ihn im Gleichgewicht. Mit der rechten tastete sie zum Hosenbund, griff nach dem Handy und tippte die Notrufnummer.

Sie wurde verbunden. Schwer atmend sagte Alice, wer sie war. Sie sagte, dass sie sich auf dem Golfplatz am Ufer des Sees Vallentunasjön befinde. Sie sagte, dass sie einen vierundfünfzigjährigen Mann auf ihren Schultern trage, der einen Herzanfall erlitten habe und ohne Bewusstsein sei. Sie nannte das Krankenhaus, in dem Will bei seinem letzten Anfall behandelt worden war und auch den Namen des Arztes. Keuchend gab sie jede erdenkliche Information und betonte, es gehe um Minuten, die Ambulanz solle auf den Parkplatz des Golfklubs von Vallentunasjön kommen. Die Frau am anderen Ende schien die Dinge professionell in Bewegung zu setzen.

Während Alice immer weiter ging, langsamer wurde, kaum noch konnte, wollte sie ihr Handy wieder einstecken, verfehlte aber den Hosenbund. Es fiel zu Boden. Unmöglich, sich danach zu bücken, ohne William fallen zu lassen. Alice ging weiter, immer weiter. Ihr eigenes Herz klopfte rasend, ihr Herz war lauter als ihr Atem, der mehr und mehr einem

Schreien glich. Aber sie dachte nicht daran, ihrem Körper nachzugeben. Dort vorne erkannte sie schon den Parkplatz. Alice ging und ging und ging.

Als die Ambulanz das Krankenhaus erreichte, war Kristen bereits vor Ort.

»Was ist mit ihm? Ist er … Lebt er? Ich bin seine Frau.« Sie trug ein graues Wollkostüm und hatte ihr Haar hinten zusammengenommen. Während Kristen Williams Bahre ins Krankenhaus folgte, informierte der Notarzt sie in aller Kürze.

Auch Alice lief neben der Bahre her. Wie beim ersten Mal wurde sie am Eingang zur Intensivstation aufgehalten. Der Zutritt sei nur Familienmitgliedern getattet.

»Sie ist seine Tochter«, sagte Kristen. »Sie darf mit.«

Während man Will in den OP brachte, blieben die Frauen zurück. Die freundliche Aprikosenfarbe des Warteraumes sollte vorgaukeln, dass dies ein heiterer Ort sei, an dem man sich keine Sorgen zu machen brauche. Alice fragte sich, wie dieser Raum sich verwandeln würde, wenn man vom Tod eines geliebten Menschen erfuhr.

»Warum seid ihr ausgerechnet nach Vallentunasjön gefahren?«, fragte Kristen.

Alice improvisierte eine Notlüge.

Kristens Gesicht war streng, bleich und bewundernswert ruhig. »Diese Unvernunft«, sagte sie.

Ohne dass der Arzt es ausgesprochen hatte, wussten beide, dass William dem Tod näher als dem Leben war. Keine von ihnen erwähnte die geringe Chance, wonach das Leben auch diesmal vielleicht die Oberhand gewinnen könnte. Sie sprachen von anderen Dingen. Mitunter warfen sie einen Blick auf die Uhr, seit einer Stunde wurde Will behandelt. Es wurden zwei Stunden daraus. Schließlich wussten sie nichts mehr zu sagen. Stumm saßen sie da, jede in ihre Gedanken versunken.

Nach einer weiteren Stunde kam der Arzt und teilte ihnen mit, er habe William in ein künstliches Koma versetzen müssen, da sie immer noch nicht schlüssig feststellen konnten, worin seine eigentliche Erkrankung liege. Das Herz sei äußerst geschwächt, doch die Primärerkrankung liege nicht beim Herzen. Man müsse komplizierte Tests durchführen, die Will in seinem Zustand nur im Koma überstehen würde. Heute sei mit keinem Ergebnis mehr zu rechnen, es wäre daher besser, wenn Frau und Tochter nach Hause fahren würden. Beide lehnten ab. In diesem Fall könnten sie nicht auf der Intensivstation bleiben. Der Arzt bat sie, im äußeren Wartebereich Platz zu nehmen. Nach kurzem Protest stimmte Kristen zu.

Draußen erwartete sie Dagny Larsson.

»Frau Falk?«

»Sie?« Kristen blieb wie angewurzelt stehen. »Was wollen Sie hier?«

»Wir haben vom Zusammenbruch Ihres Mannes gehört.« Hinter Dagny Larsson erschien ihr Assistent.

»Müssen Sie mich sogar an diesem Ort belästigen?«, erwiderte Kristen scharf. »Haben Sie nicht das kleinste bisschen Respekt? Mein Mann könnte sterben.«

»Das tut mir leid. Trotzdem ist es unumgänglich, dass wir Sie sprechen.«

Seit dem Auftauchen der Kommissarin wusste Alice, dass der Zeitaufschub, den sie sich verschafft hatte, zu Ende ging. In wenigen Augenblicken würde Dagny Larsson Kristen eröffnen, dass Alice auf dem Kommissariat gewesen war.

»Ich bin nicht wegen Ihres Mannes hier«, sagte die Kommissarin. »Ich komme zu Ihnen, Frau Falk.«

Alice glaubte, ihren Ohren nicht zu trauen.

»Was wollen Sie von mir?« Kristen wich einen Schritt zurück.

»Wir haben Fragen zum Tod von Bonnie Håkansson.«

»Nicht jetzt, ausgeschlossen. Nicht in meiner Situation!«

»Wir können das gerne gleich hier machen.«

»Ich weigere mich.«

»In diesem Fall müsste ich Sie auf das Kommissariat bringen lassen.«

»Ich habe alles gesagt, was ich im Zusammenhang mit dem Mord weiß.«

»Aber nicht alles, was Ihre Beziehung zu Bonnie Håkansson betrifft.«

»*Beziehung*?« Kristens Gesicht wurde schmal und kantig. »Sie war meine Freundin. Mehr gibt es dazu nicht zu sagen.«

»Was genau haben Sie während der Tatzeit getan, Frau Falk?«

»Das habe ich schon mehrfach zu Protokoll gegeben.«

»Wir müssen den zeitlichen Ablauf dieses Abends genau rekonstruieren.«

»Ich war im Büro, ich ging mit dem Hund spazieren, dann ging ich zu Bett. Ende der Story.«

»Frau Falk, ich befrage Sie wegen des möglichen Verdachts Ihrer Mittäterschaft im Mordfall Bonnie Håkansson und Walter Dahlberg.«

»Mittäterschaft? Haben Sie völlig den Verstand verloren? Wer sollte in diesem Fall der andere Täter gewesen sein?«

Statt zu antworten, wandte sich Dagny Larsson an Alice. »Frau Viklund, ich muss Sie nun bitten zu gehen.« Die

Mimik der Kommissarin verriet nichts von ihrer heutigen Begegnung mit Alice und dem Verhör, das sie geführt hatte.

»Ich verstehe.« Alice warf Kristen einen bedauernden Blick zu. »Ist es dir recht, wenn ich …?«

Wills Frau schien von ihr gar keine Notiz zu nehmen. »Ohne meinen Anwalt sage ich kein weiteres Wort mehr.« Ihre Miene war stählern, jede Verbindlichkeit war daraus gewichen. »Das dürfte also eine ziemlich einseitige Unterhaltung werden, Frau Larsson.«

Die Kommissarin nickte ohne besondere Überraschung. »Ich nehme an, Ihr Anwalt ist …«

»Hendrik Askoyne«, bestätigte Kristen. »Was wird er dazu sagen, dass Sie mich vom Krankenbett meines sterbenden Mannes abführen wollen?«

»Rufen Sie Ihren Anwalt ruhig an«, erwiderte Dagny Larsson unbeeindruckt. Zugleich hielt sie Alice die Tür auf. »Bitte, Frau Viklund.«

Alice ging. Ihr Schritt hinaus auf den Krankenhausflur war wie ein Sprung in eine andere Welt. Während es drinnen um die Aufklärung des Mordfalles ging, blieb Alice auf dem Korridor mit ihrem eigenen Drama allein. Ohne zu wissen, ob das der Weg zum Ausgang sei, ging sie los. Sie spürte ihre Erschöpfung, die sich wie ein bleiernes Gewicht auf ihre Schultern legte. Letzte Nacht hatte Alice nicht geschlafen. Sie war im Morgengrauen von der Polizei festgesetzt und verhört worden. Nach ihrer Freilassung hatte sie Will und Kristen ihre Lügengeschichte aufgetischt. Sie war mit ihm zusammen zu der muslimischen Familie gefahren, hatte ihn an den See begleitet und seinen Kollaps miterlebt. Sie hatte seinen Körper über eine Wiese geschleppt und Will schließlich ins Krankenhaus gebracht. Mehrere Stunden hatte sie auf die

Nachricht des Arztes gewartet. Nun konnte Alice nicht mehr. Sie war so erschöpft, dass sie sich am liebsten auf den Boden gesetzt und losgeheult hätte. Doch wie schon mehrmals an diesem Tag setzte Alice Schritt vor Schritt.

Gleich darauf erreichte sie den nächtlichen Vorplatz des Krankenhauses. Sie hatte Sehnsucht, an einen Ort zu fahren, der sich wie ein Zuhause anfühlte, aber es gab keinen solchen Ort für sie. Ohne Vorstellung, wohin sie sich wenden sollte, lief Alice auf die erleuchteten Taxischilder zu.

Dicht neben ihr hielt ein dunkler Wagen.

»Steig ein.«

»Du?«, fragte sie nach einer Schrecksekunde. »Was machst du hier?«

»Steig schon ein.« Die Beifahrertür ging auf.

Alice war erleichtert, unvermutet ihrem Ratgeber gegenüberzustehen. Sie brauchte Antworten, und er war der Einzige, der sie geben konnte. Alice ließ sich auf den schwarzen Ledersitz gleiten. Der SUV nahm die Ausfahrt des Krankenhauskomplexes.

34

»Wie steht es um Will?«, fragte er, kaum dass sie sich im fließenden Verkehr befanden.

»Küss mich, Guillermo.« Alice rutschte zu ihm und küsste seine Wange.

»Nicht jetzt.« Er beugte sich zurück.

»Wo fahren wir hin?«

»Zu dir.«

»Du meinst … zu William?«

Er warf ihr einen aufmerksamen Blick zu. »Jetzt, da es mit Will zu Ende geht, darfst du nichts an deinem Verhalten ändern. Du bist Alice, seine besorgte, seine bald schon trauernde Tochter.«

»Ich bin Alice«, wiederholte sie, schob eine Strähne von Guillermos dichtem Haar hinter sein Ohr und glitt mit der Hand über sein Kinn. »Ist das nicht gefährlich, wenn du dich in Wills Haus aufhältst? Man könnte deinen Wagen erkennen.«

Guillermo griff in die Mittelkonsole und holte ein Paar dünne Handschuhe hervor. »Ich fahre den Wagen in die Garage.«

Alice erinnerte sich, dass Wills Saab noch draußen auf dem Golfplatz stand.

»Was wollen wir in seinem Haus?«, fragte sie, als Guillermo die Abzweigung nach Kungsholmen nahm.

»Du hast mir doch bestimmt interessante Dinge zu berichten.«

Sie spürte seinen Blick und wusste, was er meinte.

Wenig später fuhren sie in die Tiefgarage ein. Guillermo löschte die Autolichter, hinter ihnen schloss sich das Tor. Langsam kam er auf Alice zu, die inmitten des unterirdischen Raumes stand, als ob sie auf einem fremden Planeten gelandet sei. Guillermo trug einen perfekt sitzenden schwarzen Anzug, der seine geringe Körpergröße überspielte und ihn schlanker, drahtiger aussehen ließ. Als er vor ihr stand, überragte sie ihn um Hauptеslänge.

»Wir haben es fast geschafft«, flüsterte er.

Alice schlüpfte mit den Armen unter seine Achseln und küsste Guillermo. Sie wünschte sich, ihn jetzt lieben zu können. Guillermos Plan hatte sie in den Abgrund gerissen, zugleich war sein Plan das Einzige, was ihnen übrig blieb. Sie fühlte Guillermos Lippen, seine Hände, die über ihren Rücken strichen und sie am Nacken packten. Sie fühlte seinen Unterleib, der sich gegen ihr Becken presste.

»Wie ist es gelaufen?«

Alice wusste, dass er nur an einer einzigen Sache interessiert war, doch gerade die konnte sie ihm nicht sagen. »Es war schrecklich.«

»Das kann ich mir vorstellen«, antwortete er samtig. »Es ist das letzte Mal, dass du so etwas tun musstest. Deine Arbeit ist fast beendet.« Er sah ihr in die Augen. »Hat er ihn dir gegeben?«

Sie schlug den Blick nieder. Jetzt musste sie sich entscheiden. Wenn Alice die Information erhalten hatte, musste sie sie jetzt preisgeben. Wenn nicht, hätte Alice versagt. Sie hob den Blick. »William hat ihn mir nicht verraten«, antwortete Alice leise.

Sie entdeckte in diesem Moment so viele widerstreitende Gefühle in Guillermos Gesicht, dass sie erschrak. Das weiche Doppelkinn, das ihm etwas Rührendes gab, begann zu zittern. Seine schwarzen Augen, in bestimmten Momenten voll verführerischer Süße, bekamen etwas Teuflisches.

»Das ist nicht wahr.« Sein spanischer Akzent war deutlicher als sonst.

»Leider ist es wahr, Guillermo.«

»Wieso hast du ihn nicht dazu gebracht?«

»Sein Anfall kam so schnell, und er war heftiger als der letzte. Will brach zusammen, bevor er etwas sagen konnte.«

Guillermo hielt Alice immer noch umfasst. »Das glaube ich nicht. Das Barbiturat wirkt nicht so. Es löst einen schleichenden Anfall aus. Atemnot, Herzprobleme, die sich über Stunden hinziehen.«

»Ich weiß nicht, wieso es passiert ist, *mi amor*«, log sie weiter. »Vielleicht war die Dosis zu hoch.«

Er packte ihre Hände fester. »Du lügst.«

»Warum sollte ich dich belügen?«

»William wollte dir den Zugangscode bereits einmal anvertrauen.« Er forschte in ihren Augen.

»Stimmt. Aber wie du mir befohlen hast, sagte ich beim ersten Mal, dass ich ihn nicht wissen will.«

»Das war richtig, weil Will den Code, für den Fall, dass er seine Offenheit bereut hätte, jederzeit wieder ändern könnte. Was ist diesmal passiert? Erzähl es mir ganz genau.«

Sie versuchte, die Hände frei zu kriegen. »Der Besuch bei der Familie in Rinkeby hat ihn angestrengt. Wir saßen am See, plötzlich ist er kollabiert.«

»Er ist zusammengebrochen, ohne etwas zu sagen?«

»Er sagte nur meinen Namen, dann hat er das Bewusstsein verloren.«

»Du hättest ihn vorher fragen müssen.«

»Wie stellst du dir das vor?« Sie lachte verzweifelt. »Übrigens, Will, bevor du stirbst: Könntest du mir verraten, wie ich an dein Geld in Uruguay rankomme?«

Guillermos Augen wurden schmal. »Will hat es dir gesagt«, fuhr er leise fort. »Aber du willst es mir nicht weitergeben.« Sein Griff wurde fester.

»Warum, um Himmels willen, sollte ich das tun?« Sie nahm alle ihre Kraft zusammen, Ehrlichkeit in ihren Blick zu legen.

»Weil du allein an das Geld kommen willst.« Er ließ sie los und trat ein paar Schritte zurück.

»Ohne deine Hilfe wüsste ich gar nicht, wie ich das anstellen soll. Guillermo, hör doch ...« Mit ausgestreckten Armen lief sie auf ihn zu.

»Du lügst!« Er wehrte sie ab.

»Ich lüge nicht.«

Ich lüge, dachte Alice. Weshalb lade ich mir Qual und Schmerz auf, obwohl es so leicht wäre, die Sache zu dem Abschluss zu bringen, den Guillermo geplant hat? Tue ich es für William? Tue ich es meinetwegen, weil ich etwas in mir bewahren will, das von Wert ist?

»Nach allem, was ich durchgemacht habe, glaubst du doch nicht im Ernst, ich würde mir meinen Anteil an zwölf Millionen entgehen lassen. Wenn ich den Code erfahren hätte, weshalb sollte ich ihn dir nicht geben?«

»Weil dein kleines Herz vielleicht für deinen geliebten *Papa* zu schlagen begonnen hat.«

Ja, dachte sie. Vielleicht will ich gar nicht mehr der Exekutor dieses Planes sein. Vielleicht ist ein verletzter, verletzlicher Mensch dazwischen geraten, dem ich das nicht antun darf.

»Denk doch mal logisch«, sagte Alice. »Wenn ich die Zugangscodes erhalten hätte, wäre es folgerichtig, Will auf der Bank sterben zu lassen. Weshalb habe ich ihn wohl in seinem Zustand quer über den Golfplatz geschleppt? Warum habe ich alles getan, um sein Leben zu retten? Weil er nur dann in der Lage ist, mir den Code später noch zu sagen, mir, seiner Tochter, die ihn so viel besser versteht als seine verbissene, gedemütigte Frau? Ist das Beweis genug für dich?«

In seinen Augen war Unsicherheit. Er schien ihr glauben zu wollen, zugeich war Guillermo entsetzlich enttäuscht, weil heute nicht der Tag war, an dem sein komplizierter Plan aufgehen würde. Guillermo war ein Mann, der nur in Begriffen wie »Sieg« und »Niederlage« dachte, dazwischen gab es für ihn keine Nuancen. Geduldig hatte er auf diesen Tag hingearbeitet, seine Enttäuschung musste unendlich sein.

»Lass uns die Nerven bewahren, *mi amor*«, fuhr Alice fort. »Noch ist nichts verloren. Die Ärzte haben Will in ein künstliches Koma versetzt. Sie tun alles, um ihn zu retten. Er wird sich erholen, und danach machen wir weiter.«

Sie hatte seine Hand nicht kommen sehen, hatte nicht einmal bemerkt, wie er ausholte. Guillermos Rechte schlug Alice ins Gesicht, zuerst mit der flachen Hand, dann noch zweimal mit der Faust. Alice spürte ihre Beine nicht mehr. Sie wusste nicht, wo unten und oben war, sah nur noch den Betonboden der Garage auf sich zurasen.

Im Erwachen fragte sie sich, warum ein Tiger an ihrer Unterlippe fraß. Der Schmerz, den der Tiger verursachte, hatte sie geweckt. Sie wollte an die schmerzende Stelle fassen, da entdeckte sie, dass sie ihre Arme nicht bewegen konnte. Irgendetwas hielt ihre Hände am Stuhl fest, so wie ihre Beine am Fuß des Stuhles arretiert waren.

Alice senkte den Kopf und erkannte einen rollbaren Bürostuhl, den man wohl ausrangiert und in die Garage verbannt hatte. Sie spürte das Klebeband um ihre Fußgelenke, erkannte die Deckenbeleuchtung über sich. Vor sich sah sie Wills BMW und Guillermos schwarzen SUV.

Aus der Dunkelheit kam Guillermo ins Licht der Leuchtstoffröhre. Er hatte das schwarze Sakko ausgezogen und die Ärmel hochgekrempelt. Er trug Handschuhe.

»Dass du mir das antust«, sagte er.

»Ich, dir?« Was war mit ihrem Mund geschehen? Die Stelle, wo der Tiger zugebissen hatte, ließ sich nicht mehr vollständig schließen.

»Ich will das Geld«, sagte Guillermo. »Mit diesem Geld hätten wir irgendwo auf der Welt ein neues Leben beginnen können. Leider hast du dich anders entschieden. Deshalb zwingst du mich, solche Dinge zu tun.«

»Bitte, Guillermo, hör auf damit.«

Traurig senkte er den Kopf. »Ich fürchte, ich habe noch nicht einmal begonnen.«

»Was willst du tun?«

»Ich will, dass du mir sagst, was ich hören möchte – Alice.«

Sie kämpfte gegen den Schmerz in ihrem Mund an. »Ich bin nicht Alice.«

»Ich weiß.« Er beugte sich vor ihr Gesicht. »Aber du warst

als Alice wunderbarer, als es eine echte Alice je hätte sein können. Du warst die perfekte Reinkarnation von Madelaine.« Er lächelte, es wirkte ehrlich. »Bitte, sag mir jetzt: Wie lautet der Code?«

35

Kristen wünschte sich ihren Spiegel herbei. Sie wollte mit jemandem diskutieren, der ihre Brillanz besaß und ihre Fähigkeit, einem Gegner drei bis vier Schachzüge voraus zu sein. Diese Kommissarin stocherte doch nur im Sumpf ihrer unzureichenden Indizien herum und versuchte, sie Kristen gegenüber als Beweise aufzubauschen. Dagny Larsson hatte nichts in der Hand, nichts als eine Ahnung, wie sich der Mord tatsächlich abgespielt hatte. Doch weil Kristen vorgesorgt hatte, würde sie diese Ahnung niemals beweisen können.

Kristen langweilte das Verhör, trotzdem legte sie jedes Wort auf die Goldwaage. Sie beantwortete Larssons Fragen präzise, berücksichtigte die Hinweise ihres eilig herbeigeeilten Anwalts, spielte die angespannte und daher aggressive Gattin eines Mannes, der zwischen Leben und Tod schwebte, und verfolgte die Neuigkeiten über seinen Zustand mit einer angemessenen Mischung aus Sorge und Hoffnung.

Die Ärzte suchten immer noch nach der Ursache des organischen Zusammenbruchs von William. Das künstliche Koma verschaffte ihnen die Zeit dafür. Zeit war auch für Kristen der entscheidende Faktor. So rasch wie möglich musste sie die ärgerliche Befragung beenden und aufbrechen, um zum Kern der Geschehnisse vorzustoßen. Denn der Kern der Geschehnisse befand sich nicht in diesem Krankenhaus.

William würde entweder sterben oder den Anfall überleben. Sollte er überleben, wäre er nicht mehr der Alte. Selbst der Organismus des Mannes, dem ein geheimnisvolles Jugend-Gen innezuwohnen schien und der mit vierundfünzig die Ausstrahlung eines Enddreißigers hatte, würde aus zwei solchen Zusammenbrüchen nicht unbeschadet hervorgehen. Will wäre behindert, ein gebrochener Mann, vermutlich arbeitsunfähig. Das würde Kristen entweder in die Lage versetzen, die Firma in seinem Namen weiterzuführen, bis sie ihn eines Tages als würdig trauernde Witwe beerben würde oder …

Dieses Oder versetzte Kristen in eine Unruhe, die sie veranlasste, dem Gespräch jetzt sofort eine entscheidende Wendung zu geben. Ihr Anwalt dagegen verfolgte die Taktik, die Kommissarin auf Suggestivfragen und andere juristische Spitzfindigkeiten hinzuweisen. Das war überflüssig. Kristens Aussage fußte auf solidem Grund. Der einzige Mensch, der sie in Gefahr hätte bringen können, war Bonnie Håkansson gewesen, und die war tot. Kristen hielt den Moment für gekommen, die Karte der nervlich bis an die Grenzen belasteten Ehefrau zu spielen.

Sie sprang auf, vergewisserte sich, dass ihre eben zurückgeschobene Haarsträhne wirkungsvoll in die Stirn fiel, breitete die Arme aus und rief mit gellender Stimme: »Ich mache das nicht länger mit. Ich will jetzt zu meinem Mann! Entweder Sie lassen mich gehen oder Sie verhaften mich. Aber ich bleibe nicht länger hier sitzen, während William mit dem Tode ringt.«

Möglicherweise durchschaute die Kommissarin Kristens Dramatik, ihre weit aufgerissenen Augen, die sich überschlagende Stimme, trotzdem antwortete Dagny Larsson nach kurzer Überlegung: »Für den Moment lassen wir es dabei bewenden, Frau Falk. Ihre Aussage ist unzureichend. Ich fordere Sie daher auf, die Stadt nicht zu verlassen.«

»Weshalb sollte ich Stockholm verlassen? Ich bleibe bei meinem kranken Mann.«

Während Dagny Larsson hinausging, sagte sie zu ihrem Assistenten: »Ich möchte jetzt mit dem Arzt sprechen.«

Kristen bedankte sich bei Hendrik Askoyne, erstickte dessen Versuch, den Ausgang des Verhörs zu analysieren, im Keim und eilte auf die Intensivstation. Der Oberarzt erklärte, dass sich an Williams Zustand nichts ändern würde, solange sie das Koma aufrechterhielten. Kristen ließ sich von ihm überreden, dass es wohl das Vernünftigste wäre, nach Hause zu fahren und sich auszuruhen.

Sie verließ die Klinik, bestieg ein Taxi und ließ sich nach Kungsholmen bringen. Zu Hause angekommen, sprang ihr Jasper aufgeregt entgegen. Es war nicht nur Freude, weshalb er so aus dem Häuschen war.

»Ist ja gut, du armer Kerl.« Sie streichelte ihn. »So lange hat dich deine Mama allein gelassen. Komm, ich weiß genau, was du willst.« Kristen öffnete die Gartentür. Normalerweise erlaubte sie Jasper nicht, sich im Gras zu erleichtern, aber heute machte sie eine Ausnahme.

Während der Hund sein Geschäft verrichtete, legte Kristen den Hausschlüssel auf die Konsole unter dem Spiegel und betrachtete ihr Ebenbild. Blasser, schmaler schaute ihr diese Frau entgegen, doch bei den Schicksalsschlägen, die sie zu verkraften hatte, war das nicht weiter verwunderlich. Kristen fand ihr Gesicht hoch konzentriert, jeder Muskel schien auf das Ergebnis fokussiert zu sein. »Gut so«, sagte sie zu ihrem Spiegelbild und ging in den Salon.

»Du kommst spät«, sagte er.

»Diese verdammte Kommissarin hat mich festgenagelt.«

»Gibt es etwas Neues?« Er überschlug die Beine auf dem Sofa.

»Möglicherweise werde ich dich ans Messer liefern müssen. Ich werde sagen, dass du es warst, der Bonnie erschossen hat.« Kristen ließ ihren Satz einen Augenblick wirken und entkräftete ihn durch ein Lächeln. »Wenn du mir allerdings gleich erzählst, was ich hören möchte, verschone ich dich ... vielleicht.«

Es entging ihr nicht, dass sich Guillermo während ihrer scherzhaften Drohung verspannt hatte. »Du hast hoffentlich nichts angefasst, seit du hier bist«, sagte sie fürsorglich.

»Ich fange an, in den Dingern zu schwitzen.« Er hob die Hände, sie steckten in dunklen Lederhandschuhen. »Der Hund hat mich wahnsinnig gemacht mit seiner Bellerei.«

»Du hättest ihn in den Garten lassen sollen.« Kristen ging zur Hausbar. Sie hatte Lust, sich einen Birnenbrand einzuschenken, aber die Klarheit ihres Verstandes war ihr wichtiger. »Ist sie auf ihrem Zimmer?«, fragte sie über die Schulter.

»Nein.«

»Du lässt sie doch hoffentlich nicht frei herumlaufen.«

»Sie ist unten.«

»In der Garage?«

»Ich habe schlechte Neuigkeiten«, antwortete der Hispano.

Kristen ließ Soda in ein Glas zischen und kam mit dem Getränk zur Couch.

»Sie hat die Codes nicht gekriegt.«

»Doch. Sie hat die Codes bekommen, da bin ich sicher.« Kristen glitt neben ihn auf das Sofa. »Bis jetzt war Alice in jedem Punkt erfolgreich. Sie ist professionell, eiskalt und geldgierig. Sie ist die perfekte Person für den perfekten Job. Sie kann nicht gescheitert sein.« Als ob sie und Guillermo eine gewöhnliche Unterhaltung führen würden, nippte Kristen an ihrem Wasser. »Erzähl mir also nicht, dass sie Will die Codes nicht aus der Nase gezogen hat.«

»Das solltest du ihr sagen, nicht mir. Ich habe einiges versucht, um die Information aus ihr herauszukriegen.«

»Du hast sie gefoltert?«

»Man sieht nichts davon. Fast nichts.«

»Du bist ein Idiot.«

Für einen Moment erstarrte die freundliche, bronzefarbene Maske des Südländers. Er mag es nicht, wenn man ihn für dämlich hält, dachte sie, trotzdem ist er es. Was wieder einmal beweist, dass die dümmsten Leute in hohe Positionen aufsteigen können.

»Ich bin gespannt, ob du es besser machen wirst«, antwortete er frostig.

»Hast du sie betäubt?«

»Nein. Trotzdem läuft sie uns nicht weg.« Sein Lächeln sollte triumphierend wirken, sah aber nur blasiert aus. »Sie erwartet dich.«

»Was hat sie erzählt?« Kristen stellte ihr Glas beiseite und streichelte Guillermos Knie. Es schadete dem Ergebnis, wenn er sich widerborstig anstellte.

»Sie behauptet, Wills Zusammenbruch sei so plötzlich gekommen, dass er nicht mehr in der Lage war, ihr die nötige Information zu geben. Deshalb hat sie ihn am Seeufer auch nicht verrecken lassen, sondern quer über den Golfplatz geschleppt.« Guillermo fasste Kristens Hand. »Vielleicht sagt sie die Wahrhheit.«

Alice lügt, dachte Kristen. Warum lügt sie? So unvernünftig

konnte niemand sein: Ein Pferd, das bereits den Stall witterte, wurde nicht langsamer, sondern schneller. Kristen schwieg, Guillermo sollte ihre Zweifel nicht mitbekommen. Das Leder seiner Handschuhe fühlte sich warm an. Als Geschäftsmann war er gierig, als Liebhaber berechnend.

Sie dachte an die Liebesnacht in Lübeck zurück. Zauberhaft war es gewesen. Obwohl Guillermo sich vor allem im Licht des ausdauernden Liebhabers sonnte und es ihm weniger um Kristen ging als um seine eigene Befriedigung, hatte er ihr eine unvergessliche Nacht beschert.

Seit der Misserfolg sein ständiger Begleiter geworden war, seit man ihn aus dem Vorstand der Bank in Uruguay hinausgeworfen hatte, seit er seiner verwöhnten Frau vorlügen musste, dass er nach wie vor ein erfolgreicher Manager war, zeigte Guillermo zu viele Emotionen, das konnte gefährlich werden. Er war vom Erfolg dieses Deals abhängiger als Kristen. Guillermo besaß buchstäblich nichts mehr. Was er an Mitteln gebraucht hatte, um Will gegenüber als smarter Banker aufzutreten, hatte Kristen ihm geliehen. Dafür hatte der Señor alles riskiert und war weiter gegangen, als selbst Kristen ihm zugetraut hätte. Wenn die Sache schiefging, war Guillermo am Ende.

»Dann sehe ich mir Alice mal an.« Sie stand auf. Als Guillermo ihr zur Treppe folgte, trat sie ihm in den Weg. »Bleib hier. Mit mir allein ist sie bestimmt gesprächiger.«

»Wie du willst.«

Während Kristen die Stufen in die Garage nahm, überfiel sie die Angst, was geschehen würde, wenn ihr Plan nicht aufgehen sollte. Sie hatte sich durch Guillermo, ihren Strohmann, abgesichert: Bis jetzt wusste Alice nichts von Kristens Mittäterschaft. Doch mitunter hatte sie ihre Tarnung lüften müssen, um Alice in die entsprechende Richtung zu dirigieren. Wenn sie ihr nun gleich gegenübertrat, musste Kristen Carte blanche spielen. Das war ein Risiko, das Kristen hasste. Auf der schwach beleuchteten Treppe schloss sie die Augen, kontrollierte ihren fließenden Atem und wartete, bis sie die innere Ruhe fand, um ihren Weg fortzusetzen.

Kristen hatte Madelaine bekämpft, seit sie ihr in der Kunstgalerie zum ersten Mal begegnet war. Keine Frau hätte mehr Demütigungen durch eine andere Frau ertragen können als sie. Elf Jahre lang war Madelaine der Stachel in Kristens Fleisch gewesen, die Wunde, die sich niemals schließen wollte, der Betrug und die Lüge, die Erniedrigung und der lebende Beweis, dass William Kristen nicht liebte, nie geliebt hatte und niemals lieben würde.

Was fühlte eine Frau, die seit ihrer Jugend nie wirklich begehrt worden war? Kristen hatte sich in eine Nische gerettet, in der sie überleben konnte, die Nische der klugen Frau, die sich in ihrem Beruf bewies, der modernen Frau, die sich nicht auf ihre äußerliche Wirkung reduzieren ließ. Wäre es andererseits nicht wunderbar für sie gewesen, wenigstens manchmal auf Äußerlichkeiten reduziert und als Objekt der Begierde behandelt zu werden?

Elf Jahre lang hatte Kristen in der trügerischen Hoffnung gelebt, dass William sie eines Tages lieben würde, weil er erkannt hätte, wer seine wahre Seelengefährtin war. Dieser Illusion hatte Kristen ihr Leben untergeordnet. Sie hatte sich mit erbärmlichem, unpersönlichem Sex abspeisen lassen. Da er schon in den ersten Jahren immer seltener mit ihr schlief, hatte Kristen zu einem demütigenden Hilfsmittel gegriffen: Sie hatte ihm angeboten, jede Woche einen Tag im Kalender zu markieren, an dem sie Sex haben würden. Das hatte kurz funktioniert, doch bald war aus dem Wochenturnus ein monatlicher Intervall geworden. Als Kristen ihn darauf ansprach, hatte Will ihr weisgemacht, dass er allmählich impotent werde und sich im Bett vor ihr schäme. Seine *Impotenz* hatte sich allerdings nur auf Kristen beschränkt, wie sie bald herausfand.

Im vierten Ehejahr waren Kristen die Augen aufgegangen. Sie fand heraus, dass Will sich weiterhin mit Madelaine traf. Die Art und Weise, wie Kristen das lernen musste, war der Gipfel der Demütigung, es war der Trigger, durch den ihr dunkler Plan zum Leben erweckt worden war.

Kristen liebte William so sehr, so über beide Ohren, dass sie Stunden ohne ihn fast nicht ertragen konnte. Deshalb folgte sie William manchmal, ohne dass er es wusste. Es steckte keine Eifersucht dahinter, sie freute sich einfach daran, ihren Mann zu beobachten, wenn er sich unbeobachtet fühlte. Zu Beginn ging sie ihm auf kurzen Wegen heimlich nach, später folgte sie ihm sogar im Auto. Bei einer solchen Gelegenheit hatte er einen Weg eingeschlagen, der Kristen unbekannt war, er führte zu einem Motel an Stockholms Stadtrand. Auch wenn sie ahnte, dass er sich zu einem erotischen Stelldichein treffen könnte, hatte sie mit einer Wahrheit wie dieser nicht gerechnet. Will war mit Madelaine verabredet gewesen. Der Schock, die Künstlerin dort auftauchen zu sehen und zu beobachten, wie Will sie schon vor dem Motelzimmer leidenschaftlich küsste, drang in Kristen ein wie eine tödliche Infektion, von der sie sich nie wieder erholte.

Zuerst wollte sie sofort wieder nach Hause fahren und Will am Abend mit ihrer Entdeckung konfrontieren. Aber Kristen konnte nicht. Sie war außerstande, das Motelgelände zu verlassen. Stattdessen schlich sie auf die Rückseite, wo die

Zufahrtsrampe der Stadtautobahn begann. Das Fenster der Liebenden war hell erleuchtet. Sie hielten es nicht für nötig, die Vorhänge zu schließen. Kristen musste mit ansehen, was wahre Leidenschaft bedeutete. Sie musste die Art von körperlicher Liebe beobachten, die sie sich seit Jahren von William wünschte, die er ihr aber nie gegeben hatte. Er ließ Madelaine gegenüber alle Register spielen, die des zärtlichen Romantikers, des fantasievollen Verführers und des enthemmten Stieres. Die genusssüchtige Madelaine, nach außen kühl und hoheitsvoll, wurde zur hemmungslosen Hetäre, die William zu unglaublichen Leistungen inspirierte. In ihrem Versteck am Fuße der Autobahn erinnerte sich Kristen daran, dass William normalerweise nach der ersten, hastig durchlittenen Ejakulation schon das Handtuch warf. Wenn jemals einer betrogenen Frau der wahre, leidenschaftliche Charakter ihres Mannes vor Augen geführt worden war, dann Kristen angesichts des Bacchanals von Will und Madelaine.

Kristens Gang durch das Tränental eines kalten Ehelebens endete an diesem Abend. Ihr wurde klar, dass sie nicht weiter dulden und leiden, nicht länger sinnlos hoffen durfte, sondern handeln musste. Sie begann, Will auch in anderen Lebensbereichen auszuforschen. Nach außen führte er das geschäftlich erfolgreiche bürgerliche Leben eines Juweliers, doch bald kam sie hinter ein liebevoll gehütetes Geheimnis: das Depot in Uruguay. William versteckte Geld vor ihr. Kristens Recherchen führten folgerichtig zu Guillermo, dem anderen Geheimnis Williams, seinem Freund aus Jugendtagen, dem südamerikanischen Bankdirektor, der für einen Winner gehalten werden wollte und in Wirklichkeit ein Loser war.

Kristens Bekanntschaft mit Guillermo begann spielerisch, beide kamen überein, Will in dem Glauben zu lassen, dass sein Geheimnis unentdeckt geblieben sei. Kristen und Guillermo wurden zunächst Verbündete, später Bettgenossen.

Schließlich spielte das Schicksal ihr den entscheidenden Trumpf in die Hand, einen Glücksfall, wie Kristen ihn brauchte und für sich angemessen fand. Madelaine erkrankte. Ihr Lebensfaden wurde brutal abgeschnitten. Sie hatte ihrer Gesundheit nie viel Aufmerksamkeit geschenkt, weshalb der Krebs bei ihr erst festgestellt wurde, als es schon zu spät war. Für Kristen stellte die Krankheit eine Strafe dar, die zwar Madelaine traf, für William aber den größeren Schicksalsschlag bedeutete. Der Ästhet, der Juwelier, der berufsmäßig unermüdlich Schönheit erschuf, musste mit ansehen, wie seine perfekte Madelaine ihre Schönheit verlor, wie sie hinfällig, ausgemergelt, hässlich wurde. Madelaine erfuhr nicht die Gnade, dass die Krankheit das Edle und Kostbare in ihr zum Vorschein brachte, sondern nur das Verdorbene, das Bornierte, die Genusssucht, die Hoffart dieser lebenslang von Eitelkeit verdorbenen Frau.

William litt in einem Maß an der Tatsache, dass Madelaine ihren letzten Weg antrat, dass er jede Rücksicht auf seine Ehe fahren ließ. Er gestand Kristen das jahrelange Verhältnis, seine nicht enden wollende Liebe zu Madelaine und seine tiefe Traurigkeit. Von diesem Moment an wusste Kristen, wie sie vorzugehen hatte. Sie hatte ihre mephistophelische Rolle gefunden, in der sie ihrem Mann alle Demütigungen heimzahlen konnte.

Kristen lebte sich in dieser Rolle genüsslich ein: Sie erfand eine Frau, die ewig verzieh und ihren Mann durch ihre allumfassende Vergebung verstummen ließ. Obwohl Will sich bis zu Madelaines Tod rührend um sie kümmerte und kaum von ihrer Seite wich, war er durch Kristens Verhalten zutiefst beeindruckt. Möglich, dass er sie damals, als sie nur noch ihren Hass auf ihn auslebte, zum ersten Mal zu lieben begann. Williams Liebe gründete auf einem Betrug, seine Liebe gedieh auf dem Nährboden des Hasses. Das zu erleben und weiter zu schüren war aphrodisierend für Kristen. Hinter ihrer allumfassenden Verzeihung lauerte die Vergeltung für alles, was Will ihr angetan hatte. Hier lauerte sein Untergang.

William verlor Madelaine. Während er sich seiner Trauer hingab, ließ Kristen nicht einen Tag in ihren Bemühungen nach. Sie machte sich auf die Suche nach einer geklonten Madelaine. Lange Zeit wurde sie nicht fündig; es schien unmöglich, etwas Einmaliges wie Madelaine neu zu erschaffen. Zuletzt fand sie zwar kein perfektes Objekt, immerhin aber eine Person, die an das Gesuchte fast heranreichte. Sie fand Asta Stein, eine erfolglose dänische Schauspielerin, die Madelaine in ihrer äußeren Fassade erstaunlich ähnelte. Leider besaß Asta nichts von Madelaines Strahlkraft. Asta war das Scheitern in die Wiege gelegt worden. Als ungeliebtes Kind einer alleinerziehenden Mutter hatte sie wenig Selbstvertrauen mitbekommen. Sie war hübsch, aber unbegabt, undiszipliniert und psychopathisch veranlagt. Als Teenager hatte sie an Magersucht gelitten, war drogenabhängig gewesen und in der Folge Kleptomanin geworden. Astas Mutter hatte sie in ein Erziehungsheim abgeschoben. Damit wurde Asta Stein die bestmögliche Darstellerin für jene Rolle, die Kristen zu vergeben hatte, die größte Rolle in Astas Leben. Ihr wurde dafür eine Gage in Aussicht gestellt, die sie woanders mit ihrer mangelnden Begabung niemals hätte verdienen können.

Nach kurzem Zögern übernahm Asta die Aufgabe mit sämtlichen Konsequenzen. Sie war mit kosmetischen Korrekturen einverstanden, die ihre Ähnlichkeit mit Madelaine perfektionierten. Asta stimmte zu, zu Alice zu werden und diese Rolle bis zu Williams Tod, jedenfalls aber bis zu dem Zeitpunkt zu spielen, an dem er ihr den Zugangscode zu dem Depot anvertrauen würde, auf dem sich zwölf Millionen Dollar angesammelt hatten. Kristen wollte Will nicht nur brechen und erniedrigen, sie wollte ihn als reiche Frau verlassen.

So hatte damals nach Madelaines Tod alles begonnen. Und so endete es in der Garage des Falk'schen Hauses. Kristen nahm die letzten Treppenstufen in den Keller und öffnete die Tür zu dem unterirdischen Raum.

DIE HÖLLE

36 Sie betrachtete die Blutergüsse, die aufgeplatzte Haut und das geronnene Blut an Astas Mundwinkel.

»Lass mich dir zunächst sagen, wie sehr es mir leidtut, was Guillermo dir angetan hat. Sein südländisches Temperament ist manchmal unberechenbar. Das hat seine Vor- und Nachteile.«

Kristen genoss die Sekunden, als die misshandelte junge Frau die Wahrheit begriff. Es begann mit einem Ausdruck des Nicht-Fassen-Könnens, verwandelte sich in ein Nicht-Glauben-Wollen und mündete in einen Schock von gleißender Erbarmungslosigkeit. Alice erkannte das wahre Ausmaß von Kristens Plan, ihre Raffiniertheit, ihre dämonische Energie. Der Augenblick fühlte sich für Kristen wie das schönste Kompliment an, das sie je bekommen hatte. Ihr Leben lang war sie immer unterschätzt worden. Man sah sie als die freundliche, patente, intelligente Kristen, die Frau an der Seite eines charismatischen Mannes. Niemand hatte die mörderische, gewissenlose Täterin in ihr auch nur geahnt, bis zu diesem Moment, der für Alice der schlimmste ihres Lebens werden sollte.

Kristen beobachtete das Erwachen der Furcht, die Todesangst in Alices Augen. Währenddessen gab sie sich der Fantasie hin, nicht Asta oder Alice, sondern der wehrlosen Madelaine gegenüberzusitzen. Nun hatte sie die alte Feindin endgültig besiegt. Diese prickelnde Illusion gab Kristen die Kraft, das Logische, das Effektive und das Richtige zu tun.

»Du bist Madelaine«, sagte sie leise, beinahe zärtlich. »Du bist in einem Maß zu Madelaine geworden, wie ich es mir nicht hätte träumen lassen.«

»Ich bin nicht Madelaine.« Durch den Bluterguss an der Lippe fiel Asta das Sprechen schwer. »Ich bin ...«

Kristen hob die Hand so, wie man eine Untergebene zum Schweigen bringt. »Wir wissen, wer du bist. Sei weiterhin Madelaines scharfsinnige Tochter, damit du verstehst, was ich dir jetzt sage. Wenn du nicht nur Madelaines Schönheit, sondern auch ihre Klugheit besitzen würdest, müsstest du einsehen, dass es nur einen einzigen klar definierten, genau abgegrenzten Weg gibt, den du ab jetzt einschlagen kannst.«

Kristen holte einen Hocker aus der Ecke und setzte sich der Gefesselten gegenüber.

»Du bist Schauspielerin. Als solche hast du ein ungewöhnliches Engagement angenommen. Wir wissen, dass du nicht wählerisch sein konntest, du warst seit Jahren arbeitslos. Die Gründe dafür waren deine Drogensucht, zwei Verurteilungen wegen Diebstahls und deine mangelnde Begabung. Du wurdest von mir ausgewählt, weil du eine gewisse Ähnlichkeit mit Madelaine besitzt. Wir haben dieser Tatsache nachgeholfen. Die Nasenkorrektur und der Eingriff an deinen Zähnen waren schmerzhaft, aber zu deinem Vorteil. Wir fanden es praktisch, dass sich deine wirkliche Biografie mit der von Alice deckte, weshalb du nicht allzu viel zu spielen brauchtest. Ich gebe zu, dass du deine Aufgabe bis jetzt exzellent erledigt hast. Will hat dir deine Rolle bedingungslos geglaubt, aus dem einfachen Grund, weil er sie glauben *wollte*.

Deine gefälschten Dokumente, der DNA-Test, den ich nicht mit deinem, sondern mit einem Haar von Wills Schwester durchführen ließ, all das wäre im Grunde nicht erforderlich gewesen, denn William hat sich Madelaines Wiederkehr so innig gewünscht, dass er von Anfang an rettungslos verloren war. Plötzlich hatte der kinderlose Mann eine Tochter und zwar nicht irgendeine, sondern Madelaines Tochter. Diese Tatsache hat ihn in den siebten Himmel gehoben, und wie wir wissen, verliert man dort rasch sein klares Urteilsvermögen.«

»Hören Sie auf«, flüsterte Asta. »Warum tun Sie das?«

»Weil ich dich daran erinnere, dass du dein klares Urteilsvermögen behalten solltest. Zehn Prozent von zwölf Millionen sind mehr Geld, als du im Leben je verdienen wirst.«

»Ich kann Ihnen nichts sagen«, keuchte Asta. »Ich weiß nichts.« Verzweifelt zerrte sie an ihren Fesseln, zuckte vor Schmerz zusammen und saß entkräftet da.

»Ich habe dich noch gar nichts gefragt.« Kristen nickte geduldig. »Du bist verwirrt, das verstehe ich. Du solltest dir klarmachen, dass, wenn du diesen Zugangscode nicht preisgibst, Guillermo dich umbringen wird. Er muss es tun, weil wir uns nicht leisten können, dass du frei herumläufst und von deiner letzten Rolle erzählst.« Kristen fixierte ihr Gegenüber durch die Stahlbrille. »Oder hast du das etwa schon getan?«

»Ich habe nichts gesagt. Hat die Polizistin das etwa behauptet?«, keuchte Asta, ohne die Konsequenzen zu bedenken.

»Die Polizistin?« Kristens Miene wurde grausam und hart. »Du hast mit Dagny Larsson gesprochen. Wann? In der Nacht, als du angeblich den Mond betrachtet hast? Was hast du ihr verraten?«

Sie sprang auf und schlug Asta mit voller Kraft ins Gesicht.

Der Diamant ihres Brillantringes brachte der Wehrlosen einen tiefen Schnitt bei. Blut lief über ihre Wange.

Kristen beruhigte sich wieder. »Ich glaube eigentlich nicht, dass du irgendetwas verraten hast. Schon Will zuliebe hast du geschwiegen.« Sie beugte sich zu dem bleichen, verängstigten Gesicht. »Aber du hast mit der Kommissarin gesprochen, habe ich recht?«

Asta nickte mit weit aufgerissenen Augen.

»Was wollte sie wissen?«

»Sie hat ein Foto, einen Schnappschuss von Bonnie Håkansson und mir. Er muss zufällig entstanden sein.«

Für einen Moment verlor Kristen die Fassung. »Das ist unmöglich. Ich habe alle Fotos auf Bonnies Handy gelöscht.«

Eine unheilvolle Stille breitete sich in der Garage aus. Asta lehnte sich zurück, als wollte sie vor Kristens Nähe zurückweichen. »Sie waren es?«, flüsterte sie. »Sie haben …? Sie sind es gewesen?«

Kristen strich ihr Haar hinters Ohr. »Leider konnte ich deine unselige Begegnung mit der Kommissarin in Garpegården nicht vorhersehen. Hast du der Polizei verraten, dass du nicht Madelaines Tochter bist?«

»Nein.«

Argwöhnisch beugte sich Kristen dicht vor Asta. »Hat man deine Papiere denn nicht überprüft?«

»Nicht besonders gründlich. Guillermo hat mir versichert, die Papiere wären wasserdicht.«

»Das sind sie auch. Was geschah dann?«

»Frau Larsson hat mich wieder gehen lassen.«

»Einfach so? Du lügst.«

»Wenn ich lügen würde, hätte Sie die Polizei längst aufgespürt.« Alices Keuchen ging in ein Weinen über.

Kristen nahm wieder Platz. Ja, die Polizei hat mich aufgespürt, dachte sie. Dagny Larsson weiß etwas, aber offenbar nicht genug, damit es für eine Verhaftung reicht. »Wir sind fast am Ziel, Asta«, sagte sie mit verändertem Ton. »Wir haben große Anstrengungen unternommen, und als Lohn wollen wir jetzt dieses Geld. Wir brauchen es. Du weißt, wie wir an das Geld herankommen.«

»Will hat mir nichts gesagt«, antwortete Asta unter Tränen. »Ich weiß nichts. Ich weiß gar nichts!« Sie wand sich auf dem Drehstuhl.

Kristen packte Astas Kopf mit beiden Händen. »Wenn du uns den Zugangscode nicht verrätst, stirbst du, ist dir das klar? William wird sterben, so oder so. Die Ärzte geben ihm nicht einmal mehr vierundzwanzig Stunden. Wozu willst du das Geheimnis über seinen Tod hinaus bewahren? Wem nützt ein Vermögen, das sinnlos auf einem Depot verrottet? Falls du jedoch darauf spekulieren solltest, das Geld für dich allein zu holen, schlag dir das aus dem Kopf. Ohne Guillermos Hilfe ist an das Konto nicht heranzukommen.« Sie betonte jede einzelne Silbe des nächsten Satzes. »Wir brauchen das Passwort. Sag mir das Passwort, und alle kriegen, was ihnen zusteht.«

Kristen sah der jungen Frau an, dass sie schwankte. Asta, die ewig Erfolglose, schien innerlich bereit zu sein, das Geheimnis preiszugeben. Aber Alice, Madelaines stolze Tochter, war noch nicht so weit. Die Tochter, die Williams Liebe gewonnen hatte, war nicht bereit, ihren Vater zu verraten.

Kristen seufzte. Wie sehr wünschte sie sich in diesem Moment ihren Spiegel herbei. Sie hasste es, ständig mit Leuten sprechen zu müssen, die unter ihrem Niveau waren. Geduld, dachte Kristen, nur noch ein klein wenig Geduld.

Sie stand auf und ging zur Werkbank am Ende der Garage. Niemand ließ sich töten, um das Geheimnis eines Sterbenden zu hüten, das war Kristens Hoffnung. Sie suchte ein Instrument, mit dem sie Asta überzeugen konnte, dass sich dieser Ort in eine Hölle voller Qualen verwandeln würde, wenn sie ihren Widerstand nicht aufgeben würde. Kristen fand das pefekte Gerät, klein, handlich und, richtig angewandt, von unendlicher Grausamkeit. Kristen näherte sich der Wehrlosen.

37 Gedanken? Worte, Geräusche, Lieder, ein Lied? Es ist ein Lied, sagte William zu sich. Ich höre ein Lied an einem Ort, wo man normalerweise nichts hört, nichts erkennt, nichts unternimmt. Ich bin in einem Vorhof. Keiner bleibt hier für alle Ewigkeit, es ist eine Zwischenstation, dahinter beginnt besetztes Gebiet, der Tod hält es besetzt. Früher oder später muss jeder dort hinaus. Es gibt nur zwei Arten zu sterben, sagte William zu sich, entweder das Herz hört zu schlagen auf, oder der Atem setzt aus. Alle anderen Todesursachen sind untergeordnet. Werde ich aufhören zu atmen? Ich will lieber noch ein bisschen singen, dieses wunderschöne Lied. – *Es war, als hätt der Himmel die Erde still geküsst, dass sie im Blütenschimmer von ihm nur träumen müsst. Die Luft ging durch die Felder, die Ähren wogten sacht. Es rauschten leis die Wälder, so sternklar war die Nacht.*

Jetzt ist tatsächlich die Zeit der Ähren, der Wälder und der Erdbeeren, sagte William, es ist Sommerszeit, Sommer in Schweden. Ich liebe dieses Lied. Meine Frau hat es mir beigebracht, meine wunderbare deutsche Frau. Sie ist voll Liebe, darum hat sie mich das zärtlichste aller Lieder gelehrt.

Meine Frau hat versucht, mich umzubringen, sagte William zu sich. Ich habe keinen Beweis dafür und werde wohl auch nie einen haben. Aber in diesem Vorhof, abgeschnitten von Gedanken, unbeeinflusst von Gefühlen, weiß ich, dass es so ist. Woher ich das weiß? Weil es die einzig mögliche Erklärung ist, wenn man alle anderen Möglichkeiten ausgeschlossen hat. Sobald ich diesen Vorhof verlasse, werde ich es vergessen haben, aber an diesem zeit- und raumlosen Ort habe ich die Gewissheit, dass meine Frau die Ursache meines Todes ist.

William blieb in seiner Zwischenstation, ohne Wissen um Himmel oder Hölle, sogar ohne Wissen um den Tod. Außerhalb des Vorhofes suchten die Ärzte nach der Ursache für seinen Zustand. Es war nicht das Herz, das versagte, trotzdem würde jenes geheimnisvolle Übel sein Herz eines Tages zum Stillstand bringen. Aber noch nicht heute. Es gab kein Heute an diesem Ort, der sich zur Unendlichkeit weitete. – *Und meine Seele spannte weit ihre Flügel aus, flog durch die stillen Lande, als flöge sie nach Haus.* – Diesen letzten Gedanken sandte William an Alice. Er hatte ihr diese Zeile beigebracht. Sie wusste, was sie damit anfangen sollte. Alice weiß es, sagte William.

Je weiter sich der rote Balken seinem rechten Ende näherte, wurde er zu einem grünen Balken. Wenn der Balken vollkommen grün sein würde, hatte er seinen Zweck erfüllt.

Zwei Augenpaare folgten der Bahn des Balkens. Guillermo hatte sich bei seiner Bank in Uruguay eingeloggt, das Depot von William Falk angewählt und die Kennziffer eingegeben. Danach wurde er zum nächsten Schritt aufgefordert, die Eingabe der Sicherheitskennung. Da Guillermo kein Wort Deutsch sprach, hatte Kristen das Tippen übernommen. Ihre Finger hatten gezittert, ihre Hände waren feucht. Erregt hatte Kristen jene Worte getippt, die Will durch sie kennengelernt hatte. Nicht in hundert Jahren wäre sie darauf gekommen, dass er das Eichendorff-Gedicht zur Verschlüsselung benützen würde. Während sie tippte, überlegte Kristen, wieso Will sich für diesen poetischen Kitsch entschieden hatte.

Der Satz Joseph von Eichendorffs hatte das Depot geöffnet. Zwölf Millionen sechshundertvierunddreißigtausend einhundertvierundsiebzig Dollar lagen dort bereit. Kristen und Guillermo hatten die Schönheit der Zahlenfolge einen Moment lang genossen, bevor sie den Gegenwert auf ihr eigenes Konto transferierten. Dazu hatten sie den roten Balken aktiviert.

Der Balken wurde grün, die Überweisung war abgeschlossen. Trotz seines dunklen Teints erkannte Kristen, dass sich Guillermos Wangen gerötet hatten. Die Ader an seinem Hals pochte.

»Wie leicht das war«, lächelte er.

»Wenn man weiß, wie es geht, ist alles leicht.«

Während er den Laptop schloss, wandte Kristen sich zu den vorbereiteten Champagnergläsern und gab Guillermo seines mit einem reizenden Augenaufschlag.

»Ich danke dir für all deine Mühe und Geduld. Ich danke dir, dass du hier drin immer noch Handschuhe trägst.«

»Was tut man nicht alles für sechs Millionen?« Sie stießen an. Er leerte sein Glas in einem Zug.

»Genau genommen sind es nur fünf Millionen vierhunderttausend.« Kristen nippte.

»Du willst Alice tatsächlich auszahlen?«

»Du nicht?«

»Ich dachte, das hättest du von Anfang an ausgeschlossen.«

»Sie hat gute Arbeit geleistet.«

»Als ob dich das interessieren würde.«

»Hältst du mich für völlig herzlos?« Sie nahm die Champagnerflasche.

»Vielleicht nicht herzlos, aber es gibt keine abgebrühtere Frau als dich.« Er ließ sich sein Glas wieder füllen.

»Wärst du denn damit einverstanden, wenn ich Alice auszahle?«

»Du willst das Risiko eingehen, sie freizulassen, trotz allem, was sie weiß?«

»Wir drei sind voneinander abhängig«, erwiderte Kristen.

»Wer sagt dir, dass Alice sich daran halten wird?« Lächelnd kam er auf sie zu, legte seine Hände auf ihre Pobacken und näherte seinen Mund dem ihren.

»Hat dich das Geld ein bisschen geil gemacht?«

»Unglaublich geil.« Er küsste sie.

Kristen zog Guillermo zum Sofa.

»Du willst wirklich?«, fragte er überrascht. »Ich dachte, du würdest dich zuerst um Alice kümmern.«

»Die läuft uns nicht weg.« Sie öffnete seine Hose.

Erregt genoss er, wie sie sich mit seinem Penis beschäftigte. In einer plötzlichen Aufwallung wollte er ihre Bluse aufreißen, doch Kristen zog sich zurück.

»Lass den Unsinn, wir wollen nur ficken«, sagte sie mit kühlem Lächeln. »Die große Achterbahnfahrt heben wir uns für die Zeit auf, wenn alles erledigt ist.«

Kristen streifte ihren Schlüpfer ab, stieß Guillermo auf die Couch und begann ihn zu reiten. Er stöhnte, sein Rhythmus wurde heftiger, Kristen zwang ihn, die Stellung zu wechseln. Guillermo drang von oben in sie ein. Er fickte sie schneller und schneller.

»Komm, komm, mi amor, das ist toll«, keuchte sie an seinem

Ohr. Kristen legte ihre Finger unauffällig an seine Halsschlagader.

Es begann früher als erwartet. Das Pochen wurde rasend. Sein Herz schlug in aberwitzigem Tempo.

»Warte, warte, ich bin …« Schweißüberströmt und nach Atem ringend ließ er von ihr ab und wollte sich zur Seite wälzen, doch Kristen zwang ihn, seine Stöße fortzusetzen.

»Ich bin gleich so weit«, schrie sie und umklammerte seinen Rücken.

»Ich kann nicht … Kristen, Liebes, ich kann nicht atmen! Mein Herz …!«

Er zog sich aus ihr zurück, stieß sie zur Seite und sank zu Boden. Guillermo wälzte sich unter Schmerzen auf dem Teppich. Mit gespreizten Beinen saß Kristen über ihm und ließ ihn nicht aus den Augen.

»Was hast du?«, fragte sie wachsam.

Langsam hob er den Blick und blickte der Wahrheit ins Gesicht. Guillermo schaute in die kalten Augen seiner Geliebten. »Du warst das. Das warst … du!«

Er wollte aufstehen, ihm fehlte die Kraft dafür. Die Erkenntnis, die sich in diesen Sekunden in sein Gesicht grub, war gespenstisch.

»Du hast das Geld«, flüsterte er. »Jetzt brauchst du mich nicht mehr.« Guillermo wollte zum Sektglas greifen, als ob er darin einen Beweis finden könnte. Er rang nach Luft. »Du hast nie … vorgehabt, mich zu beteiligen. Du hast nie vorgehabt, Alice auszuzahlen.«

Kristen schloss die Beine. Auf sein stärker werdendes Röcheln sagte sie: »Es lähmt die Atemwege. Es soll ziemlich schnell wirken. Doktor Elmquist war der Einzige, der das Barbiturat erkannt hat. Das kam für mich unerwartet.«

»Elmquist ...«, stammelte Guillermo. »Nur weil er das Barbiturat identifiziert hat, musste er aus dem Weg geschafft werden?«

»Ja, ist das nicht lustig?« Kristen zog den Rock nach unten. »Weil er das Barbiturat erkannte, hast du Elmquist zum Sprung aus dem vierten Stock überredet, und dasselbe Mittel verhilft dir nun zu deinem eigenen Abgang. Ich finde das irgendwie sinnig.«

»Du Teufel!«

Ruckartig bäumte er sich auf, schwankte auf den Knien und versuchte Kristen zu packen. Er verfehlte sie und schlug mit dem Oberkörper auf dem gläsernen Couchtisch auf, der von der Wucht zerbarst. Splitter begruben den Stürzenden unter sich, große, massive Splitter. Er packte einen davon. Geschützt durch seinen Handschuh fasste er den gläsernen Keil und fuhr herum. Bevor Kristen seine Absicht durchschaute, warf sich Guillermo über sie und ließ den Splitter auf Kristen niedersausen. Sie wollte ausweichen, doch der Keil drang in sie ein, ein scharfer Schmerz durchfuhr sie, ihr Schenkel war getroffen. Das Sofa, ihre Kleider, das Blut, das waren unnötige Komplikationen. Kristen wand sich, um seiner sinnlosen Attacke zu entgehen. Es musste enden, jetzt sofort.

Mit einem Tritt beförderte sie Guillermo zu Boden, sprang auf und rannte in die Küche. Der Hund bellte in Kristens Zimmer. Sie hatte ihn vorsorglich eingesperrt, bevor sie sich Guillermos Abschied gewidmet hatte. Kristen nahm eine Bauplane aus der Besenkammer, lief zurück und breitete sie rund um Guillermo aus. Es ging mit ihm zu Ende. Während sich Kristens Atem beruhigte, wurde seiner immer kürzer, schnappender. Umsonst versuchte er, Luft in die Lungen zu zwingen. Die Lähmung schritt rasch fort, die letzte Kraft wich aus Guillermo. Keine Minute später lag er mit offenen Augen auf dem Rücken und rührte sich nicht mehr.

»Adios, mi amor«, sagte sie nicht ohne Wehmut. Er war ein guter Mitspieler gewesen, im Grunde aber doch nicht mehr als ein Exekutor ihrer Wünsche.

Kristen zog sich aus und begutachtete ihre Verletzung. Sie war unbedeutend. Sie packte ihre Kleidung in einen Müllbeutel, duschte und verband die Wunde. Sie fütterte Jasper und beruhigte ihn, weil er witterte, dass im Haus etwas Ungewöhnliches geschehen war. Sie ließ den Hund nicht in das Zimmer mit dem Toten. Kristen legte sich auf ihr Bett und beschloss, sich zu entspannen. Sie musste die rechte Zeit abwarten, um ihren Plan zu Ende zu bringen. Es gelang ihr sogar, ein wenig zu schlafen.

Um zwei Uhr nachts streifte sie einen Sportanzug über und darüber jenes *Regenset für Motorradfahrer,* das sie vor Monaten in Lübeck gekauft hatte. Es bestand aus einem Ganzkörperanzug aus Kunststoff mit Plastikschläppchen. Eine Kunststoffhaube vervollständigte die Aufmachung. Sie hüllte Guillermos Leiche in die Plane und verschloss die Enden mit Klebeband. Um die Scherben würde sie sich nach ihrer Rückkehr kümmern. Als sie Guillermos Körper hochhob, schickte sie ein Dankgebet zum Himmel, dass er ein kleiner Mann gewesen war. Kristen schleifte seinen Körper zum Abgang der Garage.

Sie brauchte nicht zu fürchten, das Folgende vor Astas Augen zu tun. Die saß unverändert auf dem Bürostuhl in der Garage. Asta würde noch für Stunden bewusstlos sein. Kristen schleppte Guillermo zu seinem Wagen und hievte ihn in den Kofferraum. Bevor sie ins Freie fuhr, vergewisserte sie sich, dass die Straße menschenleer war. Kein unbekanntes Auto parkte in der Nähe, kein Nachtschwärmer beobachtete das Haus in der Marienbergsgatan. Als Kristen den SUV startete, sprang die Anzeige der Uhr auf 02:45.

38

Asta rüttelte an ihren Fesseln. Ihre Arme waren mittlerweile gefühllos, ihre Hüften brannten vor Schmerz. Sie versuchte, gleichmäßig durch die Nase zu atmen. Ihr Handy hatte sie verloren. Keiner würde kommen, außer Kristen. Williams Frau würde Asta töten, sie war der Beweis für Kristens Verbrechen. Kristen tötete mit Gift. Obwohl Asta das Präparat, mit dem sie ihren Selbstmord vortäuschen sollte, von Guillermo erhalten hatte, stammte das Gift gewiss von Kristen.

Wieso kam Asta das bekannt vor – einen Selbstmord vorzutäuschen? *Romeo und Julia* fiel ihr ein. Am Ende tötete Julia sich mit Gift, um der Verfolgung der verfeindeten Eltern zu entgehen. Man bestattete sie in der Familiengruft. Doch das Gift verlor nach vierundzwanzig Stunden seine Wirkung und gab die Tote dem Leben zurück. Romeo sollte rechtzeitig bei ihr eintreffen, danach würden die heimlich Vermählten gemeinsam ihrem Glück entgegenreiten. Wäre das nicht ein herrlicher Schluss für das Stück gewesen? Warum hatte Shakespeare sich für das tragische Ende entschieden? Der Brief, der Romeo die Wahrheit über das Gift offenbaren sollte, ging verloren, Romeo erfuhr nie, dass Julia ihren Tod nur vortäuschte. Er fand ihren leblosen Körper, glaubte sie tot und griff zum Dolch. Romeo nahm sich tatsächlich das

Leben. Die von den Toten erwachte Julia ertrug den Schmerz nicht und machte sich mit demselben Dolch wieder ins Totenreich auf und davon. Effektvoll und wahnsinnig traurig, dachte Asta. Ich habe Julia nie gespielt, wäre der Rolle wohl auch nicht gewachsen gewesen. Andererseits habe ich eine Frau gespielt, die sich das Leben nimmt und weiß, dass es nur vorübergehend ist. Eine beachtliche Leistung für eine Provinzschauspielerin wie mich.

Unter dem Klebeband verzog Asta den Mund zu einem Lächeln. Guillermo hatte gezögert, ihr die Rolle der Alice anzuvertrauen. Wo war Guillermo überhaupt? Wo war Kristen? Es mussten Stunden vergangen sein, seit sie zuletzt in der Garage gewesen war. Asta überlegte, ob sie sich irgendwie bemerkbar machen sollte. Sie drehte den Kopf.

Der SUV war verschwunden! Guillermo hatte also das Haus verlassen, während Asta bewusstlos gewesen war. Hob er gerade das Geld ab, zu dem Asta ihm und Kristen Zugang verschafft hatte? Es wäre sinnlos gewesen, den Zugriffscode länger zu verschweigen. Die beiden hätten Asta so lange gefoltert, bis sie den Schmerz nicht mehr ertragen hätte. Durch den Verrat der Chiffre hatte Asta Zeit gewonnen, möglicherweise damit aber auch ihr Todesurteil unterschrieben. Solange sie schwieg, war sie vor der Ermordung sicher gewesen. Jetzt jedoch – sie ließ den Kopf sinken, es war müßig, darüber zu spekulieren.

Warum ging ihr Romeo nicht aus dem Sinn? Romeo, ein junger Mann aus Verona, ständig hinter den Mädchen her, nur Julia gelang es, das Herz des Sechzehnjährigen zu wandeln, sodass er sogar für sie in den Tod ging. So wunderbar und so unrealistisch, dachte Asta. Wer würde sich heutzutage zu dieser Wahnsinnstat versteigen? Wem heute ein ähnliches Schicksal widerfuhr, der leistete ein wenig Trauerarbeit und suchte sich professionellen Rat. Niemand würde zum Dolch greifen.

Zum Dolch greifen ... Zum Dolch? Asta musste sich an irgendetwas unbedingt erinnern. Um ihren trägen Kopf in Schwung zu bringen, fing sie an, auf dem Bürostuhl vor und zurück zu wippen. Sie missachtete den Schmerz in ihren malträtierten Armen. Mit den Zehenspitzen der Füße erreichte sie den Boden und begann, sich auf dem Stuhl Stückchen für Stückchen fortzubewegen.

Und plötzlich wusste sie, wo sie hinrollte. Sie wusste, welche Bedeutung Romeos Dolch hatte. Asta kam nur langsam voran, aber stetig näherte sie sich der Werkbank am Ende der Garage. Durch die Anstrengung ging ihr Atem rascher, ihr Kreislauf kam in Gang. Asta erreichte den Tisch und entdeckte Romeos Dolch. Sie versuchte, sich an den Namen des Dolchbesitzers zu erinnern. Romeo hieß in Wirklichkeit ... Djamir? Die libysche Familie hatte den Namen mehrmals erwähnt. Djamir hatte die Tochter des Hauses verletzt. Will hatte Djamir den Dolch abgenommen und in die Garage gebracht.

Der Dolch lag zehn Zentimeter vom Rand der Werkbank entfernt. Es war unmöglich, an das Springmesser heranzukommen, indem man mit dem Rücken zum Tisch rollte und mit gefesselten Händen danach tastete. Asta presste sich also an die Arbeitsplatte und reckte den Kopf nach vorn. Das Klebeband hielt ihren Mund verschlossen, trotzdem brachte sie die Kiefer weit genug auseinander, um mit verklebten Lippen den Schaft des Messers zu berühren. Sie presste die Zähne auf den metallischen Gegenstand. Dreimal entglitt er ihr, beim vierten Mal packten Astas Zähne den Dolch mit solcher

Kraft, dass sie ihn mit dem Mund vom Tisch bewegen konnte. Romeos Dolch in ihren Schoß fallen zu lassen würde allerdings nichts nützen. Sie musste ihn in die Hände kriegen, in ihre auf dem Rücken gefesselten Hände. Am Ende der Garage stand ein roter Eimer mit Deckel. Darin befand sich wahrscheinlich Sand, um Ölflecken auf dem Boden aufzusaugen. Asta rollte darauf zu. Sie röchelte, weil sie, das Messer im Mund, kaum Luft bekam. Speichel bildete sich um das Klebeband und troff von ihren Mundwinkeln. Die Kiefer verkrampften sich, Asta stieß tierische Laute aus, Laute der Anstrengung, der Wut und des Durchhaltevermögens. Sie erreichte den Eimer, beugte sich vor und ließ das Messer darauf fallen. Es landete auf dem Rand des Deckels. Die eine Hälfte ragte gefährlich darüber hinaus. Wenn das Messer auf den Boden fiel, wäre es für sie verloren.

Vorsichtig drehte Asta sich mit dem Stuhl herum. Ohne das Ziel zu sehen, begannen ihre Finger, nach dem Gegenstand zu tasten. Wie Spinnenbeine bewegten sie sich in der Luft. Die Finger fanden den Eimer, Asta spannte die Handgelenke in den Fesseln an. Sie erhob ihr Hinterteil vom Drehstuhl, verlor für einen Moment die Balance, drohte mit dem Stuhl auf den Eimer zu stürzen, fing sich und führte die Hände zum Ziel. Asta fühlte Metall und ergriff Romeos Dolch. Blindlings ertastete sie den Springmechanismus und löste ihn aus. Asta hatte ein Messer in ihren Händen.

Kaum eine Minute später rieb sie sich die Arme, Hüften und Gelenke. Selten hatte sie eine solch schmerzhafte Erleichterung verspürt. Sie hatte ihre Freiheit wieder. Sie konnte tun und lassen, was sie wollte, konnte ungehindert fortgehen aus Williams Haus. Was wollte Asta? Wollte sie Rache nehmen an Guillermo und Kristen? Wollte sie der Polizei sagen, was sie wusste, den ganzen widerlichen Plan, William zu bestehlen, zu töten, zu beerben, aus rachsüchtiger missachteter Liebe, aus abgrundtiefem Hass? Wollte sie zu William ins Krankenhaus fahren und um ihn bangen? Wollte sie seinen Tod beweinen oder sich über sein Wiedererwachen freuen? Er hatte geahnt, dass Alice nicht seine Tochter war. Musste er sie nicht wie eine Betrügerin behandeln? War Asta bereit, die Konsequenzen zu tragen? Sie riss den letzten Rest des Klebebandes von ihren Beinen und bewegte sich auf die Treppe zu. Was, wenn Kristen dort oben auf sie wartete und Asta endgültig unschädlich machen würde? Sie drehte sich um, humpelte zur Ausfahrt und bediente den Mechanismus des Garagentores.

Der fahle Schein, der hereindrang, zeigte, dass es noch Nacht war, doch das Morgengrauen konnte nicht mehr weit sein. Asta trat in die Auffahrt. Es war die Stunde, bevor die Stadt erwachte. Sie ging in die schlafende Stadt, ohne zu wissen, wohin sie lief. Gänzlich ohne Ziel zu sein erleichterte Asta so sehr, dass sie im Gehen lächelte.

EINE BLAUE BOX

39 Der Sommer war einem Herbst gewichen, der die Menschen sanft in die kühlere Jahreszeit entließ. Erst hatte es zu nieseln begonnen, dann kamen kühle Winde auf, schließlich verfärbten sich die Blätter. Alles geschah gemächlich, die menschliche Natur konnte sich den Veränderungen in Ruhe anpassen.

An diesem Oktobermorgen sah Kristen einem Tag entgegen, an dem alles seine Ordnung bekommen sollte. Es war an der Zeit, den großen Veränderungen auch formell zu genügen. Heute fand im Krankenhaus ein wichtiger Termin statt. Kristen wählte ein burgunderfarbenes Kostüm, entschied sich vor dem Spiegel aber dagegen. In dunkelroter Aufmachung zu erscheinen könnte missverstanden werden. Sie griff zu ihrem anthrazitfarbenen Hosenanzug und lief ins Erdgeschoss.

Vor der Bücherwand nahm sie den Roman *Hemingways Stuhl* heraus. Sie hatte das Buch nie gelesen, doch es eignete sich für ihre Zwecke, weil es so dick war. In der Mitte hatte Kristen aus etwa fünfzig Seiten ein Viereck ausgeschnitten und dadurch eine Vertiefung geschaffen, in der sich kleine Gegenstände verbergen ließen. Sie entnahm dem Versteck einen gefalteten Brief, den sie seit zwei Monaten dort aufbewahrte. Das Schreiben stammte von Asta Stein. Drei Tage nachdem Kristen deren Flucht entdeckt hatte, war der Brief eingetroffen. Damals hatte Kristen sich das Schlimmste ausgemalt: dass Asta zur Polizei gehen und alles verraten würde, dass sie sich an die Medien wenden oder einen Erpressungsversuch starten würde. Nichts davon war eingetreten. Kristens erklärte es sich so, dass nicht nur Alice, sondern auch Asta eine gehetzte Seele war, ein Bündel aus Unsicherheit und Angst. Asta wünschte sich vom Leben, in Ruhe gelassen zu werden. Sie wollte weder Rache noch Schmerzensgeld, sie erhob nicht einmal Anspruch auf ihr Honorar. Asta wollte verschwinden. Sie schrieb, dass sie fortgehen und Kristen keine Schwierigkeiten machen würde. Als Gegenleistung bat sie, nicht nach ihr zu forschen.

Kristen brachte den Brief zu ihrem neuen Couchtisch. Der Glastisch, der durch Guillermos Sturz zu Bruch gegangen war, hatte ihr nie gefallen. Will hatte ihn ausgesucht. An seiner Stelle stand nun ein eleganter Mahagonitisch, ökologisch unbedenklich, weil er aus recyceltem Tropenholz gezimmert war. Der Tisch bezeugte, dass alles, was zerbrochen war, der Vergangenheit angehören sollte.

Kristen führte ihr Feuerzeug an Astas Brief und sah zu, wie er erglühte, wie sich das Flämmchen ausbreitete, gierig das Papier fraß und erlosch. Sie ließ die Asche in die Metallschale fallen, wo sie sonst Äpfel und Pflaumen aufbewahrte. Mit demselben Feuerzeug zündete sie sich eine Zigarette an, öffnete die Terrassentür, brachte die Asche des Briefes zum Kräuterbeet und verstreute sie. Danach rauchte Kristen, wie sie es früher an Williams Seite getan hatte.

Alice war verschwunden, und auch ihr Brief war nun verschwunden. Es hatte alles seine Ordnung. Kristen ließ die Kippe in das leere Marmeladenglas fallen und schraubte den Deckel zu. Sie lief in die Küche und holte die blaue Box aus dem Schrank. Die Schachtel enthielt keinen Tee, sondern Kristens Mittel zum Erfolg. In der Box befand sich ein Fläschchen. Mittels einer Pipette ließ sich das Barbiturat exakt dosieren. Vor einem Jahr hatte Kristen mit einer winzigen Dosis begonnen und die Menge nach und nach gesteigert. Die Wirkungsweise war phänomenal. Der heutige Tag würde Zeugnis davon ablegen. Kristen brachte das Fläschchen zur Spüle und wollte den Inhalt in den Ausguss kippen, als sie sich besann.

Gab es einen vorstellbaren Fall, in dem sie das Präparat noch einmal brauchen konnte? Guillermo lag tot in seinem Auto auf dem Grund der Bucht vor Klacknaset. Falls man ihn finden sollte, würde die Leiche keine Spuren des Giftes mehr aufweisen. An Asta würde Kristen das Barbiturat kaum noch anwenden können. An William hatte es seine Wirkung voll entfaltet. Trotzdem brachte Kristen es nicht über sich, das Gift wegzugießen. Das Zeug war einfach zu wundervoll, geruchlos, geschmacklos und nach vierundzwanzig Stunden im Körper nicht mehr nachzuweisen. Sie schloss die Flasche und stellte sie samt blauer Box an ihren alten Platz zurück.

Kristen kannte die Männer und Frauen, die Williams Bett umstanden, nur ihrer Funktion nach. Dr. Askoyne hatte die Formulare vorbereitet, die beiden Ärzte hatten William behandelt. Auch die Krankenschwester, die täglich mit ihm zu tun hatte, war geladen worden. Der anwesende Richter würde heute durch seine Unterschrift den Akt formell besiegeln.

Auch Dagny Larsson war gekommen. Kristen war sicher, dass William für sie der Hauptverdächtige in der Mordsache war. Kein anderer als er hatte die Möglichkeit, die Mittel und ein Motiv gehabt, die Tat zu begehen. Kristen wusste von der

Vergewaltigung Bonnies durch Guillermo, auch von den pornografischen Bildern und Bonnies Erpressungsversuch. Guillermo hatte ihr alles gebeichtet. Kristen wusste genauso, dass die Männer in der Mordnacht in Garpegården gewesen waren. Ulf Jaspers hatte Will dort gesehen, durch die Überwachungskamera war er zusätzlich identifiziert worden. Bis zu Williams Zusammenbruch hatte Dr. Askoyne ihn vor einer Mordanklage bewahren können. Jetzt war das nicht mehr nötig. Ein Mörder, der im Koma lag, brauchte keinen Schutz mehr.

Wills Zustand wurde von den Ärzten nicht als hoffnungslos bezeichnet, seine Gehirntätigkeit hatte sich nur unwesentlich verschlechtert. Doch sein Organismus zeigte auch dreiundsiebzig Tage nachdem er ins künstliche Koma versetzt worden war, keine Anzeichen von Regeneration. Ohne die lebenserhaltenden Maschinen wäre er binnen Minuten tot gewesen. Man hätte seinen Zustand auf unbestimmte Zeit verlängern können, hätte das nicht Williams notariell festgelegtem Willen widersprochen. Nach dem ersten Kollaps hatte er eine Patientenverfügung unterschrieben, wonach er bei bleibenden Schäden, außerstande, für sich selbst zu entscheiden, nicht länger als drei Monate am Leben erhalten werden wollte. Die drei Monate waren noch nicht verstrichen, doch Askoyne hielt es für angebracht, den Beschluss so weit vorzubereiten, dass man nach Ablauf der Frist sofort handeln könnte. Um den Schein zu wahren, hatte sich Kristen geweigert, Askoynes Rat zu folgen und Wills Verfügung umzusetzen.

»Wieso soll mein William nicht in seiner stillen Welt bleiben dürfen?«, hatte sie gesagt. »Warum wollt ihr ihn umbringen?«

Askoyne hatte auf Wills Verfügung hingewiesen und darauf angespielt, dass er im Falle seines Erwachens mit einer

Mordanklage rechnen müsste. Nach einer wohlerwogenen Frist hatte Kristen ihre Einwilligung gegeben, die gesetzlich vorgeschriebene Kommission über den Fall befinden zu lassen. Diese seriösen, untadeligen Damen und Herren standen jetzt um Wills Bett und taten ihre Pflicht. Als Begleitmusik ihrer Diskussion hörte man das Geräusch der Herz-Lungen-Maschine. Bis auf die Krankenschwester, sie hieß Hilla, zeigten alle gefasste Mienen. Hilla stand die Trauer ins Gesicht geschrieben. Im Gutachten, das der Einberufung vorausgegangen war, hatte sie angegeben, dass William in letzter Zeit vitale Lebensmerkmale gezeigt hätte. Ihr sei vorgekommen, als ob er kurz vor dem Erwachen stehe. Die Ärzte widersprachen Hillas Einschätzung.

Diese Hilla mag meinen William, dachte Kristen. Sie hat das welke Gemüse, das einmal mein Mann war, ins Herz geschlossen. Hilla ist eine Gefahr, auf die ich achten muss.

Der Chefarzt vollzog den vorgeschriebenen Reflextest an Williams Fußsohle. Bei normaler Hirntätigkeit hätte sich der Fuß nach oben verbiegen müssen. Williams Fuß krümmte sich nach unten. Das wurde im Protokoll festgehalten. Weitere Tests erbrachten das gleiche Ergebnis. Nach einer halben Stunde war die Amtshandlung vollzogen. Der Richter unterzeichnete das Dokument, die Ärzte folgten, dann Dr. Askoyne, als Letzte setzte Kristen ihren Namenszug auf das Papier. Die Krankenschwester wurde zur Unterschrift nicht aufgefordert.

Alle schüttelten einander im Bewusstsein ihrer Wichtigkeit die Hände. Schließlich hatten sie gerade beschlossen, einen Menschen zu töten. William blieb noch eine Frist von siebzehn Tagen. Datum und Uhrzeit, an dem die Herz-Lungen-Maschine abgeschaltet werden sollte, wurden festgelegt.

Wenn alles in Kristens Sinn verlaufen sollte, würden sie sich an einem Tag im November hier wieder treffen und William nach ein paar Handgriffen beim Sterben zusehen.

Es war zu schön, um wahr zu sein. Kristen hatte Mühe, sich ihre Freude nicht anmerken zu lassen. Wie wunderbar hatte sich das Sprichwort, wonach Rache ein Gericht sei, das man kalt genießen müsse, bewahrheitet. Eiskalt hatte sie ihren Rachefeldzug vollzogen, folgerichtig und geduldig, Schritt für Schritt. Wäre der Zwischenfall mit Bonnie nicht gewesen, hätten Kristens Anstrengungen noch leichter zum Erfolg geführt.

Während sie sich, scheinbar von Schmerz gebeugt, von Askoyne hinausführen ließ, hätte sie vor Freude tanzen mögen. Kristen wollte sofort in die Firma, deren Chefin sie inzwischen war, Herrin über Williams Schmuckimperium. Obwohl die Angestellten sie in ihren Herzen noch nicht als Boss akzeptierten, wollten sie Williams Frau in dieser schweren Zeit nicht im Stich lassen. Alle gaben ihr Bestes. Genau wie ich, dachte Kristen und nahm den Fahrstuhl in die Parkgarage.

TAGE IM NOVEMBER

40 Sie trug das Ticket in der Tasche. Ein paar Tage noch, dann würde Asta sich ans andere Ende der Welt verabschieden. Europa mit seiner Überfülle machte sie krank. Von allem gab es zu viel, zu viele Möglichkeiten, zu viel Geschichte, Wirtschaftsleistung, zu viel Konkurrenz. Asta fühlte sich von Europa erstickt. Sie wollte an einen Ort, wo es wenig gab, auch weniger Menschen. Sie hatte einiges über Neuseeland gelesen. Wenn man es richtig anstellte, würde einen die umtriebige Welt dort in Ruhe lassen.

Asta Stein wirkte verändert. Sie hatte abgenommen, nicht weil ihre Magersucht wieder ausgebrochen war, sie hatte einfach keinen Appetit. Mit eigener Hand hatte sie ihr schönes Haar so kurz geschnitten, wie es mit der Schere möglich war. Einem Jungen sah sie mittlerweile ähnlich, schlaksig, mit fahrigen Bewegungen und großen, traurigen Augen. Asta wusste, ihre Reise nach Neuseeland war nur Eskapismus, doch sie wollte ausprobieren, ob sie in der Südseewelt Neuseelands Frieden finden würde. Nur eines musste sie noch tun, bevor sie aufbrach, William Lebewohl sagen. Mit diesem Vorsatz war sie nach Stockholm zurückgekommen. Asta fürchtete nicht, erkannt zu werden, mit Alice, der Rolle, deren Opfer sie beinahe geworden war, hatte sie nichts mehr gemein. Sie trug Jeans, eine weite schwarze Jacke und eine

Mütze mit Schirmkappe, wie man sie von Seeleuten kannte. Wären ihre Lippen nicht ein wenig geschminkt gewesen, hätte man sie für einen dürren Skipper halten können.

Das Thermometer war schon im November auf zehn Grad unter null gefallen. Asta bedauerte die Stockholmer für den Winter, der auf sie zukam, während sie sich dem Neuseeländischen Sommer entgegenträumte. Sie betrat das Krankenhaus und erkundigte sich, wo William Falk lag. Erstaunt, nicht auf die Intensivstation geschickt zu werden, lief sie in einen Seitentrakt und trat ein. Die Abteilung war in Form eines Oktaeders angelegt, acht verglaste Zimmer, in deren Mitte sich die Kontrollstation befand. Von hier aus hatte die diensthabende Schwester alle Patienten jederzeit im Blick. Im Augenblick war der Schalter jedoch verwaist. Entlang der Glaswände suchte Asta nach William und entdeckte ihn im dritten Zimmer.

Das war nicht Will. Unmöglich konnte das der Mann sein, den sie Vater genannt hatte. Sein lang gewachsenes Haar war grau geworden. Die Gesichtsbräune, für die man Will kannte, war einem gelblichen Teint gewichen. Seine auf dem Bauch gefalteten Hände wirkten wie die eines verhungerten Kindes. Verstört trat Asta ein.

»Hallo, William«, sagte sie, obwohl kein Zweifel bestand, dass er nicht bei Bewusstsein war. »Ich wollte dich noch einmal sehen. Ich verreise bald, weißt du. Wie geht es dir?«

Asta zog einen Stuhl heran und setzte sich. Voll widerstreitender Gefühle betrachtete sie den lieb gewonnenen Freund und zugleich das schreckliche Abbild der Vergänglichkeit. Sie mochte zehn Minuten so gesessen sein, als sie hinter sich ein Geräusch hörte.

»Was wollen Sie hier?«

Die Frau war klein und kräftig, eine von denen, die bei Aufregungen rote Wangen bekamen. Ihr Schwesternkittel war ein wenig zu eng, auf dem Namensschild stand *Hilla*.

»Ich bin eine Freundin von Will.« Asta stand auf.

»In dieser Station gibt es keine Besuche. Vor allem keine unangemeldeten.«

»Was ist das für eine Station?«

»Hier liegen Menschen, die sterben.«

Als ob sie geohrfeigt worden wäre, zuckte Asta zurück. »William stirbt, weshalb? Wie es aussieht, können Sie ihn doch in diesem Zustand erhalten.«

»Das könnten wir.« Hillas Blick wanderte zu dem Leblosen. »Trotzdem wird Herr Falk in zwei Tagen sterben.«

»Zwei Tage …? Was heißt das?«

»In welchem Verhältnis stehen Sie zu ihm?«

Asta ahnte, dass die Schwester einer Fremden keine Einzelheiten verraten würde. Sie überwand sich zu sagen: »Ich bin seine Tochter.«

Während Hilla ihr Gegenüber von Kopf bis Fuß musterte, machte sie sich an dem Infusionsbeutel über Will zu schaffen. »Seine Tochter? Und da kommen Sie erst jetzt? Na gut, dann sollen Sie es erfahren. Am Freitag werden die lebenserhaltenden Maßnahmen für Ihren Vater nicht länger fortgesetzt.«

Obwohl Asta begriff, was die andere gesagt hatte, weigerte sie sich, es zu akzeptieren. »Man kann ihn doch nicht umbringen.«

»Es wurde vom Gericht beschlossen.«

»Warum?«, erwiderte Asta in steigender Fassungslosigkeit.

»Es entspricht der Patientenverfügung von Herrn Falk.«

»William will, dass man ihn tötet?«

»Für den Fall, dass er nicht mehr imstande sein sollte, über sein Schicksal zu bestimmen, wollte er maximal drei Monate am Leben erhalten werden.«

Asta musste an die letzten Wochen denken, in denen sie nichts unternommen hatte, als das Vergangene zu verarbeiten. Hätte sie gewusst, auf welche Weise die Uhr gegen William tickte, wäre sie früher zurückgekommen. Doch was hätte sie tun können, das für Will nicht bereits getan worden war? Ich könnte ihm Gerechtigkeit verschaffen. Ich könnte bezeugen, wie es wirklich war.

Während die Schwester William mit einem feuchten Lappen Erfrischung verschaffte, dachte Asta über ihre Chancen nach. Kristen würde alle Vorwürfe abstreiten, und wahrscheinlich würde man ihr glauben. Zu keiner Zeit hatte es einen direkten Kontakt zwischen Kristen und der Schauspielerin Asta Stein gegeben. Sie hatte alle Anweisungen von Guillermo erhalten. Während der ganzen Zeit hatte Asta nie vermutet, dass Kristen und Guillermo unter einer Decke steckten. Guillermo hatte es als seinen Plan ausgegeben, unsichtbar hatte Kristen aus dem Hintergrund die Fäden gezogen.

Asta ertastete ihr Ticket in der Jackentasche, ihre Hoffnung auf eine friedliche Zukunft. Sie betrachtete Will. »Warum ist er so stark abgemagert?«

»Er bekommt nur noch Flüssigkeit verabreicht. Wenn die Geräte erst einmal abgeschaltet werden, geht dann alles schneller.«

»Er sieht furchtbar aus.«

Die Schwester schenkte Asta einen mitleidigen Blick. »So sehen Menschen aus, die dem Tod nahe sind.«

»Das verstehe ich nicht«, rief Asta. »Er ist noch jung. Er könnte wieder gesund werden.«

Plötzlich ging in Hilla eine sonderbare Veränderung vor sich. Ihre Wangen hatten sich gerötet, beherrschte Wut lag in ihrem Gesicht. »Ich finde auch, dass man Herrn Falk nicht abschalten sollte.«

»Was? Wieso?«

»Seine Gehirnfrequenz ist gut. Ich wundere mich, wieso der körperliche Verfall und die Aktivität des Gehirns so stark divergieren.«

»Sie meinen, es würde Sinn machen, ihn nicht aufzugeben?«

»Genau das habe ich der Kommission auch vorgeschlagen.«

»Warum hat man nicht auf Sie gehört?«

»Weil ich nur eine Krankenschwester bin und kein Facharzt. Der Termin ist unumstößlich.«

»In zwei Tagen? Das wäre am Siebzehnten«, sagte Asta.

»Um fünfzehn Uhr«, ergänzte Hilla. »Werden Sie hier sein? Immerhin sind Sie seine Tochter.«

»Ja, ich bin seine Tochter.« Asta bedankte sich, verließ die Station der Sterbenden und das Krankenhaus.

William retten? Rette erst einmal dich selbst. Was mutest du dir zu? Nein, die Frage musste lauten: Was traust du dir zu? Gar nichts. Du bist ein Fluchttier, beim geringsten Anzeichen von Gefahr läufst du davon. War es nicht immer so gewesen, dein Leben lang? Schon die Wahl deines Berufes beweist das: Schauspielerin sein heißt, vor der Realität davonzulaufen, jemand anderes zu werden, täglich in eine fremde Haut zu schlüpfen.

Asta zog den Schal vor Mund und Nase, es war erbärmlich kalt. Ihre Kleider hatten einer solchen Kälte nichts entgegenzusetzen. Sie war unterwegs zu ihrem Motel am Stadtrand. Um Will zu retten, müsstest du gegen Kristen kämpfen.

Hast du auch nur die mindeste Vorstellung, wie es wäre, sich diese Frau zur Gegnerin zu machen? Sie wird vor nichts zurückschrecken, denn sie hat alles zu verlieren. Sie ist reich, sie besitzt die Macht und die nötige Kaltblütigkeit, dich zu vernichten. Wahrscheinlich schickt sie Guillermo los, um dich auszuschalten.

Da es Asta nicht wärmer wurde, lief sie schneller. Stell dir vor, du gehst zur Polizei und beichtest Dagny Larsson alles, von dem Moment an, als Guillermo dich rekrutiert und dir die Rolle deines Lebens angeboten hat, bis zum heutigen Tag. Stell dir vor, du würdest ein volles Geständnis ablegen, auf welche Weise du William betrogen hast. Danach bist du als Betrügerin gebrandmarkt. Man wird dich dafür zur Rechenschaft ziehen. Würde William das helfen? Die Tatsache, dass du dich als seine Tochter ausgegeben hast, ändert nichts an seinem medizinischen Befund und nichts an Williams Patientenverfügung. Übermorgen wird man ihn töten.

Und wenn du der Polizei erzählen würdest, dass Will vergiftet wurde? Aber welchen Beweis hast du? Dein Verdacht beruht auf Hörensagen. Guillermo hat lediglich erwähnt, dass William täglich eine kleine Dosis zugeführt bekam. Weder die Art des Giftes noch durch wen es Will verabreicht wurde, hat Guillermo verraten. Nach Williams Zusammenbrüchen hatten die Mediziner nach der Ursache geforscht, doch die Möglichkeit einer Vergiftung war nie aufgetaucht.

Asta näherte sich dem tristen Motel, wo sie abgestiegen war, und nahm den Schlüssel aus der Tasche. Es gab keine Lösung, keine Rettung, die von ihr kommen konnte. Dagny Larsson hätte vielleicht die Macht gehabt, die Vollstreckung aufzuhalten. Doch wozu sollte sie das tun? Die Kommissarin wollte ein Verbrechen aufklären. Zwischen dem Mord in den

Schären, Williams falscher Tochter und dem Gift gab es allerdings keinerlei Zusammenhang. Den Schlüssel in der Hand stand Asta vor der abgeblätterten Moteltür. Oder vielleicht doch?

»Bonnie Håkansson«, murmelte sie. Ich habe Bonnie Håkansson gekannt. Ich bin dieser Frau aufgefallen, als ich als Kellnerin gejobbt habe. Asta Stein, die arbeitslose Schauspielerin, ist Bonnie aufgefallen, nicht Alice Viklund, die Tochter Madelaines. Bonnie hat mich als Asta kennengelernt. Bei einer dieser Gelegenheiten ist auch das Foto entstanden, das die Kommissarin später fand.

Asta betrat ihr Zimmer. Die alte Heizung hatte nicht die Kraft, gegen zehn Grad unter null anzukämpfen. Ohne Mantel und Schal abzulegen, setzte sie sich auf das Bett. Wodurch habe ich Bonnies Aufmerksamkeit erregt? Durch meine Ähnlichkeit mit Madelaine natürlich. Als Wills Freundin wusste Bonnie von Madelaines Existenz. Auch Kristen war Bonnies Freundin. Doch für Kristen war es von entscheidender Bedeutung, dass niemand die wahre Identität von Alice kennenlernen durfte und sie Will verraten konnte. Unglücklicherweise hatte Bonnie Asta Stein kennengelernt, bevor sie sich in Alice verwandelt hatte. Das stellte für Kristen eine Gefahr dar. Ihr Plan beruhte darauf, dass Asta anonym in das Spiel einsteigen würde. Außer Kristen wusste nun aber auch Bonnie, dass eine junge Frau durch Stockholm lief, die Madelaine zum Verwechseln ähnlich sah. Was mochte Bonnie unternommen haben, wie hatte sie sich Kristen gegenüber verhalten? Wie hatte Kristen darauf reagiert? Asta schlug die Decke über ihre Beine.

Für William hatte Bonnie keine Gefahr dargestellt. Weshalb sollte er nach Garpegården fahren und sie erschießen?

Selbst wenn die Überwachungskamera seine Anwesenheit in Mölna nachwies, selbst wenn Ulf Jaspers ihn gesehen hatte, William konnte den Mord nicht begangen haben. Es gab nur eine einzige Person, die Interesse an Bonnies Schweigen hatte – Kristen Falk.

Asta wickelte sich vollständig in die Decke ein. Den Blick in die Novemberkälte gerichtet, dachte sie nach.

41

Asta verabschiedete sich von der Kommissarin. Sie hatte die Wahrheit gesagt, nichts als die Wahrheit, allerdings nicht die ganze Wahrheit. Das konnte sie nicht. Hätte sie Frau Larsson das ganze widerliche Komplott aufgedeckt, angefangen mit Astas falscher Identität, ihrem Auftrag, William Falk eine liebende Tochter vorzuspielen und sich durch Vortäuschung von Zuneigung in sein Geheimnis zu schleichen, hätte sie alles über Kristens Rache und Guillermos Mitwirkung erzählt, dann hätte Asta sich selbst ans Messer geliefert. Sie wäre angeklagt und eingesperrt worden. Sie wäre aus diesem kalten Land nicht mehr hinausgekommen. Asta wollte Will helfen, am Leben zu bleiben, aber nicht um den Preis, ihr eigenes Leben zu verpfuschen. Sie wollte dieses Ticket benutzen, in den Flieger nach Auckland steigen und sich umsehen, was es in Neuseeland für sie zu gewinnen gab. Es mochte nicht viel sein, vielleicht war es nicht mehr als ein neues Leben. Falls William je wieder erwachen sollte, würde es auch für ihn ein neues Leben sein. Doch Asta hätte mit seinem Leben nichts mehr zu tun.

Asta Stein verließ die Mordkommission und das Polizeigebäude. Erleichtert wanderte sie die Straße hinunter. Die Kommissarin hatte versichert, dass sie einen Gerichtsbeschluss erwirken werde, wonach der letale Vollzug an William Falk aufgehoben werden müsse. Am siebzehnten November würde man die Geräte, die William am Leben erhielten, nicht abschalten.

Was Asta erreicht hatte, war mehr, als sie je in ihrem Leben geschafft hatte. Wer hätte gedacht, dass eine wie sie, die den Behörden schon oft in die Fänge gegangen war, jemals von sich behaupten konnte, der Polizei in einem Mordfall geholfen zu haben? Asta hatte die Dinge in die Hand genommen. Sie war ans Wasser gefahren, auf die Insel und hatte Ulf Jaspers aufgesucht. Als sie eintraf, war er vor seiner Hütte gesessen und hatte darauf geachtet, dass sein Feuer nicht ausging.

»Polizei?«, war sein erstes Wort.

Sie erschrak, weil dieses Gesicht schon in jungen Jahren so zerstört aussah. »Nein, keine Polizei. Ich bin eine Bekannte von William Falk.«

»Der ist doch tot.«

»Nein. Er liegt im Koma.«

Jaspers warf eine Schiffsplanke ins Feuer. Er verwendete Treibgut vom Strand zum Heizen.

»Sie haben Will in der Nacht gesehen, als die Frau in Garpegården erschossen wurde?«

»Stimmt genau. Und Will war es, der sie abgeknallt hat.«

»Sie halten William für den Mörder?«

Es war dem einsamen Mann anzusehen, wie gern er von seinem einzigen großen Abenteuer erzählte.

»An dem Abend bin ich nach Garpegården rübergelaufen und habe ein bisschen mit Bonnie geplaudert. Ich dachte, vielleicht lädt sie mich auf ein Gläschen ein, aber es wurde nichts daraus. Also bin ich wieder abgezogen und habe meine Runde gedreht. Ich laufe dann von Haus zu Haus und quatsche mit den Leuten, meistens fällt dabei etwas für mich ab. An dem Abend war es sogar eine halbe Flasche Whisky. Als ich später am Haus der Falks vorbeikomme, war ich schon ziemlich besoffen. Ich hab William im Haus gesehen. Er und Bonnie haben irgendwas gefeiert. Es war noch ein zweiter Mann dabei, den konnte ich aber nicht sehen. Ich habe mich getrollt und drauf gefreut, die Flasche daheim leer zu machen.«

»Das war alles, was Sie beobachtet haben?«, fragte Asta erstaunt.

»Reicht das nicht?« Jaspers sah sie herausfordernd an. »Ich sehe Will, ich höre Bonnie und einen zweiten Mann, und am nächsten Morgen liegen Bonnie und Walter erschossen in Wills Haus. Später in der Nacht bin ich noch mal aufgewacht und ging zum Pissen raus. Da seh ich, dass bei Falks noch Licht brennt.«

»Und haben Sie nachgesehen?«

»Ja. Die Tür stand offen, da habe ich die beiden auf dem Boden gesehen.«

»Die Leichen?«

»Ich dreimal verdammter, besoffener Idiot habe Bonnies Kopf rumgedreht, um zu sehen, ob sie tot ist. Daneben lag Walters Flinte, die hab ich in meinem Dusel wohl angefasst. Ich bin in meine Hütte zurückgerannt und hab mich schlafen gelegt. Ein paar Tage später haben sie mich gefasst und eingebuchtet.«

»Und nach diesen beiden Beobachtungen ziehen Sie den Schluss, dass William der Mörder sein muss?« Asta traute ihren Ohren nicht.

»Ich ziehe gar keinen Schluss. Die Polizei hat das getan.«

»Ihre Fingerabdrücke waren auf der Waffe.«

»Trotzdem. Will hat es getan.« Jaspers wurde aggressiv.

»Woher wollen Sie das wissen?«

»Er war es«, schrie Jaspers unbeherrscht.

»Warum sind Sie so sicher?«

»Weil ich den Hund kläffen gehört habe.«

»Welchen Hund?«

»Jasper natürlich. Ich hatte ihn erst nicht bemerkt, weil er doch so ein schwarzer Kerl ist. Aber als er gebellt hat, bemerkte ich eine Bewegung im Auto hinter der Hecke.«

»Vor oder nach dem Mord?«

»Danach. Ich dachte: Wenn Jasper in Garpegården ist, muss Will auch noch da sein. Da bin ich weggelaufen. Schließlich hatte der Typ gerade zwei Leute abgeknallt.«

»Das Auto hinter der Hecke, war das Wills Wagen?«

»Weiß ich nicht mehr. Ich glaube ... Nein, das war ein kleines Auto, ein Japaner.«

Vor Spannung zitternd, fragte Asta: »Haben Sie die Sache mit dem Hund schon der Polizei erzählt?«

»Nein.«

»Weshalb nicht?«

Er antwortete erst nach einer Pause. »Haben Sie eine Ahnung, wie es im Kopf von jemandem aussieht, der ... abhängig ist?«

»Ob Sie es glauben oder nicht, ich weiß, wie es in so einem Kopf aussieht. Manchmal ist alles klar, die Zusammenhänge ordnen sich von selbst, und man glaubt, dass man eigentlich normal ist. Doch dann gibt es die anderen Tage.«

Jaspers fuhr sich durchs Haar. »Das sind die Tage, an denen das Chaos regiert. Wenn die Zeit zur Unzeit wird. Wenn du nicht mehr sagen kannst, ist heute gestern, ist irgendetwas vor ein paar Stunden passiert, oder wird es vielleicht erst in Zukunft passieren. Das sind Tage, an denen du durch den Ort schleichst, und die Häuser scheinen vor dir zurückzuweichen. Oder sind es die Menschen, die vor dir zurückweichen?«

In diesem Moment erkannte Asta den Kern dieses Mannes, sein trauriges, verlorenes und zugleich hoffnungsvolles Ich. Niemand wurde als Penner geboren oder als Säufer. Nur weil Jaspers die äußere Hülle eines Verlierers trug, war in ihm immer noch die verzweifelte Hoffnung, dass sich eines Tages etwas daran ändern könnte.

»Mir ist die Sache mit dem Hund erst später eingefallen«, sagte er. »Klar hätte ich es melden können. Doch dann dachte ich, dass Will immer nett zu mir war und mir meistens was zugesteckt hat, manchmal sogar Geld. Das war ein guter Nachbar, der mich armes Schwein nicht seinem Schicksal überlassen hat. Warum sollte ich ihn noch tiefer in die Sache reinreiten, in der er steckte?«

Asta sah Jaspers voll Wärme an. »Wissen Sie was? Sie haben Will heute mehr geholfen, als Sie ahnen. Er liegt dort in dem Krankenhaus im Koma, hilflos und ohne die Chance, für sich selbst zu sprechen. Sie haben ihm heute eine Stimme verliehen.«

»Das wäre nicht schlecht«, erwiderte der junge Mann in dem abgetragenen Mantel.

»Ich muss los.« Asta wandte sich zum Gehen.

»Ich habe Ihnen nicht mal einen Tee angeboten«, rief Jaspers. »Ach, zu blöd, ich hab ja gar keinen Tee da.«

»Beim nächsten Mal. Ich muss schauen, dass ich meinen Bus kriege.«

Asta lief den Uferweg hoch. Als sie an Garpegården vorbeikam, warf sie einen langen, ausgiebigen Blick auf Williams Haus.

An der Haltestelle stand der Bus schon bereit. Asta erinnerte sich, wie sie damals mit Will im Saab hergekommen war. Damals war ihr die Strecke wie ein Katzensprung erschienen. Mit dem Bus hatte sie anderthalb Stunden gebraucht. Der Fahrer las Zeitung, Asta stieg ein.

42

Kristen senkte die Stahlbrille vor ihre Augen. »Wozu betonst du, dass es *Rauchdiamanten* sind?«, fragte sie den Werbetexter. »Kein Mensch kann sich unter Rauchdiamanten etwas vorstellen. Es sind Diamanten. Nichts anderes sollte daher im Begleittext stehen.«

Texter und Grafiker versicherten, dass sie das Logo ändern würden. Das Schmuckstück stellte eine Feder dar, der Stiel war aus Silber, der Federflaum bestand aus winzigen Diamanten.

Kristen kehrte in ihr Büro zurück. Genau genommen war es Williams Büro. Sie hatte es übernommen, weil sie Williams Stelle einnahm. Während sie die Brille absetzte, während Jasper ihr vom Büro aus entgegenlief, bemerkte Kristen, dass auf der Straße zwei Polizeiautos hielten. Das eine parkte vor der Garagenausfahrt. Fünf Beamte stiegen aus. Dagny Larsson und ihr Assistent waren in Zivil, die anderen in Uniform. Die Kommissarin wies einen der Polizisten an, sich vor der Tür zu postieren. Mit den übrigen betrat sie das Firmengebäude.

Der Ausdruck, *dass sich einem der Magen umdreht,* war Kristen bekannt, nicht aber das Gefühl. In diesem Augenblick hätte sie darauf geschworen, dass genau das passierte. Es war ein Schock, begleitet von einer Vorahnung, die ihr ins

Gedärm drang. Sie hielt sich am Fensterrahmen fest. Als Jasper fröhlich an ihren Beinen hochsprang, verlor sie für einen Augenblick die Fassung und gab dem aufdringlichen Vieh einen Tritt. Jaulend taumelte Jasper zurück. Der Werbegrafiker hatte den Vorfall beobachtet. Kristen zwang sich zu einem Lächeln und streichelte den Hund. Währenddessen jagten die Gedanken in ihrem Kopf umher. Ein Polizeiaufgebot? Was war geschehen? Rasch eilte sie in ihr Büro, schloss die Tür und tippte die Kurzwahl ihres Anwalts.

»Hallo, Doktor Askoyne, Kristen Falk hier. Könnten Sie gleich zu mir in die Firma kommen? – Wie lange brauchen Sie voraussichtlich? – Gut. Ich erwarte Sie.«

Als sie auflegte, merkte Kristen, dass sie Jasper ausgesperrt hatte. Er kratzte winselnd an der Tür. Während sie öffnete, betraten die Polizeibeamten das Loft von der anderen Seite. In der Formation einer Phalanx strebten sie auf das Chefbüro zu. Dagny Larsson ging voran. »Frau Falk«, sagte sie, als sie nur noch wenige Meter entfernt war.

Die Belegschaft drehte sich nach Kristen um. All die Leute, die William bei *FOREVER NEW* eingestellt hatte, sahen seine Nachfolgerin fragend an. Die Designer, die Marketingleute, die vom Vertrieb, auch die Praktikanten betrachteten Kristen Falk.

Sie bat die Kommissarin einzutreten. Die übrigen Polizisten nahmen Aufstellung vor der gläsernen Kabine. Frau Larsson hielt Kristen ein Dokument entgegen, Kristens Miene blieb gefasst. Sie griff nach ihrer Jacke, die Hundeleine ließ sie hängen. Als sie das Büro von den Beamten flankiert verließ, kam ihr Jasper hinterhergesprungen. Kristen bat einen Angestellten, den Hund festzuhalten. Aus traurigen Augen sah Jasper seiner Herrin nach.

IN IHRER ANGST

43 So weit er zurückdachte, konnte sich Will an keinen prächtigeren Frühling erinnern. Anfang April blühte es in Stockholm schon an allen Ecken und Enden. Die Birken zeigten ihr zartes Grün, in den Parks knospten die Schlüsselblumen, es war ein Genuss, durch diese wunderschöne Stadt zu laufen.

Will kehrte von der Routineuntersuchung nach Hause zurück. Bis die Ärzte endgültig ausschließen konnten, dass Spätfolgen eintreten würden, durfte er nicht Auto fahren, doch anders als bei früheren Krankenhausbesuchen nahm er heute kein Taxi. William lief durch seine Stadt. Nicht zum ersten Mal hatte er das Gefühl, durch ein neues Leben zu laufen.

An einem Tag zwischen Weihnachten und Neujahr war Will aus dem Koma erwacht. Als Erstes hatte er in die samtig braunen Augen von Dr. Bandopadhyay geschaut. Will hatte den indischen Arzt während seines ersten Krankenhausaufenthalts kennengelernt. Damals war ihm der ungewöhnliche Name aufgefallen. Bandopadhyay heiße auf Indisch *hoch angesehener Lehrer*, erklärte der Arzt. Was auch immer durch das Koma in Williams Gehirn geschehen war, Sekunden nach dem Erwachen hatte es diesen Namen ausgespuckt: »Doktor Bandopadhyay …« William Falk hatte das Bewusstsein wiedererlangt.

Vier Monate später flanierte er an diesem sonnigen Apriltag durch Stockholm. Bald jedoch spürte er, dass seine Kräfte nicht ausreichen würden, den ganzen Heimweg zu Fuß zu machen. Er nahm die Straßenbahn bis zum Göranspark und schlenderte von dort aus heim.

Kristen lag seit ein paar Tagen im Bett. Sie behauptete, es sei eine Frühlingsgrippe und war mit Halstabletten und Gesundheitstees zu Hause geblieben. Es war das erste Mal, dass keiner der beiden Chefs von *FOREVER NEW* in der Firma erschien. Will hatte sich eine offizielle Auszeit bis zum Sommer genommen und hielt sich strikt daran. Als Kristen schlappmachte, staunte er, wie reibungslos der Schmuckversand trotzdem weiterlief. William befand sich auf dem Weg der Genesung, während Kristen krank war. Will war gerettet worden, Kristens Rettung stand noch aus.

Er trat ins Haus und machte am unteren Treppenabsatz halt. Er hätte rufen können: »Hallo, ich bin wieder da. Kann ich dir etwas bringen?« Aber William schlüpfte lautlos aus den Schuhen, lief ins Wohnzimmer und ließ sich in seinem Lieblingssessel am Fenster nieder. Mit halb geschlossenen Lidern blinzelte er in den sonnendurchfluteten Garten.

William war etwas geraubt worden, und er vermisste es schmerzlich. Es war nicht das Geld, um Gottes willen, nein, das Geld bedeutete ihm nicht mehr als die Nullen auf dem Papier. Es war nicht das verloren gegangene Vertrauen in seine Frau, obwohl man ihm das gleichsam ohne Betäubung aus den Eingeweiden gerissen hatte. War er darüber wütend, war er rachsüchtig? Suchte er nach Wegen, es Kristen heimzuzahlen? Unternahm er etwas, um Guillermo ausfindig zu machen? Monatelang hatte Will Zeit gehabt, über die Vergangenheit und Zukunft nachzudenken, trotzdem hatte er so lange keine Antwort gefunden, bis eines Tages Post für ihn gekommen war, Post von weither. Seitdem kannte Will die Wahrheit.

Ein Mann, der die Wahrheit kannte, war noch lange kein Mann, der die Wahrheit preisgab. Ein Mann, der betrogen und beraubt worden war, schrie nicht aufgeregt: »Haltet den Dieb!« Ein Mann, dem so etwas zugestoßen war, bewahrte Ruhe und setzte seinen nächsten Schritt mit Bedacht.

Will stand auf, öffnete die Terrassentür und trat in den Sonnenschein. Askoyne hatte all seine Kunst aufgewandt, um Kristen aus der Schusslinie zu nehmen, aber trotzdem nicht verhindern können, dass Dagny Larsson den Doppelmord von Lidingö an die Staatsanwaltschaft weitergeleitet hatte. Der Staatsanwalt fand Larssons Indizienkette schlüssig und hatte Anklage erhoben. Der Prozess stand unmittelbar bevor. Darin erkannte William den wahren Grund für Kristens Erkrankung: Sie starb vor Angst. Es war unsicher, ob das Gericht sie überführen würde, doch William brauchte seine Frau nur anzusehen, um zu wissen, dass sie mit dem Schlimmsten rechnete. Sie hatte stark abgenommen, wodurch das Spitze und Kantige an ihr deutlich zum Vorschein kam. Dazu ihre fahrige Rastlosigkeit, ihre grundlose Aggression – ja, William war überzeugt, dass Kristen ihre Strafe innerlich bereits angetreten hatte.

Als er hineinging, ließ er die Terrassentür offen. In der Küche setzte er Wasser auf und war im Begriff, einen Tee für Kristen auszuwählen, als seine Hand plötzlich dorthin langte, wo die blaue Box stand. Er öffnete sie und entnahm ihr das Fläschchen mit der Pipette. Langsam, unmerklich hatte Kristen William über Monate hinweg vergiftet. Beinahe wäre es ihr gelungen. Er hielt ihr zugute, dass sie aus tiefem

Leid heraus gehandelt hat. Die Wunde, die Will ihr durch seine Liebe zu Madelaine geschlagen hatte, konnte sich niemals schließen.

William hätte mit dem Fläschchen einfach zur Polizei gehen können, um Kristen für viele Jahre hinter Gitter zu bringen. Doch ein Mann, der nicht nur die Wahrheit, sondern auch ihre Hintergründe kannte, lief nicht zur Polizei und behauptete: »Meine Frau hat mich vergiftet.« Dieser Mann nahm sich die Zeit, andere Pläne zu schmieden. Kristen hatte Will nicht nur belogen, vergiftet und hintergangen, sie hatte ihn auch beschenkt. Ihre Absicht war es gewesen, ihn aus seiner Lebensbahn zu werfen und zu berauben, doch das änderte nichts daran, dass sie ihm ein einmaliges Geschenk gemacht hatte. William hatte vor, alles daranzusetzen, sich das verlorene Geschenk wiederzuholen.

Er brachte das Fläschchen zur Spüle und kippte seinen Inhalt in den Ausguss. Er spülte es sorgfältig aus, füllte es mit Wasser, verschloss es wieder und legte es in die blaue Box zurück. Nichts hatte sich an Kristens Versteck geändert, bis auf das Gift. Sollte sie ruhig glauben, dass ihr Geheimnis unentdeckt geblieben war.

Das Wasser kochte, Will goss Tee auf und brachte ihn auf einem Tablett in den ersten Stock.

»Na, du Arme? Wie geht es dir heute?«

Erschreckend, mit anzusehen, wie sie von Tag zu Tag verfiel. Ihre Augen versanken in den Höhlen, die Lippen waren ein zusammengekniffener schmaler Strich, als ob sie sich zwanghaft verbieten müsse, die Wahrheit auszusprechen. Ihr Haar war fahl, ihre Stirn zeichneten tiefe Linien. Der Hals war faltig wie der einer alten Frau. William musste an das Bildnis des Dorian Gray denken, das die verdorbene Seele des

Porträtierten widerspiegelte, während er selbst ewig jugendlich blieb. Kristens Antlitz dagegen war zum Spiegel ihrer Seele geworden. Er konnte darin krankhaftes Selbstmitleid erkennen und die alles vernichtende Fratze der Angst. Es kam ihm vor, als ob Kristen sich wünschte, Will möge sie endlich auf ihre Schändlichkeit ansprechen, damit sie ihm alles beichten konnte.

Diesen Gefallen tat er ihr nicht, denn ein Mann, der die Wahrheit kannte, spielte sie gegen die Frau, die ihn betrogen hatte, aus. Will hoffte und wünschte, dass Kristen im giftigen Sud ihrer eigenen Lügen ersaufen möge.

»Ich werde diese verdammte Erkältung nicht los«, antwortete sie mit heiserer Stimme. »Wie ist es bei dir heute gelaufen?«

Er reichte ihr die Tasse. »Alles bestens, die Ärzte sind mit meinen Fortschritten zufrieden.«

Wie in früheren Zeiten setzte sich Will zu ihr an den Bettrand. Normalerweise hätte er nun ihre Hand genommen, aber dazu konnte er sich nicht durchringen. Will ertrug es nicht, Kristen zu berühren. Ihm wurde übel, wenn er ihr abends einen Gutenachtkuss geben musste. Von Kopf bis Fuß ekelte seine Frau ihn an.

»Ich habe Doktor Bandopadhyay wiedergetroffen«, plauderte er. »Ein reizender Mensch, er hat mir von seiner Heimat erzählt.«

»So?« Kristens Augen starrten in den Dampf, der sich über der Tasse erhob.

»Ich schlage vor, du erholst dich jetzt erst mal schön, damit du wieder zu Kräften kommst, bevor es mit deinem Termin so weit ist.« Will genoss es, dass er mit diesen Worten ein Messer in ihrer Brust herumdrehte. Die Zeit bis zum Prozess musste sich für Kristen wie eine brennende Lunte anfühlen, die knisternd auf ihr vernichtendes Ziel zuraste.

»Hast du heute schon mit Doktor Askoyne telefoniert?«, fragte er. Sie schüttelte stumm den Kopf. »Na, umso besser. Keine Nachrichten sind gute Nachrichten.« Der beschwichtigende und zugleich ermunternde Ton gelang ihm erstaunlich gut, fand er.

»Will, ich habe überlegt ...« Als sie zu ihm aufschaute, bewegten sich ihre Halsmuskeln wie Schlangen. »Ob ich vielleicht das Land verlassen sollte. Noch wäre Zeit dafür.«

»Um Gottes willen, wo denkst du hin? Früher oder später würden sie dich kriegen.«

»Ich will nicht ins Gefängnis, Will.«

»Das wird nicht geschehen. Askoyne wird das nicht zulassen.«

»Was passiert, wenn er scheitert? Dann sperren sie mich für viele Jahre ein. Ich habe Bonnie nicht erschossen.«

»Natürlich hast du das nicht getan.«

Der Zeitpunkt war gekommen, an dem er ihre Hand nahm und seinen väterlichen Blick aufsetzte. »An deiner Stelle würde ich einfach darauf vertrauen, dass niemand in Schweden verurteilt wird, solange er unschuldig ist.«

»Du bist aber nicht an meiner Stelle!«, rief sie mit eiserner Stimme. »Hast du Bonnie etwa abgeknallt? Hast du Walter erschossen? Ich würde es dir zutrauen! Du bist ein Fuchs, Will, das habe ich immer gewusst.«

»Liebling, lass es gut sein.« Sorgenvoll legte er seinen Handrücken an ihre Stirn. »Du hast Fieber.«

Bevor er seine Hand wegzog, schmiegte sie ihre Wange dagegen. »Wir beide müssen doch zusammenhalten, Will.«

»Das tun wir auch.«

»Sollte ich nicht doch besser in ein Land reisen, das kein Auslieferungsabkommen mit Schweden hat?«

»Das wäre das glatte Eingeständnis deiner Schuld«, entgegnete er. »Die Tatsache, dass sie dich gegen Kaution auf freien Fuß gesetzt haben, spricht dafür, dass du nicht dringend verdächtig bist.«

»Glaubst du?«

»Askoyne glaubt das. Ich kann dir nur raten, bleib, wo du bist, werde gesund und bringe die ganze unerfreuliche Sache hinter dich.«

»Ich danke dir, William. Ich bin so froh, dass ich dich habe.«

Er löste sich von ihr und stand auf. »Wenn du irgendetwas brauchst, ich bin in meinem Zimmer.«

»Danke, mein Lieber.«

»Ist doch selbstverständlich.« Selbst im Geiste stieß William keine Verwünschungen gegen das verlogene Biest aus, weil er sie insgeheim bereits abgeschrieben hatte. Ein Mann, der die Wahrheit kannte, konnte sich Zeit lassen. Dieselbe Zeit, die Kristen in ihrer schweißigen Angst immer rasender verticken hörte.

ROTORUA

44

Rotorua lag im Zentrum der Nordinsel Neuseelands und stellte ein Teilstück der Great New Zealand Touring Route dar. Rotorua war welberühmt für seine Maori-Kultur und bot dem Besucher mit seinen geothermischen Quellen eine überwältigende Naturszenerie. Die Koura Lodge befand sich in einer privaten Bucht abseits der Schwefeldämpfe und des Touristenlärms. Am Ufer des Lake Rotorua bot das Anwesen seinen Gästen mehrere Bungalows, einen Whirlpool und einen kostenlosen Tennisplatz.

Asta liebte Koura mit jedem Tag mehr. Den Firlefanz, den der Massentourismus diesem Flecken Erde beschert hatte, nahm sie in Kauf. In Rotorua gab es Freiheit und Weite für Astas Seele. Die schmerzlichen Erinnerungen, vor denen sie geflohen war, verflüchtigten sich an diesem Ort mehr und mehr.

Ronald, der Besitzer der Koura Lodge, war ein alter Mann, den die Gicht plagte, wahrscheinlich hervorgerufen durch die angeblich so gesunden schwefelhaltigen Quellen. Er hatte Asta zunächst als Mädchen für alles eingestellt, mittlerweile lag auch wirklich alles in ihrer Hand. Sie arbeitete an der Rezeption, organisierte den Reinigungsservice und kam bestens mit den einheimischen Frauen klar. Das Frühstücksbüffet hatte durch Asta einen europäischen Touch bekommen, die Gäste aus aller Welt schätzten es, von ihr beraten zu werden.

Sie empfahl ihnen die interessantesten Sehenswürdigkeiten und warnte vor Touristenfallen. Asta fühlte sich in Rotorua weich und geschmeidig, die ewige Flucht, als die sie ihr bisheriges Leben gesehen hatte, war zu Ende.

Sie arrangierte die Blumen in der Lobby neu, eine ihrer Lieblingsbeschäftigungen. Währenddessen ließ sie ihrer Fantasie freien Lauf. Sie sah ein Haus vor sich, nicht weit von der Lodge entfernt, denn Asta wünschte sich, noch eine ganze Weile hier zu arbeiten. Manchmal sah sie in jenen träumerischen Momenten einen Mann, sogar ein Kind, eine kleine Tochter, der Asta alles geben wollte, was ihr selbst versagt geblieben war. Ihre Träume fühlten sich normal an, einfach und durchdrungen von Liebe. Der Millionenschatz, den sie für Guillermo und Kristen hatte heben müssen, wurde in ihrer Erinnerung zu einem monströsen Fluch. Asta fand es schändlich, dass sich der Plan der beiden am Ende sogar bezahlt gemacht hatte. Aber egal wo diese zwölf Millionen jetzt auch lagen, jedem, der sie anfasste, würden sie Unglück bringen.

Asta bemühte sich, nicht an William zu denken. So wichtig sie füreinander geworden waren, so sehr sie ihr Elend zusammengeschweißt hatte, William gehörte zu jener Vergangenheit, der Asta entkommen war. Denn die Dämonen, die sie in ihrem neuen Leben von sich fernhielt, waren untrennbar mit Will verbunden. Sie wusste, dass er aus dem Koma erwacht war. In der Weihnachtszeit, während auf Koura Hochbetrieb herrschte, hatte sie erfahren, dass William der Bewusstlosigkeit entkommen war. Er lebte also weiter und wurde allmählich gesund. Die Quelle der Information war die Website von *FOREVER NEW* gewesen. Die Firma hatte freudig bekannt gegeben, dass ihr Gründer und Chef das Bewusstsein wiedererlangt hätte und sich auf dem Weg der Besserung befinde.

Während Asta das las, hatte sie Kristen vor Augen gehabt, die Frau, die Williams Untergang wollte. Obwohl Asta den Kontakt zu ihm nicht wieder aufleben lassen wollte, hatte sie es für nötig befunden zu beichten. Sie ertrug die Vorstellung nicht, auf welche Weise Will sie in Erinnerung haben musste: als schäbige Räuberin, die nach getaner Arbeit das Weite gesucht hatte. Im Augenblick seines Zusammenbruchs hatte Will ihr den Zugriffscode anvertraut, und sie hatte die Information an ihren Auftraggeber weitergegeben. Dass es unter Zwang geschehen war, wusste William nicht. Sie wollte, dass er ihre Version der Geschichte erfuhr. Ob er ihr verzeihen würde, war ungewiss.

Asta hatte ihm einen langen Brief geschrieben, ihr Bekenntnis aber diesmal nicht dem Internet anvertraut, da sie nicht wusste, ob Kristen Wills Mails kontrollierte. Asta hatte den Brief mit der Hand geschrieben und darin alles offenbart. Wie sie als Schauspielerin die Möglichkeit gesehen hatte, eine Rolle zu spielen, mit der sie viel Geld verdienen würde. Wie sie zunächst die Stationen dessen, was sie als Gaunerkomödie ansah, passiert hatte und allmählich dahintergekommen war, dass es sich um ein menschenverachtendes Drama handelte. Wie sie nach ihrem vorgetäuschten Selbstmord nicht mehr mitmachen wollte, aber nicht aussteigen konnte. Dass sie nach Guillermos Pfeife getanzt war, ohne zu wissen, dass in Wirklichkeit Kristen die Fäden zog. Asta verschwieg Will in dem Brief auch nicht ihr Wissen über seine Vergiftung. Sie bezweifelte, ob er den Brief erhalten hatte, denn es war nie ein Lebenszeichen von ihm gekommen. Ohne ihm ihre Adresse geschickt zu haben, waren in Astas Brief genügend Hinweise versteckt gewesen, die ihm sagen mussten, auf welchem Erdteil sie sich befand und wie sie ihren Unterhalt verdiente. Ein Mann wie Will würde die fehlenden Puzzleteile bestimmt zusammensetzen. Merkwürdigerweise fürchtete sie sich nicht davor, dass er ihr die neuseeländische Polizei auf den Hals hetzen würde. Ihr Brief war das Eingeständnis eines Verbrechens, trotzdem war sie sicher, Will würde ihre Verfolgung nicht aufnehmen.

Asta hob den Blick in die Weite. Die Aussicht auf den Lake Rotorua half ihr immer wieder, aus der schuldbesetzten Vergangenheit aufzutauchen und sich wieder ihren Tagesgeschäften zuzuwenden.

»Hätten Sie noch ein Zimmer frei?«

Kein Sonnenuntergang umrahmte den Moment, keine melodramatische Musik erklang, William tauchte einfach vor Asta an der Rezeption auf. Er sah schmaler aus, er wirkte müde und grau.

»Ein Zimmer?« Überwältigt von der plötzlichen Präsenz dieses für sie schicksalhaften Mannes fiel ihr nichts Besseres ein, als auf dem Bildschirm die Datei mit den Vakanzen durchzuscrollen.

»Wir sind leider voll belegt«, antwortete sie. »Bis auf die Suite. Die befindet sich allerdings abseits vom Hauptgebäude.«

»Dann soll es die Suite für mich sein«, nickte Will.

Sein Haar hatte sich gelichtet, seine Augen waren ernster geworden, ein wenig gebeugt stand er vor ihr. Der prachtvolle Baum, der sich William Falk nannte, war beschädigt worden. Man hatte ihn von der Wurzel her vergiftet, er hatte Blätter verloren und wuchs nicht mehr wie früher in den Himmel. Aber er stand.

Nun, da sie ihn vor sich hatte, verflüchtigten sich Astas Befürchtungen in einem Maß, wie sie es nicht für möglich gehalten hätte. In Wills Bannkreis kamen keine Dämonen geflogen, die Lügen der Vergangenheit waren ihm nicht bis Rotorua gefolgt. Pur und rein, gleichsam nackt stand er vor ihr und schien zu fragen: »Bist du noch da? Darf ich bei dir sein? Auch ich will vergessen. Wie darf ich dich nennen?«

»Asta«, sagte sie, obwohl es in der augenblicklichen Situation keinen Sinn ergab.

»Würden Sie mir die Suite bitte zeigen?«, fragte Will und holte sie damit in die Wirklichkeit zurück.

Asta winkte einem Mann, der die Einfahrt harkte. »Stanley, übernimmst du mal für mich?«

Er stellte die Harke beiseite und kam hinter den Tresen. »Mach ich gern, Asta.«

»Hier entlang, Sir.«

»Asta«, sagte Will, als sie draußen waren. »Der Name klingt schöner als …«

»Reden wir nicht davon.«

Sie liefen die kleine Strecke am Seeufer entlang. Will ließ den Blick über die Blüten und Gewächse schweifen, die Gesteinsformationen und das Wasser, das die Koura Lodge einrahmte. »Du hast dich scheinbar im Paradies eingenistet.«

Sie holte den Schlüssel hervor. »Manchmal könnte man auch glauben, es sei die Hölle.«

»Wie meinst du das?«

»Wenn der Wind falsch steht, riecht es hier pestilenzartig, durch die Schwefeldämpfe der Quellen.«

Im Inneren der Suite war alles aus robustem Holz gezimmert. Es mutete wie eine luxuriöse Holzfällerunterkunft an. Gazellenfelle auf dem Boden, Buchenscheite lagen im offenen Kamin, sogar ein Pool Table fand Platz in dem großen Raum.

»Rustikal.« Will schmunzelte.

»Wie lange kannst du bleiben?« Sie legte den Schlüssel auf die Kommode.

»Das ist unbestimmt.«

»Unbestimmt lange oder unbestimmt kurz?«

»Ich habe die Firma dichtgemacht.«

»Was!« Asta fühlte, wie ihr der Schweiß ausbrach. »Du hast die Firma verkauft?«

»Das nicht.« Will setzte sich auf das Kingsize-Bett. »Auf unserer Website heißt es, *FOREVER YOUNG* würde derzeit eine neue, ungewöhnliche Kollektion entwerfen. Der Präsentationstermin wird noch bekannt gegeben. Wenn die Zeit reif ist, werfe ich einfach ein paar Armbänder und Ringe auf den Markt. Den Leuten geht es in Wirklichkeit nicht ums Design, sie wollen sich nur von Zeit zu Zeit irgendwas Neues kaufen.«

Asta sah zu, wie er die Schuhe auszog. »Und deine Angestellten?«

»Die habe ich in bezahlten Urlaub geschickt.«

»Und was ist mit …?« Asta hatte sich gerade noch gewünscht, dass die Ereignisse von Stockholm nicht zur Sprache kommen würden, und nun fragte sie selbst danach. »Wie geht es Kristen damit?«

»Kristen hat mit der Firma nichts mehr zu schaffen.«

»Wieso?«

»Sie wurde verurteilt.«

»Du meinst wegen …?«

Er nickte.

Asta spürte einen zähen schwarzen Tropfen in ihre Seele fallen. Sie selbst hatte die Maschinerie in Gang gesetzt, die Kristen zu Fall bringen sollte. Sie hatte der Kommissarin den Hinweis gegeben.

Will sah sich um. »Gibt es hier so etwas wie einen Bademantel?«

»Natürlich. Koura ist immerhin eine Viersterneunterkunft.« Asta brachte ihm das Gewünschte.

»Du gestattest, dass ich …?« Er knöpfte sein Hemd auf.

Asta stellte sich ans Fenster und wandte den Blick ab. »Was wurde aus Jasper?«, fragte sie. »Wo ist er, solange du nicht zu Hause bist?«

»Wo Kristen hinging, konnte sie Jasper nicht mitnehmen. Bei mir wäre der Hund über kurz oder lang trübsinnig geworden. Da kam mir der Zufall zu Hilfe. Mahmud, einer meiner Angestellten, sagte, er suche einen Hund für seine Kinder. Jetzt kannst du dich wieder umdrehen.«

Asta betrachtete Will im blütenweißen Bademantel.

»Ich würde nach dem langen Flug gern ein Bad nehmen. Stört es dich, wenn ich schon das Wasser einlasse?«

»Natürlich nicht.« Sie lächelte.

Will ging nach nebenan, drehte die Wasserhähne auf und prüfte die Temperatur mit der Hand.

»Ich könnte dir einen Begrüßungsdrink kommen lassen, was hältst du davon?«

»Ja, warum nicht?«

»Etwas Fruchtiges?«

»Gerne, aber später. Bleib noch ein bisschen bei mir.«

Asta dachte an ihre Aufgaben, die auf Erledigung warteten. Die Klimaanlage in Nummer zwölf funktionierte nicht. Die Erdbeeren, die es heute als Dessert geben sollte, waren zum Teil verschimmelt eingetroffen.

William streute Badeperlen ins Wasser und wirbelte es auf. Dann stieg er hinein, bis zum Hals von Schaum bedeckt. »Warum setzt du dich nicht zu mir?«, rief er.

Asta kam die Situation etwas merkwürdig vor. Nach einem Moment der Scheu trat sie ein und setzte sich auf einen Badestuhl.

Will betrachtete die geschmeidige, zarte Frau, das wundersame Ebenbild Madelaines. Nichts hatte sich seit ihrer ersten Begegnung verändert, außer dass sich alles verändert hatte. Und doch konnte man sagen, dass William heute zu Madelaine heimgekehrt war.

Ein Mörder war zu Madelaine heimgekehrt. William hatte zwei Menschen getötet, trotzdem war er ungehindert um den halben Erdball geflogen. Er fand, dass sich an seinem Beispiel gut beweisen ließ, dass nicht alle Mörder hinter Gitter kamen. Das vielgepriesene westliche Rechtssystem war in seinen Augen überschätzt. In Wirklichkeit hatte man das sogenannte Recht für die Hühner auf dieser Welt erfunden. Wenn sich so ein armes Huhn etwas zuschulden kommen ließ, traf es die volle Härte des Gesetzes. Der Fuchs, der in den Stall einbrach und dem Federvieh die Kehle durchbiss, hatte bei diesem Rechtssystem eine gute Chance, davonzukommen.

Aus halb geschlossenen Augen betrachtete Will die schmale Gestalt auf dem Wannenrand. Es kam ihm vor, als ob er nicht im Bad liegen, sondern im schwerelosen Raum schweben würde. Nichts war greifbar in diesem Moment, für ihn galt kein Gesetz. Er war losgeflogen, um seine verlorene Tochter aufzusuchen. Gab es eine größere Absurdität als diese Behauptung? Will ließ ein glucksendes Lachen hören.

»Worüber amüsierst du dich?«, fragte Asta.

»Ich bin ein bisschen überdreht. Wahrscheimlich ist es der Jetlag.« Will dachte daran, dass Alice oder Asta oder Madelaine vor ihm in den entlegensten Winkel der Erde geflohen war. Trotzdem hatte der Fuchs sie aufgespürt und würde sie sich wiederholen. Dass er dabei zwei Morde im Gepäck hatte, kümmerte ihn wenig.

Nachdem es Will und Guillermo in jener Nacht nicht gelungen war, Bonnie davon zu überzeugen, dass sie von ihrer Erpressung Abstand nehmen sollte, hatten die beiden Garpegården unverrichteter Dinge verlassen. Später war Will allein zurückgekommen und hatte seinen Wagen versteckt. Er und Bonnie stritten. Sie wurde laut. Plötzlich stand Walter in der Tür, seine Flinte im Anschlag. In ihrer Rage griff Bonnie nach dem Gewehr. Will ging dazwischen und wollte es ihr entwinden. Ein Schuss löste sich und verletzte Bonnie. Im Bruchteil einer Sekunde wurden ihm die Folgen klar: Krankenwagen, Notarzt, endlose Erklärungen und Bonnie, die Will endgültig in der Hand haben würde. Er entschied sich gegen dieses Szenario und gab Bonnie mit dem zweiten Schuss den Rest. Die Wucht der Schrotladung schleuderte die schwergewichtige Frau quer durch den Raum. Leider war es undenkbar, dass Walter zum Zeugen dieser Tat werden durfte. Will lud durch und drückte noch einmal ab.

Trotz aller Vorsichtsmaßnahmen sah es schon bald übel für ihn aus. Die Überwachungskamera, die Zeugenaussage von Ulf Jaspers – binnen Kurzem wäre Will überführt worden. Seine eigene Todesnähe hatte ihn davor bewahrt. Außerdem war die wunderbare, von ihrem schlechten Gewissen geplagte Asta losgezogen, um William vor dem Tod zu retten. Versonnen starrte er in den Wasserdampf.

Auch Kristen war in jener Nacht in Garpegården gewesen, sie hatte Jasper dabeigehabt. Wahrscheinlich war sie neugierig, wie Guillermo die Situation mit Bonnie bereinigen würde. Als sie eintraf, war der Mord allerdings bereits geschehen. Guillermo hatte sich längst wieder nach Stockholm aufgemacht. Während Kristen im Haus die Tat entdeckte, schlich Will heimlich zu ihrem Auto und verkeilte einen schweren Ast unter der Hinterachse, der sie vorübergehend bewegungsunfähig machte. Unbehelligt verließ er die Insel und kehrte lange vor seiner Frau nach Stockholm zurück.

Mit halb geschlossenen Lidern fragte sich Will, ob er Asta seine Tat irgendwann beichten würde. Wozu aber? Er wollte lieber darauf vertrauen, dass die Angelegenheit sich nach und nach im Nebel des Vergessens auflöste. Jeder der Beteiligten hatte Schlimmes auf dem Kerbholz, an erster Stelle Kristen, aber auch Guillermo und Asta gehörten zu den Schuldigen. William schloss sich aus dem Kreis der Täter nicht aus. Keiner von ihnen hatte es dem anderen leicht gemacht, doch nun war es vorüber. Es schien das Beste, alles so zu belassen, wie es war. Kristen saß im Gefängnis, William lag in Neuseeland im heißen Bad.

Asta stand auf.

»Wo willst du hin?«

»Ich habe einen Job, Will.« Unsicher sah sie ihn an. »Ich kann die Rezeption nicht so lange allein lassen.«

»Wann kommst du zurück?«

»Wir könnten uns beim Dinner sehen, einverstanden?« Sie ging zur Tür.

»Und was ist mit diesem Begrüßungsdrink, den du mir versprochen hast?«, rief er scherzhaft.

»Ja, natürlich. Ich lasse dir einen Früchtemix bringen.«

»Warum bringst du ihn mir nicht selbst?«

»Wir sehen uns abends, Will«, antwortete sie ein wenig überfordert.

Während sie aus der Suite lief, ließ William sich genüsslich ins heiße Wasser sinken, bis sich der Badeschaum über ihm schloss.

Mehrere Gäste warteten an der Rezeption. Der einfältige Stanley war der Aufgabe sichtlich nicht gewachsen.

»Unser Computer hat sich aufgehängt«, rief er Asta entgegen. »Ich weiß nicht, was ich tun soll.«

»Ich mache das schon, Stan.« Asta eilte hinter den Tresen und kümmerte sich um die Wünsche der Hotelgäste.

Als Stanley nach seiner Harke griff und sich wieder der Einfahrt widmen wollte, gab Asta ihm noch einen Auftrag. »Könntest du bitte einen Cocktail für den neuen Gast in der Suite mixen?«

»Geht klar, Asta.« Stanley lehnte die Harke an eine Säule. »Soll es was Besonderes sein?«

»Einen Früchtemix. Der Mann hat einen weiten Flug hinter sich.«

»Okay, Asta.« Stanley schlurfte in die Küche, wo der Küchenchef gerade alle Hände voll damit zu tun hatte, die Lebensmittellieferung entgegenzunehmen.

»Ein Früchtemix«, murmelte Stanley. »Früchte, Früchte … Was für Früchte?« Er fand im Kühlschrank frische Ananas und eine Mango. Er zerkleinerte und pürierte sie im Mixer. Die Farbe des Cocktails gefiel ihm noch nicht. Er sah sich suchend um. Stanley entdeckte eine Kiste mit Erdbeeren, die sonderbarerweise neben dem Müll stand. Er nahm eine Handvoll heraus. Dass sie sich weich und matschig anfühlten, kümmerte ihn nicht, schließlich würde er sie gleich zerkleinern. Stan mischte die Erbeeren unter den restlichen Drink und pürierte ihn noch einmal. Das Ergebnis sah perfekt aus.

Er garnierte es mit Minze und einer Zitronenscheibe und stellte das Ganze auf ein Tablett.

Von der Rezeption aus beobachete Asta Stanley, der den Früchtemix zur Suite hinüberbrachte. Sie winkte dem netten Kerl zu und stellte sich vor, wie William im Schaumbad seinen Drink genießen würde. Flüchtig ging ihr eine Erinnerung durch den Sinn, dass Will auf irgendein Obst allergisch reagierte. Waren es Erdbeeren gewesen?

Die Frage eines Gastes nahm ihre Aufmerksamkeit in Anspruch. Asta freute sich auf den Abend mit William. Wie wunderbar, dass er die weite Reise zu ihr unternommen hatte.

* * * * * * *